Forrest Gump

Winston Groom

Forrest Gump

Traduit de l'américain
par Nicolas Richard

Éditions J'ai lu

Titre original :
FORREST GUMP
A Berkley Book.
Published by arrangement with Doubleday Company, Inc.

Pour Jimbo Meador et George Radcliff –
qui ont toujours tenu à être gentils
avec Forrest et ses amis.

Il existe un plaisir certain à être fou,
que seuls les fous connaissent.

                              DRYDEN

1

Que je vous dise : pas fastoche d'être idiot. Les gens se fendent la pipe, perdent patience, vous prennent pour un minable. On vous raconte qu'il faut être gentil avec les déshérités, alors je vous dis tout de suite – c'est pas toujours vrai. N'empêche, je me plains pas, vu que j'ai eu une vie assez intéressante, si on peut dire.

Je suis idiot depuis ma naissance. J'ai un QI autour de 70, ce qui veut tout dire, à ce qu'y paraît. Probable, en fait, que je suis plus près d'un faible d'esprit ou peut-être même d'un bêta, mais personnellement, je préfère me considérer comme un simple d'esprit, ou un truc comme ça – et pas un idiot, parce que quand les gens pensent à un idiot, il est plus que probable qu'ils pensent aux mongoliens, ceux qu'ont les yeux trop rapprochés, qui ressemblent à des Chinois et qui bavent et qui se tripotent.

C'est sûr, je suis pas une flèche – ça je vous le garantis, mais probable que je suis vachement plus vif que ce que pensent les gens, vu que ce qui me passe par la trombine est complètement différent de ce que voient les gens. Par exemple, je me débrouille pas mal pour gamberger sur les trucs, mais dès que j'essaye de raconter ou d'écrire, ça fait un peu comme de la gelée ou un truc dans le genre. Je vais vous montrer qu'est-ce que je veux dire.

L'autre jour, je me baladais dans la rue, et ce type trimait dans son jardin. Fallait qu'il plante un paquet d'arbustes et il me dit comme ça : « Forrest, tu veux te faire un peu de pognon ? » et moi j'y réponds « bah ouais » et voilà-t'y pas qu'il me fait asseoir pour creuser dans la gadoue. Dix ou douze brouettes de gadoue, en plein soleil, à trimballer par monts et par vaux. Quand ça a été terminé, il a sorti de sa poche un billet d'un dollar. J'aurais dû remuer ciel et terre et refuser ce salaire minable, voilà qu'est-ce que j'aurais dû faire, mais à la place, j'ai pris le malheureux dollar, et tout ce que j'ai pu dire c'est « merci » ou un truc aussi cloche que ça, et je suis reparti en froissant et défroissant mon billet, je me sentais idiot.

Voyez ce que je veux dire ?

Attention, je *sais* quelques trucs sur les idiots. Il y a bien que là-dessus que je sais quelque chose, normal, je l'ai lu – de l'idiot ce type de Dos-to-ievski, au fou du roi Lear, et l'idiot de Faulkner, Benji, et même le vieux Boo Radley dans *Pour tuer un merle* – lui c'était un sacré idiot. Mon préféré c'est le vieux Lennie dans

Des souris et des hommes. Avec la plupart des écrivains c'est pareil : leurs idiots, ils sont toujours plus malins que ce qu'on croit. Bah quoi, moi je suis d'accord. C'est pas un idiot qui va dire le contraire. Ah ah.

À la naissance, ma maman m'a appelé Forrest d'après le général Nathan Bedford Forrest qui s'est battu à la guerre de Sécession. Ma maman a toujours dit qu'on était plus ou moins parents avec la famille du général Forrest. C'était un grand bonhomme, qu'elle dit, sauf que c'est lui qui a lancé le Ku Klux Klan après la fin de la guerre et même que ma grand-mère elle disait que c'était une bande de vauriens. Moi j'aurais tendance à être d'accord, vu qu'ici Machin-Truc le Grand, ou je sais plus comment qu'il se fait appeler, il bosse dans un magasin d'armes en ville et une fois, je devais avoir dans les douze ans, je passais devant et je regardais par la vitrine, et il y avait un grand nœud coulant accroché à l'intérieur. Quand il a vu que je regardais, il l'a mis autour de son cou et il l'a serré jusqu'à ce qu'il soit pendu, et sa langue elle est sortie, tout ça pour me flanquer la trouille. J'ai pris mes jambes à mon cou et je me suis planqué dans un parking jusqu'à ce que quelqu'un appelle la police et qu'ils me ramènent chez ma maman. Alors il a bien pu faire d'autres trucs, le général Forrest, n'empêche que le Klan c'était pas une bonne idée – n'importe quel idiot pourra vous le dire. Sauf que c'est de là que vient mon nom.

Ma maman c'est quelqu'un de vraiment chouette. Tout le monde le dit. Mon papa, il s'est fait tuer juste après ma naissance, alors je l'ai jamais connu. Il travaillait aux docks comme débardeur et un jour une grue déchargeait un grand filet plein de bananes d'un bateau de la United Fruit Company et quelque chose a lâché et les bananes sont tombées et l'ont ratatiné comme une crêpe. Une fois j'ai entendu des types causer de l'accident – ils disaient que ça avait fait une sacré pagaille, une demi-tonne de bananes et mon papa écrabouillé là-dessous. Moi j'en raffole pas trop, des bananes, sauf dans le pudding à la banane. Ça j'aime bien.

Ma maman elle touche une petite pension des gens de la United Fruit et elle a pris des pension-naires dans notre maison, si bien qu'on s'en est pas trop mal sortis. Quand j'étais petit, elle me gardait beaucoup à l'intérieur, pour pas que les autres gamins viennent m'embêter. L'après-midi, en été, quand il faisait vraiment chaud, elle m'ins-tallait dans le petit salon et tirait les rideaux pour qu'il fasse sombre et elle me préparait une carafe de citronnade. Et puis elle s'asseyait et me cau-sait, elle me causait de tout et de rien comme ça pendant des heures, comme on cause à un chien ou à un chat, mais je m'y suis habitué parce que sa voix me mettait à l'aise et était chouette.

Au début, quand je grandissais, elle me laissait sortir et jouer avec tout le monde, mais après elle s'est rendu compte qu'ils me faisaient tour-ner en bourrique et tout ça, et un jour ils étaient tous à mes trousses, il y a un garçon qui m'a frappé dans le dos avec un bâton et ça m'a fait une terrible zébrure dans le dos. Après ça, elle m'a dit de plus aller jouer avec ces garçons. J'ai essayé de jouer avec les filles, mais c'était guère mieux, vu qu'en me voyant elles se débinaient toutes.

Ma maman a pensé que ce serait bien pour moi d'aller à l'école publique, parce que ça m'aiderait peut-être à être comme les autres, mais au bout d'un moment on est venu dire à ma maman que je devrais pas rester avec les autres. N'empêche, ils m'ont laissé finir mon cours préparatoire. Des fois, je restais assis pendant que la maîtresse parlait et je sais pas ce qui se passait dans ma tête, mais je me mettais à regarder les oiseaux par la fenêtre, les écureuils et les trucs qui grimpaient au vieux chêne dehors, et alors la maîtresse venait me rouspéter. Des fois, j'avais juste un drôle de truc qui m'arrivait dessus et je me mettais à hurler, et alors elle me faisait sortir et m'asseoir sur un banc dans le couloir. Les autres de la classe, ils jouaient jamais avec moi, sauf pour me courir après ou me faire hurler pour se moquer de moi – tous sauf Jenny Curran, elle au moins elle se débinait pas, même que des fois elle me laissait marcher à côté d'elle à la sortie de l'école.

Mais l'année d'après ils m'ont mis dans un autre genre d'école, et c'était bizarre, c'est moi qui vous le dis. On aurait dit qu'ils avaient cherché à regrouper tous les gus les plus drôles qu'ils pouvaient trouver pour les mettre ensemble, ça allait de mon âge ou même plus jeune jusqu'à des grands balèzes de seize ou dix-sept ans. Il y avait des attardés en tout genre, des qu'avaient la bloblote et des mioches qui pouvaient même pas manger ou aller aux cabinets tout seuls. J'étais sûrement le meilleur du lot.

Il y avait ce grand tout gros, devait avoir dans les quatorze balais, et il avait un truc qui le faisait trembler, on aurait dit qu'il était sur la chaise électrique ou quelque chose dans ce goût. Mlle Margaret, notre maîtresse, me demandait de l'accompagner aux cabinets, pour pas qu'il fasse de bêtises. Ce qui l'empêchait pas d'en faire. Moi je savais pas comment faire pour l'arrêter, alors je m'enfermais juste dans les vécés et j'attendais qu'il ait fini, et je le raccompagnais en classe.

Je suis resté dans cette école à peu près cinq ou six ans. En fait c'était pas si moche que ça. Ils nous faisaient peindre avec les doigts et faire des petits machins, mais surtout ils nous apprenaient des trucs comme nouer ses lacets, pas recracher la nourriture, ou pas faire le bêto à crier, hurler et balancer des trucs tout autour. On avait pas vraiment de livres sauf pour apprendre à lire les panneaux de la route et des trucs comme la différence entre les toilettes pour hommes et les toilettes pour dames. Avec tous les tarés graves qu'il y avait, de toute façon, il aurait été impossible d'aller plus loin que ça. Et aussi je crois que l'idée c'était de nous écarter des pattes des autres. Qui est-ce qui voudrait d'une bande d'attardés qui crapahutent en toute liberté ? Même moi je pouvais piger ça.

À treize ans, des choses plutôt inhabituelles se sont produites. Premièrement, j'ai commencé à grandir. J'ai pris quinze centimètres en six mois, et ma maman était tout le temps obligée de rallonger mes pantalons. Et aussi j'ai commencé à me développer. À seize ans, je mesurais un mètre quatre-vingt-dix-huit et je pesais cent dix kilos. Je le sais, vu qu'ils m'ont pesé. Ils y croyaient pas, qu'ils disaient.

Ce qui s'est passé ensuite, ça a provoqué un vrai changement dans ma vie. Un beau jour je me baladais dans la rue, je sortais de mon école de tarés, quand une voiture s'est arrêtée à côté de moi. Le gonze m'appelle et me demande comment c'est que je m'appelle. Je lui dis, et il me demande à quelle école que je vais, et comment ça se fait qu'il m'a pas encore vu dans le coin. Je lui cause de l'école pour timbrés, et il me demande si j'ai déjà joué au football. J'ai fait non de la tête. Je suppose que j'aurais dû lui dire que j'avais déjà vu les minots y jouer mais qu'ils voulaient pas que je joue avec eux. Mais comme j'ai déjà dit, je suis pas fortiche question discussion, alors j'ai juste fait non de la tête. C'était quinze jours avant la rentrée des classes.

Deux ou trois jours plus tard, ils sont venus me sortir de l'école pour timbrés. Ma maman était là, et aussi le gus à la bagnole et deux autres types qui ressemblaient à des gorilles – à mon avis ils étaient là au cas où j'aurais voulu faire des vagues. Ils ont pris toutes les affaires de mon pupitre, ils les ont fichues dans un sac en papier, et ils m'ont demandé de dire au revoir à Mlle Margaret, et d'un seul coup elle s'est mise à chialer en me serrant dans ses bras. Après, il a fallu que je dise au revoir à tous les autres tarés, et vas-y que je bave, et vas-y que je tremblote, et vas-y que je cogne sur le pupitre avec les poings. Là-dessus j'ai mis les bouts.

Ma maman était sur le siège avant, à côté du type, et moi j'étais assis à l'arrière avec les deux gorilles, comme dans les vieux films quand la police vous emmène « en ville ». Sauf qu'on est pas allés en ville. On est allés dans un nouveau lycée qu'on venait de construire. Une fois arrivés, ils m'ont fait entrer dans le bureau du dirlo, ma maman et le type sont entrés, les deux gorilles ont attendu dans le couloir. Le dirlo c'était un vieux monsieur avec des cheveux gris, avec une tache sur sa cravate et un pantalon bouffant, avec cette dégaine il aurait eu sa place à l'école pour tarés. On s'est assis et il a commencé à m'expliquer des trucs et à me poser des questions, et moi je me contentais de faire oui de la tête, mais ce qu'ils voulaient c'était que je joue au football. Ça je m'en étais douté tout seul.

En fait le gus de la bagnole était l'entraîneur de football, Fellers qu'il s'appelait. Et ce jour-là je suis pas allé en classe ni rien, mais Coach Fellers m'a emmené dans les vestiaires, et un des gorilles m'a passé une panoplie de football avec les protections et tout ça, un casque en plastique rudement chouette pour pas qu'on m'écrabouille la figure. Le seul truc, c'est qu'ils ne trouvaient pas de tatanes à mon pied, si bien qu'il a fallu que je joue en tennis en attendant qu'ils m'en dégotent.

Coach Fellers et les gorilles m'ont enfilé ma panoplie de football, puis ils me l'ont enlevée, et ils m'ont fait recommencer dix ou vingt fois, jusqu'à ce que j'y arrive tout seul. Le truc que j'arrivais pas bien à mettre, c'était la coquille – vu que je voyais pas vraiment à quoi ça servait. Bon, ils ont essayé de m'expliquer, et un des gorilles a alors dit à l'autre que j'étais une « andouille » ou un truc dans le genre, et je suppose qu'il croyait que j'entendrais pas, sauf que j'ai entendu, because que je fais vachement attention à ce genre de conneries. C'est pas que ça me blesse. Tu parles, on m'a traité bien pire que ça. N'empêche, j'ai noté.

Au bout d'un moment, il y a plein de gamins qui ont débarqué dans les vestiaires, ils ont sorti leur tenue de foot pour s'habiller. Et puis on est tous sortis et Coach Fellers a réuni tout le monde, et il m'a placé devant tout le monde pour me présenter. Il a sorti des salades que j'ai pas trop pigées, vu que j'étais à moitié mort de trouille, rapport à ce que personne m'avait jamais présenté à plein d'inconnus. Mais ensuite il y en a qui sont venus me serrer la main en me disant qu'ils étaient contents que je sois là. Puis Coach Fellers a soufflé dans son sifflet, comme pour nous faire sursauter, ils se sont tous mis à sautiller dans tous les sens pour s'entraîner.

Ce qui s'est passé après, c'est une histoire assez longue... en bref, j'ai commencé le foot. Coach Fellers et un des gorilles se sont vachement occupés de moi, vu que je savais pas jouer. On avait ce truc où tu dois bloquer les gens, ils essayaient de tout m'expliquer, mais à chaque fois qu'on essayait ils avaient tous l'air dégoûté vu que j'arrivais pas à me rappeler ce que je devais faire.

Puis ils ont essayé l'autre truc qu'ils appellent la défense, ils plaçaient trois gars en face de moi et je devais passer à travers pour choper le type qui avait le ballon. La première fois c'était fastoche, j'avais juste à les écarter, mais ils étaient pas contents de ma façon d'attraper celui qu'avait le ballon, alors à la fin ils m'ont envoyé faire des plaquages sur un gros chêne, quinze ou vingt fois de suite, pour bien sentir le truc, j'imagine. Mais au bout d'un certain temps, quand ils ont décidé que j'avais dû apprendre quelque chose avec mon chêne, ils m'ont fait revenir face aux trois gars, et ça les a mis en colère que je bondisse pas méchamment sur le porteur du ballon, une fois que j'avais mis les trois autres dans le vent. J'en ai pris pour mon matricule cet après-midi-là, mais à la fin de l'entraînement je suis allé voir Coach Fellers et je lui ai dit que je voulais pas sauter sur le type qui avait le ballon, parce que j'avais peur de lui faire mal. L'entraîneur, il a dit que ça lui ferait pas mal du tout parce qu'avec sa tenue de football il était bien protégé. La vérité c'est pas tellement que j'avais peur de le blesser, c'est que j'avais peur qu'il le prenne mal et qu'ensuite ils soient tous à mes trousses si j'étais pas vraiment gentil avec tout le monde. Je vous passe les détails, il a fallu un bout de temps pour que je pige.

Entre-temps, fallait que j'aille à l'école. Chez les timbrés, j'avais pas grand-chose à faire, mais là ils plaisantaient pas. Ils avaient quand même réussi à se débrouiller pour que j'aie trois cours où j'avais juste à rester assis à faire ce que je voulais, et trois autres où il y avait une dame pour m'apprendre à lire. Il y avait rien que nous deux. Elle était rudement gentille et jolie et plus d'une fois ou deux j'ai eu de vilaines pensées. Mlle Henderson qu'elle s'appelait.

Le seul cours que j'aimais, pratiquement, c'était le repas, mais je crois pas qu'on peut vraiment appeler ça un cours. Chez les timbrés, ma maman me préparait un sandwich et un cookie et un fruit – pas de bananes – et j'emportais ça à l'école. Mais là il y avait une cafétéria avec neuf ou dix trucs différents à manger et j'avais du mal à me décider. Je crois que quelqu'un a dû faire une remarque, vu qu'au bout d'à peu près une semaine Coach Fellers est venu me voir pour me dire que je pouvais manger tout ce que je voulais, que « c'était arrangé ». À la bonne heure !

Devinez qui était dans ma classe : Jenny Curran. Elle vient me voir dans le couloir et me dit qu'elle se souvient de moi du cépé. Elle est grande maintenant, avec de jolis cheveux noirs, de longues jambes et un visage magnifique, et aussi d'autres choses que j'ose pas dire.

Au foot ça marchait pas comme Coach Fellers voulait. Il avait jamais l'air content, il rouspétait toujours sur les gens. Moi aussi il me rouspétait. Ils essayaient de trouver un moyen de me faire rester en place à protéger notre porteur du ballon contre les autres, mais ça marchait pas, sauf quand le ballon était exactement au milieu de la ligne. Coach était pas non plus très content de mes plaquages, et j'ai passé un paquet de temps au chêne, c'est moi qui vous le dis. Mais j'arrivais pas à me jeter carrément sur celui qui avait le ballon comme ils voulaient. Quelque chose en moi m'empêchait de faire ça.

Jusqu'au jour où il s'est passé un truc. À la cafétéria, j'avais pris mes plats et j'allais pour m'asseoir à côté de Jenny Curran. Je baratinais pas, mais c'était la seule de toute l'école que je connaissais un peu, et c'était agréable d'être assis à côté d'elle. La plupart du temps, elle faisait pas attention à moi, elle parlait avec les autres. Au début je m'étais assis avec des joueurs de l'équipe, mais ils faisaient comme si j'étais invisible ou je sais pas quoi. Au moins Jenny faisait pas comme si j'étais pas là. Mais au bout d'un moment, j'ai remarqué ce gonze qui était souvent là aussi, et voilà-t-y pas qu'il commence à sortir des vannes sur moi. Des conneries du style « Comment y va, Dingo ? » et tout ça. Et ça continue une semaine, deux semaines, je dis rien, jusqu'à ce que finalement je lui fasse comme ça – même maintenant j'ai du mal à croire que je l'ai dit – « Je suis pas Dingo », et le gars, il s'est contenté de me regarder et de se marrer. Jenny Curran a dit au gonze d'y aller mollo, mais il prend une boîte de lait et la verse sur mes genoux, et moi, je me lève d'un bond et je détale, tellement que j'ai les pétoches.

Un ou deux jours plus tard, le gonze vient me voir dans le couloir et me dit qu'il aura ma peau. Pendant toute la journée j'ai eu la trouille, et en fin d'après-midi, alors que je sortais pour aller en salle de gym, je le vois avec une bande de copains. J'essaye de m'échapper dans l'autre sens, mais il s'approche et commence à me pousser par les épaules. Il me dit toutes sortes de vacheries, il me traite de « fada » et tout ça, puis il me frappe au ventre. C'est pas que ça faisait mal, mais je me suis mis à chialer, j'ai fait volte-face et j'ai pris mes jambes à mon cou, et je l'entendais derrière moi, et les autres aussi étaient à mes trousses. Je me suis débiné le plus vite possible vers la salle de gym à travers le terrain de foot, et j'ai soudain aperçu Coach Fellers assis dans les gradins qui me regardait. Les gonzes à mes basques ont arrêté de me pourchasser et ils sont partis, et Coach Fellers, il faisait une drôle de trombine, et il m'a demandé de me mettre en tenue tout de suite. Un peu après, il vient me voir dans les vestiaires avec ses plans de jeu sur un bout de papier – il y en avait trois – et me dit de les apprendre par cœur le mieux possible.

Cet après-midi-là, sur le terrain, il met les deux équipes en ligne et soudain le quarterback me passe le ballon à moi, et je dois courir à l'extérieur du côté droit jusqu'aux poteaux de but. Ils me prennent tous en chasse, je fonce le plus vite possible – ils ont dû s'y prendre à sept ou huit avant de me mettre au sol. Coach Fellers est rudement content ; il sautille dans tous les sens, il piaffe et donne des tapes dans le dos à tout le monde. On avait déjà fait plein de courses, pour voir si je courais vite, mais faut croire que je galope vachement plus vite quand il y a des gonzes à mes trousses. N'importe quel idiot ferait pareil, non ?

En tout cas, après ça, j'ai beaucoup plus la cote, et les autres mecs de l'équipe commencent à être beaucoup plus sympas avec moi. Notre premier match est arrivé, et j'étais mort de trouille, mais ils m'ont passé la balle et j'ai couru deux ou trois fois jusqu'à la ligne de but, et après ça, les gens ont été vachti gentils avec moi. Ce lycée a commencé à chambouler des choses dans ma vie, ça c'est sûr. À tel point même que je me suis même mis à aimer le football, sauf qu'ils me faisaient foncer sur les côtés parce que j'arrivais toujours pas à prendre plaisir à écraser les gens en passant par le centre. Un des gorilles dit qu'en scolaire je suis le plus grand demi du monde entier. Je crois que dans sa bouche, c'est pas un compliment.

D'autre part, j'apprenais à mieux lire avec Mlle Henderson. Elle m'a donné *Tom Sawyer* et deux autres livres que je me rappelle pas, je les ai emportés à la maison et je les ai lus, mais j'ai pas tellement réussi l'interro qu'elle m'a faite dessus. En tout cas j'ai drôlement aimé les bouquins.

Au bout d'un certain temps, je suis retourné m'asseoir à côté de Jenny Curran à la cafétéria, et il y a pas eu de pépins pendant longtemps, jusqu'au printemps, alors que je rentrais de l'école, et là qui est-ce que je vois-t'y pas ? Le gonze qui m'avait versé du lait sur les genoux et m'avait pourchassé. Il a un bâton à la main et il commence à me traiter d'andouille et de fada.

Il y avait d'autres gens qui regardaient, et Jenny Curran radine, et je suis à nouveau sur le point de me tirer – mais sans raison, je suis resté. Le gonze brandit son bâton et m'en file un coup dans le ventre, et je me dis ras le bol, je lui attrape le bras et, de l'autre main, je lui cogne sur le dessus de la bobèche, et voilà plus ou moins comment ça s'est fini.

Le soir, ma maman a reçu un coup de fil des parents du gonze, comme quoi si je levais encore une fois la main sur leur fils, ils appelaient les autorités pour qu'on me « boucle ». J'ai essayé d'expliquer à ma maman, et elle m'a dit qu'elle comprenait, mais moi je voyais bien qu'elle se faisait du mouron. Elle m'a dit que, costaud comme j'étais, fallait que je fasse attention, parce que je risquais de blesser quelqu'un. Alors j'ai fait oui de la tête et je lui ai promis que je ferais plus mal à personne. Ce soir-là, allongé dans mon lit, je l'ai entendue qui pleurait dans sa chambre.

Mais pour moi, le fait d'avoir bastonné ce gonze, ça éclairait ma façon de jouer au football d'une lumière nouvelle. Le lendemain, j'ai demandé à Coach Fellers de me laisser foncer tout droit avec le ballon et il dit d'accord, et j'ai écrasé au moins quatre ou cinq gars avant d'être tout seul et ils sont tous obligés de me reprendre en chasse. Cette année-là, j'ai été pris dans l'équipe All State des meilleurs joueurs de tout l'État. Même moi, j'y croyais pas. Ma maman m'a donné deux paires de chaussettes et une chemise toute neuve pour mon anniversaire. Elle a fait des économies et m'a acheté un costume tout neuf que j'ai porté pour la remise des prix de la compétition All State. Mon premier costume. Ma maman m'a fait mon nœud de cravate, et c'est parti mon kiki.

2

Le banquet organisé pour la remise des prix du All State Football devait avoir lieu à Flomaton. Coach Fellers avait dit que c'était « un bled genre gare de triage ». On nous a fait monter dans un bus – on était cinq ou six de la région à avoir gagné le prix – pour nous transbahuter jusqu'à là-bas. Il restait encore une ou deux heures de trajet, il y avait pas de toilettes dans le bus, et j'avais bu deux grandes bouteilles de sirop à la glace pilée avant de partir, alors, en arrivant à Flomaton, j'avais vraiment besoin d'aller au petit coin.

Le truc avait lieu dans l'auditorium du lycée de Flomaton, et une fois à l'intérieur, moi et quelques autres, on a trouvé les toilettes. Mais au moment d'ouvrir ma braguette, je me suis débrouillé je sais pas comment pour coincer ma chemise dans la fermeture Éclair. Au bout d'un moment, un gars d'une équipe rivale va chercher Coach Fellers, qui revient avec ses deux gorilles et ils essayent d'ouvrir ma braguette. Un des gorilles dit que la seule solution, c'est de déchirer mon pantalon. Là-dessus, Coach Fellers met les mains sur ses hanches et lui répond : « Tu crois peut-être que je vais envoyer ce garçon avec la braguette ouverte et la zézette à l'air – et tu penses que ça va faire bonne impression ? » Puis il s'est tourné vers moi : « Forrest, va falloir que tu te retiennes jusqu'à la fin, et on s'occupera d'ouvrir ça après, entendu ? » Et je fais oui de la tête, parce que je sais pas quoi faire d'autre, mais je me suis dit que cette soirée allait pas être de la rigolade.

Quand on arrive à l'auditorium, il y a un million de gens assis à des tables, qui sourient et applaudissent. On nous installe à une grande table sur la scène devant tout le monde, et c'est à cette soirée que ce que je craignais le plus a eu lieu. On aurait dit qu'ils se levaient tous sans exception pour un petit discours – y compris les serveurs et le concierge. J'aurais aimé que ma maman soit là, elle m'aurait aidé, mais elle est restée au lit à la maison avec une grippe. Le moment est enfin venu de recevoir nos coupes, c'étaient des petits ballons de foot dorés ; à l'appel de notre nom, fallait venir au micro, prendre la coupe, dire merci, ils nous ont dit aussi d'être brefs si on avait quelque chose à ajouter, rapport à si on veut sortir d'ici avant la fin du siècle.

Pratiquement tout le monde vient chercher son prix et dit « merci », ça y est, c'est mon tour. Au micro, quelqu'un appelle Forrest Gump, Gump c'est mon nom de famille, si je vous l'avais pas dit avant, je me lève, je m'approche, on me tend la coupe. Je me penche devant le micro et je dis « merci » et ils se mettent tous à m'acclamer et à applaudir et à se lever de leur siège. J'imagine que quelqu'un leur a dit avant que j'étais une espèce d'idiot, alors ils font un effort pour être gentils. Mais je suis tellement surpris par tout ça que je ne sais pas quoi faire, alors je reste planté là. Tout le monde se tait et le type au micro me demande si j'ai quelque chose à ajouter. Alors je dis : « J'ai envie de faire pipi. »

Personne a bronché pendant quelques instants, ils se sont regardés d'un drôle d'air, puis il y a eu une sorte de brouhaha, et Coach Fellers est venu m'attraper par le bras et m'a traîné jusqu'à mon siège. Il m'a observé pendant tout le reste de la soirée, et à la fin du banquet, Coach et les gorilles m'ont remmené aux cabinets, ils ont déchiré mon futal et j'ai fait une petite commission grande comme ça.

« Gump, m'a dit Coach quand j'ai eu fini, sûr que question mots, tu sais t'y prendre. »

Bon, il n'y a pas eu d'événement majeur l'année suivante, si ce n'est que quelqu'un a fait savoir qu'un idiot avait été sélectionné pour l'équipe All State, et plein de lettres sont arrivées de tout le pays. Ma maman a commencé à les mettre dans un cahier. Un jour, un paquet arrive de Nou Yawk City, qui contient une balle de base-ball officielle avec la signature de tous les joueurs des Nou Yawk Yankees. C'était la plus belle chose qui m'était jamais arrivée ! J'ai conservé ce trésor comme si c'était de l'or, jusqu'au jour où je l'ai lancée dans le jardin et un vieux toutou mastoc a déboulé, l'a attrapée au vol et l'a mâchouillée. C'est toujours à moi que ça arrive, ces trucs-là.

Un jour, Coach Fellers me convoque dans le bureau du dirlo. Il y avait un monsieur de l'université, qui m'a serré la main et m'a demandé si j'avais jamais envisagé de jouer au football en fac. Il me dit qu'on m'avait « observé ». J'ai fait non de la tête, vu que j'y avais pas pensé.

Tout le monde avait l'air en admiration devant ce monsieur, à faire des courbettes, à lui cirer les groles en lui donnant du « Monsieur Bryant ». Mais il m'a dit que moi je pouvais l'appeler l'Ours, et j'ai trouvé que c'était un drôle de nom, sauf qu'il avait un petit quelque chose d'un ours. Coach Fellers lui fait remarquer que je ne suis pas une lumière, mais l'Ours, il dit que c'est pareil pour la plupart de ses joueurs, et qu'il a prévu de m'aider tout spécialement dans mes études. Une semaine plus tard, ils me donnent une interro avec plein de questions tordues, que j'ai pas l'habitude. Au bout d'un moment j'en ai marre et j'arrête l'interro.

Deux jours plus tard, l'Ours revient me voir et Coach Fellers m'emmène dans le bureau du dirlo. Nounours tire une drôle de trombine, mais il est encore gentil ; il me demande si j'ai fait mon maximum à l'interro. Je fais oui de la tête, mais le dirlo roule des yeux, et Nounours dit : « Eh bien dans ce cas c'est malheureux, car le résultat semble indiquer que ce garçon est arriéré. »

Le dirlo fait maintenant oui de la tête, et Coach Fellers, les mains dans les poches, a l'air d'en avoir gros sur la patate. On dirait que c'est la fin de ma carrière de footballeur.

L'Armée des États-Unis se fichait bien de savoir que j'étais trop couillon pour jouer au foot. C'était ma dernière année de lycée, et au printemps tous les autres ont eu leur diplôme. Moi, ils m'ont tout de même laissé sur la scène, ils m'ont même laissé enfiler une toge noire, et le moment venu, le principal a dit qu'on allait me remettre un diplôme spécial. Je me lève pour aller au micro, et là, deux gorilles se lèvent et m'accompagnent – pour pas que je fasse de vagues comme au truc du All State Football, je suppose. Ma maman est au premier rang, en pleurs, à se tortiller les mains, et je me sens vraiment bien, comme si j'avais vraiment fait quelque chose.

Mais de retour à la maison, je comprends finalement pourquoi elle continue à beugler – une lettre de l'armée était arrivée comme quoi fallait que je me présente au bureau de la scription ou un truc dans le genre. Je savais pas trop ce que c'était, mais ma maman savait, elle – on était en 1968 et il y avait toutes sortes de trucs dans l'air.

Ma maman m'a donné une lettre du dirlo de l'école que je devais remettre aux gens de la scription, mais je sais pas comment je me suis débrouillé, je l'ai paumée en route. C'était cinglé. Il y avait un grand gaillard de couleur en tenue de l'armée, qui bramait après les gens et les séparait en plusieurs groupes. Bon, on était tous là, il vient vers nous et il s'écrie : « Bien, j'en veux une moitié à droite, une moitié à gauche, l'autre moitié reste où elle est ! » Tout le monde s'agite et a l'air apeuré et même moi j'ai bien vu que ce zigoto était un crétin.

Ils m'ont fait entrer dans une pièce, ils nous ont mis en rang et nous ont dit d'enlever nos vêtements. Je suis pas trop partant, mais comme tout le monde le fait, je m'y mets aussi. Ils nous regardent de partout – yeux, nez, bouche, oreilles, même nos bijoux de famille. À un moment donné, ils me disent : « Penche-toi », je me penche, et là, il y en a un qui me glisse un doigt dans le derche.

Comme ça !

Je me retourne et j'attrape le corniaud par le colback et le cogne sur le dessus de la tête. D'un seul coup, c'est la pagaille, plein de gens se ramènent et me sautent dessus. De toute façon, j'ai l'habitude de ce genre de traitement. Je leur rentre dans le lard et je me tire par la porte. À la maison, quand je raconte à maman ce qui s'est passé, elle en revient pas. « T'inquiète pas, qu'elle me dit comme ça, tout va bien se passer. »

En fait, pas vraiment. La semaine d'après, un fourgon s'arrête devant la maison et tout un tas de gonzes en tenue de l'armée avec des casques noirs brillants viennent à la porte me chercher. Moi je me planque dans ma chambre, mais ma maman monte me dire qu'ils viennent seulement pour m'accompagner au bureau de la scription. Pendant tout le trajet, ils me quittent pas des yeux, comme si j'étais une espèce de maniaque.

Il y avait une porte qui conduisait à un grand bureau, et là, un type assez vieux en uniforme impec et lui aussi, il me quitte pas trop des yeux. Ils me font asseoir et me refilent une interro, et même si c'est vachti plus facile que celles d'avant, c'est quand même pas fastoche-fastoche.

Une fois que j'ai fini, ils m'emmènent dans une autre pièce où quatre ou cinq zigs sont assis à une grande table et se mettent à me poser des questions et à se faire passer ce qui ressemble à ma copie. Ensuite ils se regroupent, et quand c'est fini, il y en a un qui me tend un papier. Je l'emporte à la maison, ma maman le lit et commence à se tirer les cheveux, à chialer et à bénir le Seigneur, vu que ça dit « Provisoirement ajourné », rapport à ce que je suis nœud-nœud.

Un autre truc m'est arrivé cette semaine-là, et ça a été un événement majeur dans ma vie. Il y avait cette pensionnaire qui vivait chez nous et travaillait à la compagnie du téléphone comme opératrice, Mlle French, qu'elle s'appelait. C'était une dame rudement gentille, qui était souvent toute seule, mais une nuit il faisait incroyablement chaud, il y avait des éclairs, elle a glissé la tête à la porte au moment où je passais devant, et elle m'a dit comme ça : « Forrest, je viens juste d'acheter une boîte de fondants divins cet après-midi – tu en veux ?

– Oui », que je lui dis, et elle me fait entrer dans sa chambre, et sur la coiffeuse il y a les fondants divins. Elle m'en donne un, puis me demande si j'en veux un autre, et elle me fait signe de m'installer sur le lit. Des fondants divins, j'ai dû m'en enfiler dix ou quinze, dehors il y avait des éclairs, de l'orage, les rideaux se gonflaient, et Mlle French m'a pratiquement poussé pour que je m'allonge sur le lit. Elle s'est mise à me caresser d'une manière vachti perso. « Garde les yeux fermés, qu'elle me dit, et tout va bien se passer. » Tout ce que je sais, c'est qu'il se passe un truc qui m'était encore jamais arrivé. Je ne pouvais pas dire ce que c'était, vu que je gardais les yeux fermés, et aussi vu que ma maman m'aurait tué, mais que je vous disc – cela m'a ouvert des horizons complètement nouveaux.

Le problème, c'est que Mlle French avait beau être une dame très gentille, ce qu'elle m'a fait ce soir-là, j'aurais préféré que ce soit Jenny Curran qui s'en charge. Et pourtant, je voyais vraiment pas comment ça pouvait se goupiller, vu que quand on est comme moi, c'est pas facile de demander à une fille de sortir avec vous. Et encore, quand je dis ça, je suis gentil.

Mais rapport à ma nouvelle expérience, j'ai eu le courage de demander à ma maman quoi faire à propos de Jenny, même si je suis pas allé jusqu'à lui raconter les trucs avec Mlle French.

Ma maman m'a dit qu'elle allait s'occuper de ça, elle a appelé la maman de Jenny Curran pour lui expliquer la situation, et le lendemain soir – non, sérieux – qui est-ce que voilà-t'y pas à ma porte ? Jenny Curran en personne.

Elle s'est mise sur son trente et un, elle a une robe blanche et une fleur rose dans les cheveux, et même dans mes rêves, je l'avais jamais vue jolie comme ça. Elle entre et ma maman l'emmène dans le petit salon et lui donne un soda à la glace, puis m'appelle pour que je descende de ma chambre, où je m'étais réfugié dès que j'avais vu Jenny Curran arriver dans l'allée. Sur le coup, j'aurais préféré être pourchassé par cinq mille gonzes plutôt que de sortir de ma piaule, mais ma maman est arrivée et m'a pris par la main, m'a fait descendre et m'a donné un soda à la glace à moi aussi. Ça a arrangé un peu les choses.

Ma maman a dit qu'on pouvait aller au cinéma, et elle a donné trois dollars à Jenny au moment où on est sortis de la maison. Jenny avait jamais été aussi gentille, elle discutait et rigolait, et moi je hoche la tête et je souris comme un idiot. Le cinéma était qu'à quatre ou cinq rues de chez moi, Jenny a acheté les tickets, on est entrés et on s'est assis. Elle m'a demandé si je voulais du pop-corn, et quand elle est revenue avec le pop-corn, le film avait déjà commencé.

C'était un film sur deux personnes, un homme et une dame qui s'appelaient Bonnie et Clyde, qui dévalisaient des banques, et il y avait aussi d'autres gens intéressants. Mais il y avait aussi beaucoup de gens tués et des coups de feu et des conneries dans ce genre. Moi ça me faisait tout drôle que les gens se tuent et se tirent dessus comme ça, et à chaque fois je me fendais la pipe, et à chaque fois, Jenny avait l'air de rudement s'enfoncer dans son siège. À la moitié du film, Jenny était presque par terre. Je l'ai remarqué soudain et je me suis dit qu'elle avait dû tomber de son siège, alors je me suis penché sur elle, et je l'ai attrapée par les épaules pour l'aider à se rasseoir à sa place.

C'est alors que j'ai entendu quelque chose qui se déchirait, j'ai regardé, c'était la robe de Jenny Curran qui s'était complètement déchiquetée, si bien qu'on voyait tout. De mon autre main, j'ai essayé de la cacher, mais elle a commencé à faire du boucan et à se débattre comme une forcenée, et moi j'essayais de rester serré contre elle pour pas qu'elle dégringole par terre ou que ses vêtements tombent, et les gens autour de nous se retournaient pour essayer de voir d'où venait ce raffut. D'un seul coup un type arrive dans la travée et avec sa lampe de poche il nous éclaire Jenny et moi. Maintenant que tout le monde peut la voir, elle se met à crier puis elle se lève d'un bond et quitte la salle en courant.

J'ai pas le temps de me retourner que deux gonzes radinent, me demandent de me lever et de les suivre à leur bureau. Quelques minutes plus tard, quatre policiers débarquent et me demandent de les accompagner. Ils me montrent le chemin jusqu'à une voiture de police, deux à

l'avant, deux à l'arrière avec moi, comme les gorilles de Coach Fellers, sauf que cette fois, on y
va vraiment, « en ville », et ils m'emmènent jusqu'à une salle, ils me font poser mon doigt sur
un tampon et me prennent en photo et me jettent en prison. Ça a été une sale expérience. J'ai
pas arrêté de me faire du mouron pour Jenny,
mais au bout d'un certain temps ma maman est
arrivée, elle s'essuyait les yeux avec un mouchoir,
et elle se tortillait les doigts, et j'ai su une fois de
plus que j'avais fait une bêtise.

Quelques jours plus tard il y a eu une sorte de
cérémonie au tribunal. Ma maman m'a mis mon
costume et m'a emmené, et on a rencontré un
gentil monsieur avec une moustache, qui portait
un gros sac à main, et qui a dit plein de trucs au
juge, et ensuite, d'autres gens, dont ma maman,
ont raconté d'autres conneries et finalement ça a
été à mon tour.

Le type à la moustache m'a pris par le bras
pour que je me lève, et le juge m'a demandé
comment ça se faisait-y que tout ça soit arrivé.
Je savais pas quoi lui dire, alors j'ai juste haussé
les épaules, et il m'a demandé si je voulais ajouter autre chose, et j'ai dit : « J'ai envie de faire
pipi », vu que ça faisait presque une demi-journée qu'on était assis là, et j'allais exploser ! Le
juge, il se penche sur son gros bureau tout vieux,
et il me dévisage comme si que je débarquais de
Mars ou je sais pas quoi. Alors le zig à la moustache se met à causer, après quoi le juge lui dit
de m'accompagner aux cabinets, et c'est ce qu'il

fait. En quittant la pièce je me retourne, et j'aperçois ma pauvre maman qui se tamponne les yeux avec son mouchoir.

En tout cas, quand je reviens, le juge est en train de se gratter le menton et il dit que toute cette histoire est « bien singulière » mais il pense que je devrais aller à l'armée ou un truc dans le genre, ce qui me ferait le plus grand bien. Ma maman lui annonce que l'Armée des États-Unis ne veut pas de moi, rapport à ce que je suis idiot, mais que ce matin même, une lettre est arrivée de l'université disant que si je joue au football dans leur équipe, je peux aller à l'école gratuitement.

Le juge dit que cela aussi lui paraît singulier, mais il donne son accord, du moment que je vire mon gros derche de cette ville.

Le lendemain matin, toutes mes affaires sont prêtes et ma maman m'accompagne au bus et me fait monter dedans. Moi je regarde par la fenêtre et je vois ma maman qui chiale et s'essuie les yeux avec son mouchoir. Voilà une scène que je commence à trop bien connaître. Elle est gravée pour toujours dans mon esprit. En tout cas, le bus démarre, et c'est parti mon kiki.

3

À l'université, Coach Bryant sort de la salle de gym où on est tous assis en shorts et en sweat-shirts et il commence à faire un discours. Un peu le même genre de discours que Coach Fellers, sauf que même un simplet comme moi pouvait dire qu'il plaisantait pas ! Un discours bref et bien gentil, et il conclut que le dernier arrivé au bus ira au terrain d'entraînement non pas dans le bus, mais sur le soulier de Coach Bryant. Ouimsieu. Personne met sa parole en doute, et on s'entasse dans le bus comme des crêpes.

Tout ça c'était au mois d'août, en Alabama il fait plus chaud que n'importe où. Pour dire, si vous mettez un œuf sur votre casque de foot, vous avez un œuf au plat en dix secondes environ. Évidemment, personne n'essaye jamais, rapport à ce que ça rendrait Coach Bryant furax. Et ça, personne n'avait envie que ça arrive, vu que la vie était déjà bien assez duraille comme ça.

Coach Bryant a demandé à ses propres gorilles de me faire visiter le coin. Ils m'ont emmené là où j'allais habiter, un joli bâtiment en brique sur le campus, que quelqu'un a baptisé le « Dortoir du Singe ». Les gorilles m'ont accompagné en bagnole, m'ont conduit là-haut dans ma piaule. Malheureusement, ce qui avait l'air chouette de l'extérieur était vachement moche à l'intérieur. D'abord il se trouve que le bâtiment a pas été habité depuis un bail, c'est crasseux et plein de cochonneries partout, et la plupart des portes ont été arrachées de leurs gonds et saccagées, et les fenêtres explosées.

À l'intérieur, quelques mecs sont vautrés sur les pieux, en tenue légère parce qu'il fait dans les 40 degrés, et ça bourdonne et ça ronfle de mouches et d'insectes. Dans le couloir il y a un énorme tas de journaux, et au début j'ai les jetons qu'ils nous obligent à les lire, vu qu'on est en fac et tout ça, mais j'apprends vite que c'est pour par terre, pour pas piétiner la crasse et les cochonneries.

Les gorilles me conduisent à ma carrée, ils disent qu'ils espéraient trouver mon coturne, qui s'appelle Curtis quelque chose, mais personne sait où il est. Ils défont mes affaires et me montrent les cabinets, pires que dans une station-service à une seule pompe, et ils se tirent. Mais juste avant de partir, un des gorilles me dit que Curtis et moi on devrait bien s'entendre, vu qu'on a tous les deux à peu près autant de cervelle qu'une aubergine. Je balance un regard vraiment vilain au gorille qui a dit ça, car je commence à en avoir ras le bol d'entendre ces fadaises, mais il me dit de me mettre au sol et de lui faire cinquante pompes. Après ça, je ferai ce qu'on me dit de faire.

Je suis allé me coucher sur mon pieu après avoir posé un drap dessus pour recouvrir la poussière, et j'ai rêvé que j'étais assis dans le petit salon avec ma maman comme quand il faisait chaud et qu'elle me préparait une citronnade et qu'on causait pendant des heures, lorsque d'un seul coup la porte a été fracassée et s'est écrasée par terre et j'en ai été à moitié mort de trouille ! Un mec se tenait dans l'encadrement avec une expression de taré, les yeux exorbités, pas de dents devant, le blair comme une courge jaune et les cheveux dressés comme s'il était allé se fourrer le bidule dans une douille. Je me suis dit que ça devait être Curtis.

Il est entré dans la piaule comme s'il s'attendait que quelqu'un lui saute dessus, il matait de tous les côtés, et il a marché en plein sur la porte qu'il venait de bousiller. Curtis est pas très grand, mais à part ça il ressemble à une glacière. Premier truc qu'il me demande c'est d'où je viens. Quand je dis que je suis de Mobile, il dit que c'est une ville de tapettes, et il m'informe que lui il est de Opp, là où on fait le beurre de cacahouètes, et que si je suis pas jouasse, il ouvrira un bocal pour moi et se chargera de me beurrer le cul avec ! Voilà à peu près toute la conversation qu'on a pu avoir pendant un ou deux jours.

Cet après-midi-là, il faisait dans les dix mille degrés sur le terrain, et tous les gorilles de Coach Bryant tournaient en rond tout en gueulant. Ma langue pendouillait comme un nœud papillon ou je sais pas quoi, mais j'essaye de bien faire. Ils finissent par nous séparer en petits groupes et ils me mettent avec les arrières et on commence à travailler des phases de jeu.

Avant que j'arrive à l'université, ils m'ont envoyé un paquet contenant environ un million de combinaisons de football différentes, et j'ai demandé à Coach Fellers ce que je devais en faire, mais il a juste secoué la tête et m'a dit de pas me casser la nénette – que je me contente donc d'attendre d'être à la fac, ils se débrouilleront sur place.

Maintenant je regrette d'avoir suivi le conseil de Coach Fellers, car en déboulant pour recevoir ma première passe, je me retourne du mauvais côté et le chef des gorilles me tombe sur le paletot et m'enguirlande, et quand il a fini de m'enguirlander, il me demande si j'ai bien étudié les combinaisons qu'ils m'ont envoyées. Quand je lui réponds « euh eh ben », il se met à bondir dans tous les sens et à s'agiter comme s'il avait des frelons sur le dos, et une fois calmé, il me fait faire cinq tours de terrain au pas de course pendant qu'il va consulter Coach Bryant à mon sujet.

Coach Bryant est assis dans une gigantesque tour et nous regarde de haut comme Bud-le-Grand, moi je me coltine mes tours de terrain et je zyeute le gorille qui monte là-haut, crache le morceau et Coach Bryant se tord le cou en avant comme une grue et je sens ses yeux brûlants se poser sur mon gros derche d'andouille. Une voix au mégaphone réclame soudain l'attention de tout le monde, et dit : « Forrest Gump, au rapport à la tour d'entraînement », et j'ai vu Coach Bryant et son gorille qui descendaient. Pendant tout le temps que je trottinais, je regrettais de pas avancer à reculons.

Mais imaginez ma surprise quand j'ai vu Coach Bryant sourire. Il m'a fait signe de venir aux gradins, et on s'est assis et il m'a redemandé si j'avais appris les combinaisons qu'on m'avait envoyées. J'ai commencé à expliquer ce que Coach Fellers m'avait dit, mais Coach Bryant il m'arrête et me dit de retourner sur la ligne et de rattraper les passes, et j'ai encore dû lui dire un truc qu'il voulait pas entendre, à savoir que j'avais jamais rattrapé une seule passe pendant tout le lycée, parce qu'on trouvait que c'était déjà bien assez dur que je me rappelle où était notre ligne de but, alors choper la balle au vol, pas la peine d'essayer de me faire galoper pour ça.

En entendant ça, Coach Bryant a tiré une drôle de tronche et il a regardé au loin jusqu'à la lune ou je sais pas où. Ensuite il a dit au gorille de lancer le ballon, et Coach Bryant me dit lui-même de courir et de me retourner quand la balle m'arrive dessus. Je fais ça, et il m'envoie la balle. Je la vois arriver presque comme au ralenti, mais elle rebondit sur mes doigts et tombe par terre. Coach Bryant hoche la caboche comme s'il aurait dû s'en douter plus tôt, mais quelque chose me dit qu'il est pas jouasse.

Depuis que je suis tout petit, à chaque fois que je fais une bêtise ma maman me dit : « Forrest, t'as intérêt à faire attention, sinon ils vont te boucler. » J'avais tellement les chocottes qu'on me « boucle » que j'ai toujours essayé de m'améliorer, mais je veux bien aller en enfer s'il existe un endroit pire que ce Dortoir du Singe où j'habite.

Les gens faisaient des trucs qu'on aurait pas tolérés même à l'école de cinglés – arracher les cabinets, par exemple, alors vous arrivez aux vécés et il y a plus qu'un trou dans le sol pour poser votre pêche, et ils ont balancé le cabinet par la fenêtre sur une voiture qui passait. Un soir, un couillon qui jouait à l'avant a sorti une cara et a commencé à descendre toutes les fenêtres de la baraque de la fraternité d'en face. Les flics du campus ont rappliqué en catastrophe, mais le type a lourdé par la fenêtre un gros moteur de hors-bord, qu'il avait déniché quelque part, sur la bagnole des flics. Coach Bryant lui a fait faire des tours de terrain en plus pour ça.

Curtis et moi, on s'entend pas vraiment comme larrons en foire, et je me suis jamais senti si seul. Ma maman me manque, j'ai envie de rentrer à la maison. L'ennui avec Curtis, c'est que je le comprends pas. Dès qu'il ouvre la bouche, il dit tellement de gros mots, le temps que je fasse le tri, ce qu'il a voulu dire m'a échappé. La plupart du temps je crois comprendre qu'il y a un truc qui le chiffonne.

Curtis avait une voiture, et d'habitude on allait ensemble au terrain, mais un jour je le rencontre et il peste et il ronchonne, et il est penché au-dessus d'une grande grille de caniveau. Apparemment il avait crevé un pneu, il l'a changé, et en remettant les enjoliveurs, il a fait tomber un écrou dans le caniveau. On va se mettre en retard pour l'entraînement, ce qui est pas bien du tout, alors je lui dis comme ça : « Pourquoi que t'enlèves pas un écrou de chacune des trois autres roues, comme ça t'auras trois écrous sur chaque roue, ce qui devrait suffire pour aller jusqu'au terrain d'entraînement ? »

Curtis arrête un moment de dire des gros mots, me regarde et fait comme ça : « Normalement c'est toi l'idiot, comment t'as trouvé ça ? » Et moi de répondre : « Je suis peut-être idiot mais je suis pas con », là-dessus, Curtis bondit et se met à me courser avec le démonte-pneu, tout en me traitant de tous les noms qui lui passent par la tête, en gros on s'est plus reparlé depuis.

Après ça, je décide de déménager, et dès qu'on sort du terrain, je descends au sous-sol du Dortoir du Singe et j'y passe la nuit. C'était pas plus sale que les pièces du haut et il y avait une ampoule électrique. Le lendemain j'ai installé mon pieu, et dès lors c'est là que je me suis installé.

Entre-temps, l'école a commencé et il faut qu'ils se dépatouillent avec moi. Il y a un gars de la section sports qui avait l'air de rien faire d'autre que de trouver des moyens de s'arranger pour que les bêtas arrivent à avoir leur examen. Certains cours devaient être fastoches, comme éducation physique, et ils m'ont mis dans cette classe. Mais je dois aussi prendre anglais et science ou math, et il y a pas moyen d'y échapper. Ce que j'ai appris par la suite, c'est que certains profs fichaient plus ou moins la paix aux joueurs de football, ce qui voulait dire qu'ils considéraient qu'on était complètement absorbés par le football et qu'on pouvait pas consacrer beaucoup de temps aux études. Il y avait un prof comme ça en science, mais malheureusement, la seule matière qu'il enseignait s'intitulait « Lumière, cours moyen », et qui était apparemment un cours pour ceux qui se destinaient à une licence de physique. N'empêche que c'est là qu'on m'a inscrit, alors que même la physique du cours d'éducation physique, j'y pigeais que dalle.

J'ai pas eu cette chance en anglais. Apparemment ils n'avaient aucune personne compatissante dans le département d'anglais, alors on m'a juste dit d'y aller, de suivre les cours et de louper l'examen, et on s'arrangerait plus tard.

Dans « Lumière, cours moyen », on m'a fourni un livre qui pesait dans les deux kilos et demi et on aurait dit un peu qu'il avait été écrit par un Chinois. Mais chaque soir je l'ai descendu au sous-sol, je l'ai posé sur mon lit sous l'ampoule, et au bout d'un moment, sans raison, j'ai commencé à piger. Ce qui m'échappait, par contre, c'est pourquoi il fallait faire ça, mais résoudre ces équations c'était vraiment les doigts dans le nez. Pr Hooks qu'il s'appelait, mon prof, et après la première interro, il m'a demandé de venir dans son bureau après la classe. « Forrest, je veux que vous me disiez la vérité, qu'il m'a dit comme ça, est-ce que quelqu'un vous a donné les réponses aux questions ? » Et j'ai secoué la tête, alors il m'a donné un problème par écrit, à moi de le résoudre. Quand j'ai eu fini, le Pr Hooks a regardé ce que j'avais fait, il a secoué la tête et il a fait : « Bon sang de bonsoir ! »

Le cours d'anglais, c'était une autre paire de manches. Le prof, un certain Boone, était quelqu'un de très austère, et il jacassait beaucoup. À la fin du premier jour, il nous demande de lui rédiger le soir même une brève autobiographie. C'est tout simplement le truc le plus difficile que j'aie jamais essayé de faire, mais je reste éveillé toute la nuit, à réfléchir et à écrire, et je raconte tout ce qui me vient à l'esprit, rapport à ce que de toute façon on m'a dit de louper ce cours.

Quelques jours plus tard, Boone commence à rendre les copies en critiquant et en se moquant des autobiographies de tout le monde. Puis il vient à ce que j'ai fait, et je me dis ce coup-là ça va être ma fête. Mais il tient ma copie et se met à lire à voix haute, et commence à se bidonner et tous les autres aussi. J'avais raconté l'école chez les tarés, le football avec Coach Fellers, le banquet du All State, la scription, Jenny Curran, le cinéma et tout ça. À la fin Boone, il dit : « Là il y a de l'*originalité*! Voilà ce que je veux », et tout le monde se retourne vers moi. « Monsieur Gump, vous devriez songer à vous inscrire dans la section Ateliers d'Écriture – comment avez-vous fait pour inventer tout cela ? » Et moi de répondre : « J'ai envie de faire pipi. »

M. Boone sursaute, puis il éclate de rire, et tout le monde avec lui, et il fait : « Monsieur Gump, vous êtes impayable. »

Une fois de plus, je suis le premier surpris.

Le premier match de football a eu lieu un samedi, quelques semaines plus tard. L'entraînement s'était pratiquement tout le temps mal passé, car Coach Bryant essayait de voir ce qu'on allait faire de moi, comme Coach Fellers au lycée. Ils me passaient juste le ballon et me laissaient courir. J'ai bien galopé ce jour-là et j'ai marqué quatre touchdown, et on a écrasé l'université de Géorgie 35 à 3, et tout le monde me tapait dans le dos jusqu'à ce que ça me fasse mal. Après la douche j'ai appelé ma maman, elle avait suivi le match à la radio et elle était tellement heureuse qu'elle allait exploser ! Ce soir-là, tout le monde allait à des soirées et tout ça, mais personne m'a invité, alors je suis descendu dans mon sous-sol. J'étais là depuis un bout de temps quand j'ai entendu un genre de musique qui venait d'en haut, vraiment chouette, et je sais pas pourquoi, je suis monté voir ce que c'était.

Il y avait ce lascar, Bubba, assis dans sa chambre à jouer de l'harmonica. Il s'était cassé le pied à l'entraînement, il pouvait plus jouer, et lui non plus, personne l'avait invité. Il a bien voulu que je m'assoie sur le lit pour l'écouter, on a pas discuté ni rien, lui était simplement assis sur un pieu, moi sur l'autre, et il a joué de l'harmonica. Au bout d'une heure, je lui ai demandé si je pouvais essayer. « D'accord. » J'étais loin de me douter que ça allait chambouler ma vie pour toujours.

Après avoir tâtonné un moment, je suis arrivé à me débrouiller pas mal, et Bubba en revenait pas, il disait qu'il avait jamais entendu quelque chose d'aussi bonnard. Comme il était tard, Bubba m'a dit d'emporter l'harmonica, et c'est ce que j'ai fait, et j'en ai joué longtemps, jusqu'à être fatigué et je suis allé au lit.

Le lendemain c'était dimanche, je suis monté rendre l'harmonica à Bubba mais il m'a dit de le garder parce qu'il en avait un autre, j'étais vraiment content, et je suis allé me balader, je me suis assis sous un arbre et j'ai joué toute la journée jusqu'à ce que j'aie plus rien à jouer.

En fin d'après-midi, le soleil avait presque disparu quand je suis rentré au dortoir. Comme je traversais la cour, j'ai entendu cette voix de fille qui criait : « Forrest ! »

Je me retourne, et qui est-ce que voilà-t'y pas derrière moi ?... Jenny Curran.

Elle a un grand sourire, elle s'approche et me prend par la main, et elle me dit qu'elle m'a vu jouer au football hier et que j'avais été bon et tout ça. En fait elle m'en veut pas pour ce qui s'est passé au cinéma, elle dit que c'était pas de ma faute, qu'il y a des trucs comme ça. Elle me demande si je veux boire un Coca avec elle.

C'était trop beau, être assis là avec Jenny Curran, elle me raconte qu'elle suit des cours de musique et de théâtre et qu'elle veut être actrice ou chanteuse. Et aussi, elle joue dans un petit groupe qui fait du folk, elle me dit qu'ils joueront le lendemain soir dans le bâtiment de l'asso des étudiants et que je peux passer voir. Je suis drôlement impatient, j'aime autant vous le dire.

4

Coach Bryant et les autres ont goupillé un plan secret, et faut pas en parler, même pas entre nous. On m'a appris à rattraper une passe. Tous les jours après l'entraînement j'ai travaillé avec deux gorilles et un quarterback, à courir et à recevoir les passes, à courir et à recevoir les passes, jusqu'à ce que j'en puisse plus et que ma langue pende au nombril. Mais maintenant j'y arrive et Coach Bryant, il dit que ça va être notre arme secrète – comme une « bombe à tomic », ou un truc dans le genre, vu qu'au bout d'un moment les autres équipes vont se dire qu'on me passe jamais le ballon, du coup ils s'y attendront pas.

« Alors, fait Coach Bryant, on va leur balourder ton gros derche – un mètre quatre-vingt-dix-huit et cent huit kilos – qui court les cent yards en 9,5 secondes tout rond. Ça va les méduser ! »

Bubba et moi on est devenus des vrais potes maintenant, et il m'apprend des nouvelles chansons à l'harmonica. Des fois il descend dans mon sous-sol, on s'assoit et on joue ensemble, mais Bubba dit que je suis vachement bon, que lui sera jamais aussi bon. Faut que je vous dise que s'il y avait pas la musique à l'harmonica, je ferais mes valoches et je rentrerais au bercail, mais ça me met dans un état tellement chouette, je peux même pas le décrire. Un peu comme si tout mon corps était dans l'harmonica et la musique me colle la chair de poule quand je joue. L'essentiel du truc vient de la langue, des lèvres, des doigts et de l'orientation de la nuque. Je me dis que peut-être à force de galoper pour attraper toutes ces passes ça m'a allongé la langue, ce qui est vachement de « bon ton », comme on dit.

Le vendredi d'après je suis sur mon trente et un, Bubba me prête sa lotion pour cheveux et de l'après-rasage parce que je vais au bâtiment de l'asso des étudiants. Il y a de la cohue, et Jenny Curran et trois autres sont sur scène, ça on peut pas se tromper. Jenny porte une robe longue et joue de la guitare, quelqu'un d'autre joue du banjo et un autre de la contrebasse.

Ça rend bien et Jenny m'aperçoit dans la foule, elle me fait signe de m'approcher pour m'asseoir près de la scène. C'est tout simplement formidable d'être assis par terre à écouter et à regarder Jenny Curran. Je me disais vaguement que plus tard j'irais acheter des fondants divins pour voir si elle aussi elle en voulait.

Ils ont joué pendant environ une heure et tout le monde était content. Ils ont joué la musique de Joan Baez, de Bob Dylan et de Peter, Paul and

Mary. J'étais allongé les yeux fermés, j'écoutais, je ne suis pas sûr de ce qui s'est passé, j'ai sorti mon harmonica et je me suis retrouvé à jouer avec eux.

C'était le truc le plus étrange. Jenny chantait *Blowing in the Wind*, et quand je me suis mis à jouer, elle s'est arrêtée une seconde, et le joueur de banjo, lui aussi il s'est arrêté, ils avaient vraiment l'air surpris, et Jenny m'a fait un grand sourire et elle a repris la chanson, et le joueur de banjo, il s'est arrêté pour que j'y aille tout seul à l'harmonica, et quand j'ai fini tout le monde s'est mis à m'applaudir et à m'acclamer.

Après ça Jenny descend de la scène, le groupe fait une pause et elle me dit : « Forrest, mais qu'est-ce que ? Où est-ce que tu as appris à jouer de ce truc ? » En tout cas, après ça, Jenny m'a fait entrer dans le groupe. C'était tous les vendredis, et quand on avait pas de match à l'extérieur, je me faisais vingt-cinq biftons dans la soirée. C'était le paradis jusqu'à ce que j'apprenne que Jenny se tapait le joueur de banjo.

Malheureusement, ça se passait moins bien en cours d'anglais. À peu près une semaine après avoir lu mon autobiographie à la classe, M. Boone m'a dit : « Monsieur Gump, je crois qu'il est temps pour vous d'arrêter d'amuser la galerie et de vous y mettre sérieusement. » Il m'a rendu une interro sur Wordsworth.

« La période romantique, il a fait, n'a pas succédé à "un max de conneries classiques". Pas plus que les poètes Pope et Dryden n'étaient une paire de "couillons".

Il m'a demandé de tout refaire, et je commence à réaliser que M. Boone comprend pas que je suis idiot, mais il va bientôt s'en rendre compte.

Entre-temps, ils ont dû se passer le mot, parce qu'un jour mon conseiller d'orientation de la section sports m'appelle et me dit que je suis dispensé des autres cours, et que je suis convoqué chez le Dr Mills le lendemain matin au centre médical de l'université. J'y vais de bon matin et le Dr Mills a tout un tas de papiers devant lui, il les consulte et me dit de m'asseoir et se met à me poser des questions. Quand on a fini, il me demande de me déshabiller – tout sauf le caleçon, ce qui me soulage vu ce qui s'est passé la dernière fois avec les médecins de l'armée – et il commence à m'ausculter vraiment à fond, il me tape sur les genoux avec un petit marteau en caoutchouc.

Après ça, le Dr Mills me demande si ça m'ennuie de revenir dans l'après-midi et d'apporter mon harmonica, parce qu'il en a entendu parler, pour jouer un morceau ou deux pour sa classe de médecine. Je dis d'accord, mais ça me fait tout drôle.

Il y avait une centaine de personnes au cours de médecine, tous en blouse verte à prendre des notes. Le Dr Mills m'a installé sur une chaise, sur l'estrade, avec une carafe d'eau devant moi.

Il raconte un paquet de conneries que je pige pas, mais au bout d'un moment j'ai l'impression que c'est à mon sujet qu'il baragouine.

« Idiot savant », il fait comme ça très fort, et tout le monde me dévisage.

« Incapable de faire un nœud de cravate, à peine capable de lacer ses chaussures, il a les facultés intellectuelles d'un garçon entre six et dix ans et – en l'occurrence – un corps de, eh bien, d'Adonis. » le Dr Mills me sourit d'une manière que j'aime pas, mais je suis coincé, faut croire.

« Mais l'esprit, qu'il dit, l'esprit d'un idiot savant comporte de rares poches de brillance, si bien que Forrest est capable de résoudre des équations mathématiques fort complexes qui laisseraient perplexe chacun d'entre vous, et il est capable d'ingurgiter des thèmes musicaux avec l'aisance d'un Liszt ou d'un Beethoven. » « Idiot savant », il répète en balayant sa main dans ma direction.

Je suis pas sûr qu'est-ce que je dois faire, mais il m'avait demandé de jouer quelque chose, alors je sors mon harmonica et je commence à jouer *Puff, the Magic Dragon*. Tout le monde reste assis à me dévisager comme si j'étais un insecte ou un truc dans le genre, et quand le morceau se termine ils restent plantés là à me regarder – ils applaudissent même pas ni rien. Alors je me suis dit que ça leur avait pas plu, je me suis levé, j'ai dit « merci » et je me suis fait la malle. Moi je les emmerde ces gens-là.

Au cours de ce trimestre, il y a encore deux autres trucs à moitié importants. Le premier c'est quand on a gagné le Championnat universitaire national et qu'on est allés à l'Orange Bowl, et le deuxième c'est quand j'ai découvert que Jenny se tapait le joueur de banjo.

C'était le soir où on devait jouer à la soirée d'une fraternité à l'université. On avait eu un entraînement vachement rude cet après-midi-là, et j'avais tellement soif que j'aurais été capable de boire dans une cuvette de cabinets comme un chien. Mais il y avait ce petit magasin à cinq ou six rues du Dortoir du Singe, alors après l'entraînement j'y suis allé dans l'idée de me faire une citronnade avec des citrons verts et du sucre, comme ma maman me faisait avant. Derrière le comptoir, il y a une vieille femme qui louche et elle me regarde comme si j'étais là pour un hold-up ou je sais pas quoi. Je cherche les citrons verts et au bout d'un moment elle me fait : « Je peux t'aider ? » et je dis : « Je veux des citrons verts », et elle me répond qu'elle a pas de citrons verts. Alors je lui demande si elle a des citrons tout court, en me disant qu'une citronnade normale fera bien l'affaire mais il y en a pas non plus, pas d'oranges, rien. C'est pas ce genre de magasin. J'ai peut-être tourné pendant une heure ou plus, et la bonne femme a commencé à s'énerver, et elle a fini par dire : « Tu vas te décider ? » alors je prends une boîte de pêches sur une étagère, et du sucre, en me disant qu'à défaut d'autre chose je pourrai peut-être me faire une pêchade, ou un truc dans le genre, je crève de soif. Arrivé au sous-sol, j'ouvre la boîte avec un couteau et j'écrase les pêches dans une chaussette et j'égoutte dans un bocal. J'ajoute de l'eau et du sucre et je remue, mais je vais vous dire un truc – ça avait pas goût de citronnade – à vrai dire ça avait plutôt goût de chaussettes chaudes.

En tout cas, j'avais rendez-vous à la maison de la fraternité à sept heures et quand j'arrive, des gars sont en train de tout installer, mais Jenny et le joueur de banjo sont introuvables. Je demande à droite à gauche, puis je sors sur le parking prendre un bol d'air. J'ai aperçu la voiture de Jenny, et je me suis dit qu'elle venait peut-être juste d'arriver.

Il y a de la buée sur toutes les fenêtres, ce qui fait qu'on voit pas bien à l'intérieur. Eh ben je me dis qu'elle est peut-être enfermée à l'intérieur, qu'elle étouffe à cause des gaz d'échappement et qu'elle arrive pas à sortir, alors j'ouvre la portière pour regarder à l'intérieur. Et là, tout s'explique.

Elle est bien là, allongée sur la banquette arrière, le haut de sa robe descendu et le bas retroussé. Le joueur de banjo, il est aussi là, sur elle. Jenny m'a aperçu et s'est mise à hurler et à s'affoler, exactement comme elle avait fait au ciné, et il m'apparaît alors qu'elle est en train de se faire agresser, alors j'attrape le joueur de banjo par la chemise, c'est d'ailleurs tout ce qu'il a sur lui, et je le vire d'où il était.

Ma foi, pas besoin d'être idiot pour se rendre compte qu'une fois de plus j'avais fait ce qui fallait pas. Bon sang, vous pouvez pas imaginer comment qu'il s'est emporté. Il me rouspète, elle aussi elle me rouspète tout en essayant de relever et de tirer sa robe, et Jenny finit par dire : « Oh, Forrest, comment tu as pu faire une chose pareille ? » et elle a fichu le camp. Le joueur de banjo, il a ramassé son banjo et il a lui aussi mis les bouts.

En tout cas, après ça il était clair que j'étais plus le bienvenu dans leur petit groupe, et je suis retourné dans mon sous-sol. Je comprenais toujours pas ce qui avait bien pu se passer, mais Bubba qui avait vu de la lumière est venu me rejoindre, et quand je lui ai expliqué ce qui s'était passé, il m'a dit : « Parbleu, Forrest, mais ils faisaient l'amour ! » Ma foi, j'admets que j'aurais pu deviner tout seul, mais pour être honnête, c'était pas un truc que j'avais envie de savoir. Mais parfois, faut regarder les choses en face.

C'était sûrement une bonne chose que je sois très pris par le football, parce que j'étais pas dans mon assiette de savoir que Jenny faisait ça avec le joueur de banjo, et qu'elle avait certainement jamais pensé à moi pour ça. Mais cette fois on avait pas perdu un match de toute la saison et on allait jouer pour le Championnat national à l'Orange Bowl contre les Quenouilles-de-maïs du Nebraska. C'était toujours un grand moment de rencontrer une équipe du Nord, parce qu'à tous les coups ils avaient des gars de couleur dans l'équipe, et c'était un motif de consternation pour certains des nôtres – même si moi ça m'a jamais inquiété, rapport à ce que la plupart des types de couleur que j'ai rencontrés ont été plus sympas avec moi que les Blancs.

En tout cas on est descendus à Miami pour l'Orange Bowl, et juste avant le match, on faisait pas nos malins. Coach Bryant vient dans les vestiaires et il la ramène pas trop, sauf qu'il veut qu'on gagne, qu'il va falloir jouer serré, ou un truc comme ça, et on s'est retrouvés sur le terrain, c'est à eux d'engager. Le ballon m'arrive direct dessus, je l'attrape au vol et je pique tout droit dans le tas de Quenouilles-de-maïs nègres du Nebraska et de gros blancs-becs qui doivent peser chacun dans les cinq cents livres.

Ça a été comme ça tout l'après-midi. À la mi-temps ils menaient 28 à 7, et nous, on la ramenait pas trop. Coach Bryant arrive dans les vestiaires et secoue la tronche comme s'il s'y attendait depuis le début. Puis il commence à dessiner des trucs au tableau et à causer à Serpent, le quarterback, et à quelques autres, et puis il m'appelle et me demande de venir dans le couloir.

« Forrest, qu'il me dit comme ça, faut arrêter les conneries. » Sa figure est juste devant la mienne, je sens sa respiration toute chaude sur mes joues. « Forrest, pendant toute l'année on t'a entraîné en secret à recevoir les passes, et tu t'en es bien sorti. Maintenant on va appliquer ça à la deuxième mi-temps contre ces couillons du Nebraska, et ils vont être tellement sur le cul que leurs coquilles vont leur en tomber sur les chevilles. Mais ça dépend de toi, mon gaillard – alors à toi de jouer et galope comme si une bestiole sauvage te filait le train. »

Je fais oui de la tête, et c'est le moment de revenir sur le terrain. Tout le monde hurle et nous encourage, mais je trouve un peu que c'est pas juste que tout me retombe sur les épaules. Qu'est-ce ça peut foutre – des fois c'est comme ça.

Premier coup, le ballon est pour nous, Serpent, le quarterback, dit dans le pack : « O.K., maintenant on va lancer les Forrest Series », et il me dit : « Tu fonces pendant vingt yards, tu te retournes et le ballon sera là. » Tu parles que j'y étais ! D'un seul coup le score passe à 28 - 14.

On a vachement bien joué après ça, sauf que ces Quenouilles-de-maïs du Nebraska, les couillons de négros et les lourdauds de blancs-becs ils sont pas restés assis à compter les points. Ils ont des ruses à eux – essentiellement nous tomber tous dessus comme si on était en carton ou un truc dans le genre.

Mais ils sont quand même étonnés que j'arrive à attraper le ballon, et au bout de quatre ou cinq fois, on en est à 28 - 21, ils se mettent à me coller deux gonzes aux basques. Du coup, l'arrière Gwinn, lui, est plus marqué, et il attrape le ballon de Serpent et nous amène jusqu'à la ligne des quinze yards. La Fouine, le buteur, tire au pied et ça fait maintenant 28 - 24.

Coach Bryant vient me voir sur la touche et me dit : « Forrest, tu as peut-être de la merde à la place de la cervelle, mais faut que tu nous tires d'ici. Je veillerai personnellement à ce que tu sois fait président des États-Unis ou ce que tu veux, à condition que tu nous portes le ballon une fois de plus au-delà de la ligne de but. » Il me donne une tape sur la tête, comme si j'étais un clébard, et me voilà de retour dans le match.

Le Serpent, il se fait cueillir derrière la ligne dès le premier engagement, et l'heure tourne. Au second engagement, il essaye de les mettre dans le vent en me donnant le ballon au lieu de le passer, mais je me ramasse illico à peu près deux tonnes de barbaque de Quenouilles-de-maïs du Nebraska, noir et blanc. Me voilà écrabouillé sur le dos à m'imaginer ce que ça a dû être pour mon père quand il a reçu le paquet de bananes, et je me relève.

« Forrest, fait Serpent, je vais faire semblant de passer le ballon à Gwinn, mais c'est à toi que je vais l'envoyer, alors je veux que tu files jusqu'au coin, et que tu te retournes côté droit, et le ballon sera là. » Serpent a des yeux de tigre enragé. Je fais oui de la tête et je fais ce qu'on me dit.

Sûr que Serpent m'a envoyé le ballon dans les paluches, et je coupe vers le centre du terrain vers les poteaux de but. Mais d'un seul coup un géant me vole dans les plumes et me ralentit, puis tous les autres Quenouilles-de-maïs du Nebraska me tombent sur le paletot, les nègres et ces grandes andouilles de blancs-becs, ils m'empoignent, me bloquent et me piétinent et moi je m'écroule. Merde ! On a plus que quelques yards à faire pour gagner le match. Quand je me relève, je vois que Serpent a déjà placé tous les joueurs pour notre dernier engagement, rapport à ce qu'on a épuisé toutes nos pauses. J'ai regagné ma place, il me fait signe qu'il va engager, alors je me lance à toute blinde, mais soudain il envoie volontairement la balle à six mètres au-dessus de ma tête, au-delà des limites – pour qu'on arrête le chrono je suppose, alors qu'il nous reste plus que deux ou trois secondes.

Sauf que voilà, malheureusement, Serpent s'est mélangé les pédales, j'imagine qu'il croyait qu'on avait encore un engagement alors qu'en fait on en était au dernier, si bien qu'on perd le ballon, et qu'aussi, bien sûr, on perd le match. Typiquement le genre de bourde que j'aurais pu faire.

N'empêche que c'était vraiment triste pour moi, je me disais que Jenny Curran avait probablement maté le match, et peut-être que si j'avais eu le ballon et que j'avais marqué, elle aurait essayé de me pardonner ce que j'avais fait. Mais ça s'est pas passé comme ça. Coach Bryant était carrément pas content, mais il a ravalé sa rancœur et il a fait comme ça : « Eh ben, les gars, reste toujours l'année prochaine. »

Sans moi. Car l'année prochaine, moi je serai plus là.

5

Après l'Orange Bowl, la section sports a reçu mes notes du premier trimestre, et Coach Bryant a pas tardé à me convoquer dans son bureau. J'entre, il a l'air blême.

« Forrest, qu'il me dit, que tu te sois planté à l'anglais de rattrapage, je comprends, mais que tu aies eu 20 sur 20 dans une matière qui s'appelle "Lumière, cours moyen," et un 0 sur 20 en éducation physique alors qu'on vient juste de t'élire Meilleur Arrière universitaire du Sud-Est du pays ça me mystifiera jusqu'à la fin de mes jours ! »

C'était une longue histoire, je voulais pas ennuyer Coach Bryant avec, mais d'abord pourquoi j'aurais besoin de connaître la distance qu'il y a entre deux poteaux de rugby, hein ? Eh bien, Coach Bryant me regarde d'un air terriblement triste. « Forrest, je regrette infiniment d'avoir à te dire ça, mais tu es viré de l'école, et je n'y peux rien. »

Je suis juste resté planté là à me tortiller les mains jusqu'à ce que je réalise ce qu'il venait de me dire – plus jamais je rejouerai au football. Il faut que j'arrête la fac. Peut-être que je ne reverrai plus jamais les autres gars. Peut-être que je ne reverrai plus jamais Jenny Curran non plus. Faut que je déménage de mon sous-sol, au trimestre prochain, je prendrai pas « Lumière, perfectionnement », comme le Pr Hooks avait dit. Je m'en suis pas rendu compte mais des larmes me sont montées aux yeux. J'ai rien dit. Je suis resté là, la têtc basse.

Puis l'entraîneur, il s'est relevé, il s'est approché de moi et il a mis son bras autour de moi.

« Forrest, ça va aller, fiston, qu'il me fait comme ça. Quand tu es arrivé ici la première fois, je m'attendais que quelque chose dans ce goût se produise. Mais je leur ai dit, laissez-moi ce gaillard pour une saison – c'est tout ce que je demande. Eh ben, Forrest, on a fait une saison d'enfer. Ça c'est sûr. Et c'est vraiment pas de ta faute si Serpent a dégagé en ballon mort alors qu'on en était au dernier engagement… »

J'ai relevé la tête, il y avait des petites larmes aussi dans les yeux de l'entraîneur et il me fixait du regard.

« Forrest, qu'il me dit, jamais quelqu'un a joué comme toi au football dans cette université, et il n'y en aura plus jamais. Tu as été épatant. »

Là-dessus le Coach va regarder à la fenêtre, et il fait : « Bonne chance, mon gars – et maintenant tire ton gros cul d'ici, gros bêta. »

60

Donc fallait que je quitte l'université.

Je suis retourné dans mon sous-sol faire mes valoches. Bubba est venu me rejoindre avec deux bières et il m'en a donné une. J'avais jamais bu de bière avant, mais je comprenais facilement qu'on puisse y prendre goût.

Bubba m'accompagne en dehors du Dortoir du Singe, et là – non, sérieux – voilà-t'y pas que je tombe sur toute l'équipe de football.

Ils sont tous très calmes et Serpent, il s'approche, il me serre la main et me dit : « Forrest, je suis complètement désolé pour cette passe, d'accord ? » Et moi je lui réponds : « Pas grave, Serpent, c'est bon. » Et ils s'approchent tous, l'un après l'autre, et me serrent la main, y compris le vieux Curtis qui porte un corset qui lui prend le torse jusqu'au cou, rapport à ce qu'il a cartonné une porte de trop dans le Dortoir du Singe.

Bubba dit qu'il va m'aider à porter mes affaires jusqu'au bus, mais je lui dis que je préfère être tout seul. « On reste en contact », qu'il me fait. En tout cas, en marchant vers l'arrêt de bus, je passe devant le magasin de l'asso des étudiants, mais on est pas vendredi soir, et le groupe de Jenny Curran joue pas, alors je me dis et merde et je prends le bus pour rentrer chez moi.

Il était tard dans la nuit quand le bus est arrivé à Mobile. J'avais pas expliqué à ma maman ce qui s'était passé, vu que je savais qu'elle serait furax, alors je marche jusqu'à la maison, mais il y a une lumière allumée là-haut dans sa chambre, et j'entre, et elle est là à pleurer et à se lamenter exactement comme dans mes souvenirs. Ce qui se passe, qu'elle me dit comme ça, c'est que l'Armée des États-Unis a déjà entendu dire que j'ai pas eu mes examens, et aujourd'hui même une convocation est arrivée pour le Centre d'Incorporation de l'U.S. Army. Si j'avais alors su ce que je sais maintenant, j'y aurais jamais mis les pieds.

Ma maman m'emmène quelques jours plus tard. Elle m'a préparé un casse-croûte au cas où j'aurais faim en route. Il y a environ une centaine de gus et quatre ou cinq bus qui attendent. Un bon gros vieux sergent beugle et peste après tout le monde, et ma maman va vers lui et lui fait : « Je vois pas comment vous pouvez prendre mon gars – vu qu'il est idiot », mais le sergent la regarde et lui répond : « Mais, ma petite dame, vous croyez que les autres ils sont quoi ? Des Einstein ? » et il se remet à beugler et à pester. Il s'en prend bien vite à moi aussi, et je monte dans le bus, et c'est parti mon kiki.

Depuis l'école pour cinglés les gens ont pas arrêté de me gronder – Coach Fellers, Coach Bryant et ses gorilles, et maintenant l'armée. Mais que je vous dise une chose : ces zigotos de l'armée, ils braillent plus longtemps, plus fort et plus méchamment que n'importe qui. Ils sont jamais contents. En plus, contrairement aux entraîneurs, ils se fichent que vous soyez un imbécile ou un crétin – ils s'intéressent drôlement à votre anatomie ou bien aux mouvements de vos boyaux, si bien qu'ils commencent chaque engueulade par un truc genre « tête de nœud », ou « trou du cul ». Des fois je me demande si Curtis est pas passé par l'armée avant de jouer au football.

En tout cas, au bout d'une centaine d'heures dans le bus, on arrive à Fort Benning, en Géorgie, et le premier truc qui me vient à l'esprit c'est 35 à 3, quand on a mis la pâtée aux Georgia Dogs. À vrai dire, les conditions dans les baraquements sont un peu meilleures qu'au Dortoir du Singe, mais pas la bouffe – qui est dégueulasse, même s'il y en a beaucoup.

À part ça, les mois qui ont suivi, il a juste fallu faire ce qu'ils nous disaient, et se faire enguirlander. Ils nous ont appris à tirer avec des armes, à lancer des grenades et à ramper sur le bide. À part ça on était occupés soit à courir quelque part, soit à nettoyer les cabinets ou autres. Ce que je me rappelle bien, c'est qu'apparemment, à Fort Benning, il y en avait pas un de plus malin que moi, ce qui m'a reposé, ça c'est sûr.

Peu de temps après mon arrivée, on m'a affecté à l'intendance, rapport à ce que j'avais par accident fait un trou dans le château d'eau aux séances de tir. Je me pointe dans la cuisine, et on dirait bien que le cuistot est malade ou un truc dans le genre, et quelqu'un me montre du doigt et fait : « Gump, c'est toi qui seras de cuisine aujourd'hui.

– Et je vais cuisiner quoi ? je demande. J'ai jamais cuisiné de ma vie.

– Qu'est-ce ça peut faire ? dit quelqu'un. On n'est pas au Sans-Souci, tu sais ?

– Pourquoi pas un ragoût ? dit quelqu'un d'autre. C'est le plus facile.

– De quoi ? que je demande.

– Regarde au frigo et dans le garde-manger, répond le zig. Tu mets tout ce que tu trouves et tu fais bouillir.

– Et si c'est pas bon ? je demande.

– Qu'est-ce ça peut foutre ? Tu as déjà bouffé quelque chose de bon ici ? »

Là il a pas tort.

Bon, bah, je commence à récupérer tout ce que je peux dans les frigos et le garde-manger. Des boîtes de tomates, des haricots, des pêches, du bacon, du riz et des paquets de farine et des sacs de pommes de terre et je sais pas quoi d'autre. J'ai tout rassemblé et j'ai dit à un des gars : « Dans quoi je vais faire chauffer tout ça ?

– Il y a des casseroles dans le placard », qu'il me fait, mais quand je regarde je ne trouve que des petites casseroles, il y a pas de marmite assez grande pour préparer un ragoût pour les deux cents gus de la compagnie.

« Pourquoi que tu demandes pas au lieutenant ? fait quelqu'un.

– Il est dehors en manœuvre, dit un autre.

– Je sais pas, dit un des gars, mais quand les zigotos vont revenir ils vont avoir les crocs, alors t'as intérêt à te dépêcher de trouver une solution.

– Et si je me servais de ça ? » je fais. Il y a un truc en fer énorme de deux mètres de haut et presque autant de large.

« Ça ? Ça va pas, c'est la chaudière. On peut rien faire cuire là-dedans.

– Et pourquoi ? que je lui demande.

– Eh ben je sais pas. Mais si j'étais toi je le ferais pas, c'est tout.

– C'est chaud. Il y a de l'eau dedans, je fais.

– Fais ce que tu veux, dit quelqu'un, nous on a d'autres chats à fouetter. »

Si bien que je me suis servi de la chaudière. J'ai ouvert toutes les boîtes, j'ai épluché les pommes de terre, et j'ai jeté là-dedans la viande que j'ai trouvée et des oignons et des carottes et j'y ai versé dix ou vingt bouteilles de ketchup et de moutarde et tout ça. Au bout d'une heure, on commençait à sentir le fumet du ragoût.

« Ça avance, le dîner ? on m'a demandé au bout d'un moment.

– Je vais goûter », j'ai répondu.

J'ai dévissé le couvercle et voilà, on voyait tous les trucs en ébullition qui bouillaient, et par moments un oignon ou une pomme de terre venait flotter à la surface.

« Je peux goûter ? » m'a demandé un type. Il a plongé un quart dans le ragoût.

« Dis donc, c'est loin d'être cuit, ton truc, il a fait. Tu ferais mieux de mettre plus fort. Les gars vont arriver d'une minute à l'autre. »

Alors j'ai mis à feu plus fort et une chose est sûre, c'est que les gars de la compagnie se sont mis à radiner. On les entendait à la caserne prendre leur douche, s'habiller pour le dîner, et peu de temps après ils ont commencé à se pointer à la cantine.

Sauf que le ragoût était pas encore prêt. Je l'ai regoûté et il y avait encore certains trucs pas cuits. À la cantine, il y a eu une sorte de grondement de mécontentement qui s'est vite transformé en cris, alors j'ai encore monté le feu sous la chaudière.

Au bout d'à peu près une demi-heure, ils cognaient sur les tables avec leurs fourchettes et leurs couteaux comme dans une rébellion en prison, et j'ai su qu'il fallait que je fasse vite quelque chose, alors j'ai mis la chaudière à fond.

J'étais assis là à regarder, tellement pas rassuré que je savais plus quoi faire, au moment où le sergent a fait irruption.

« Bordel, qu'est-ce qui se passe ici ? Où est la bouffe pour les gars ?

– C'est presque prêt, sergent », j'ai fait, et c'est juste à ce moment que la chaudière s'est mise à gronder et à trembler. De la vapeur a commencé à s'échapper par les côtés et un des pieds de la chaudière a décollé du sol.

« Qu'est-ce que c'est que ça ? a demandé le sergent. Tu fais cuire quelque chose dans cette chaudière !

– Bah, c'est le repas », j'ai fait, et le sergent a eu l'air carrément étonné, et une seconde plus tard, il a eu l'air carrément effrayé, un peu comme juste avant un accident de voiture, et puis la chaudière a explosé.

Je suis pas tout à fait sûr de ce qui s'est passé ensuite. Je me souviens que ça a soufflé le toit de la cantine et toutes les fenêtres et aussi les portes.

Le type qui faisait la plonge a été balayé à travers le mur, et le loustic qui empilait les assiettes a décollé dans les airs, un peu comme l'Homme-Fusée.

Le sergent et moi, on a réussi à être miraculeusement épargnés, comme quand ils disent que si vous êtes tout près d'une grenade, elle peut pas vous blesser. On a aussi réussi à se faire entièrement souffler nos vêtements, sauf la toque de cuistot que j'avais sur la tête. Et on a été recouverts de ragoût tout partout et on ressemblait à – euh, bah, je sais pas à quoi on ressemblait – mais vingt dieux ça faisait bizarre.

C'est incroyable, mais les types qui attendaient à la cantoche, ils ont rien eu non plus. Ils sont restés assis à leurs tables, avec du ragoût tout partout, ils avaient l'air un peu sous le choc, vous voyez – mais eux qui arrêtaient pas de demander quand c'est que c'est prêt, sûr que ça leur a fermé leur clapet.

Le commandant de la compagnie a rappliqué au pas de course.

« Qu'est-ce qui s'est passé ? il a hurlé. S'est passé quoi ? » Il nous a dévisagés tous les deux puis il a hurlé : « Sergent Krantz, c'est bien vous ?

– Gump – Chaudière – Ragoût ! » qu'il s'écrie, et là il s'est repris et, le hachoir à la main, il m'a pris en chasse.

« Gump – Chaudière – Ragoût ! » qu'il hurlait en me coursant avec son hachoir. Je me suis échappé par la porte, et il m'a filé le train sur le terrain de manœuvre, et même à travers le Club des Officiers et le parking. N'empêche que je l'ai semé, vu que c'est ma spécialité, mais pas d'hésitation, ça va barder pour mon matricule, ça j'aime autant vous le dire.

Un soir, à l'automne suivant, le téléphone a sonné à la caserne, c'était Bubba. Il dit qu'il a tiré un trait sur sa carrière sportive parce que sa blessure au pied est plus grave que ce qu'on pensait, alors lui aussi a quitté la fac. Mais il me demande si je peux m'absenter pour monter à Birmingham voir notre fac jouer contre les bouffons du Mississippi. Mais je suis bloqué à la caserne ce samedi, comme tous les samedis depuis que le ragoût a explosé, et c'était à peu près il y a un an. Bon, en tout cas je peux pas y aller, donc je suis le match à la radio tout en briquant les latrines.

Le score est vachement serré à la fin du troisième quart temps, et Serpent est dans un grand jour. Ça fait 38 - 37 pour nous, mais les bouffons du Mississippi marquent un touchdown à une minute de la fin. C'est notre quatrième engagement, et il nous reste plus de temps. Je prie en silence pour que Serpent fasse pas ce qu'il a fait à l'Orange Bowl, c'est-à-dire lourder le ballon dans la zone de ballon mort au quatrième engagement, mais c'est exactement ce qu'il fait.

Mon cœur sombre au plus profond, sauf qu'il y a soudain plein d'acclamations, si bien qu'on entend plus le commentateur, mais une fois que tout s'est calmé, on apprend ce qui s'est passé : Serpent a fait semblant de faire sa passe en ballon mort pour jouer la montre, mais en fait, il a passé le ballon à Curtis qui est allé marquer le touchdown gagnant. Ce qui vous donnera une idée de la malice de Coach Bryant. Il s'était douté que ces bouffons du Mississippi seraient assez bêto pour nous croire capables de faire deux fois la même bourde.

Je suis vraiment content du match, mais je me demande si Jenny Curran l'a regardé et si elle pense à moi.

De toute façon, ça change pas grand-chose, vu qu'un mois plus tard on nous envoie loin. Pendant presque un an on a été entraînés comme des robots, et nous voilà maintenant à dix mille miles, et j'exagère pas. On part pour le Viêt-nam, mais ils nous disent que ce sera pas aussi moche que ce qu'on a vécu au cours de l'année passée. Il se trouve que ça, c'était exagéré.

On est arrivés en février, et on est allés dans des camions à bestiaux de Qui Nhon, sur la côte sud de la mer de Chine, jusqu'à Pleiku, dans les montagnes. Le voyage a pas été trop dur et le site était carrément chouette et intéressant, avec des bananiers, des palmiers et des rizières et des petits niaquoués qui labouraient. Tous ceux qui sont dans notre camp sont vachti sympas, aussi, ils nous font coucou et tout.

On a aperçu Pleiku presque une demi-journée avant d'y être, rapport à un gigantesque nuage de poussière rouge qu'il y avait au-dessus. Aux abords de la ville il y a des petits bidonvilles lugubres, qui sont plus moches que tout ce que j'ai pu voir en Alabama, avec des gens les uns sur les autres sous des bouts de toile, ils ont plus de dents, et leurs enfants ont pas de vêtements et en fait c'est des clochards. Quand on arrive au Quartier Général et à la Base de Feu de la Brigade, ça a pas non plus l'air moche, sauf toute cette poussière rouge. À ce qu'on voit, il se passe pas grand-chose, l'endroit est bien net et propre, avec des tentes qui s'étendent en rang à perte de vue, et la poussière et le sable tout autour sont bien ratissés. Même, on dirait même pas du tout qu'il y a une guerre. On se croirait à Fort Benning.

En tout cas, on nous dit que tout est très calme parce que c'est le début du nouvel an des niaquoués – Tet, ou un truc comme ça – et ils font une trêve. On est tous rudement soulagés, vu qu'on avait déjà bien assez les jetons comme ça. Quoi qu'il arrive, le calme et la tranquillité ont pas duré très longtemps.

Une fois dans nos quartiers, ils nous disent d'aller nous laver aux douches de la Brigade. Les douches de la Brigade c'est juste un vague puits creusé dans le sol où ils ont versé des bennes de flotte, et ils nous disent de plier nos uniformes sur la berge et puis de descendre dedans et ils vont nous arroser à grande eau.

Même comme ça c'est pas trop mal, rapport à ce qu'on a passé presque une semaine dans notre jus et qu'on commence à schlinguer sérieux. Nous voilà dans le puits, à nous faire asperger au tuyau, et la nuit commence juste à tomber, quand d'un seul coup il y a un drôle de bruit en l'air, et un des couillons qui nous arrosent au tuyau s'écrie : « Ça tombe », et tous ceux qui sont sur le bord du puits se volatilisent. Nous on reste là le cul à l'air, à se regarder, et alors il y a une grosse explosion à côté, puis une autre, et ils se mettent tous à hurler et à gueuler en essayant de remettre leurs fringues. Ça pète tout autour de nous, et quelqu'un hurle : « À terre ! », ce qui était un peu ridicule vu qu'on était tous serrés dans le fond du puits et qu'on ressemblait plus à des asticots qu'à des gens.

Une des explosions a propulsé plein de saloperies dans notre trou et les gars de l'autre côté ont été touchés et se sont mis à beugler, à brailler et à saigner et à s'agripper les uns aux autres. C'était plus qu'évident que ce trou c'était pas un endroit à l'abri. Le sergent Krantz se pointe soudain au bord, et nous hurle de foutre le camp d'ici, et de le suivre. On profite d'un moment de répit entre deux explosions pour se tirer de la fosse. J'arrive en haut et je regarde en bas et bon Dieu de bon Dieu ! Les quatre ou cinq zozos qui nous aspergeaient au tuyau sont rétamés. Ils sont à peine reconnaissables – ils sont tout mutilés, on dirait qu'ils sont passés dans un compresseur de coton. J'avais jamais vu de mort, et c'est le truc le plus affreux et terrifiant qui me soit arrivé jusque-là, et même depuis !

Le sergent Krantz nous fait signe de le suivre en rampant, alors on s'exécute. Si on avait pu nous voir du dessus, il y aurait eu sacrément de quoi se rincer l'œil ! Cent cinquante culs nus à frétiller par terre à la queue leu leu.

Il y avait plein de gourbis creusés dans l'alignement et le sergent Krantz nous faisait descendre dedans à trois ou quatre. Mais à peine dedans, on se rendait compte qu'on aurait préféré rester à l'extérieur dans la fosse. Dans ces gourbis on avait une eau de pluie puante et gluante jusqu'à la taille, et ça grouillait de toutes sortes de crapauds et de serpents et d'insectes qui rampaient et se tortillaient et sautaient de partout.

Ça a duré toute la nuit et il a fallu qu'on reste dans les gourbis, et même qu'on a pas eu de dîner. Les bombardements se sont calmés juste avant l'aube et on nous a dit de sortir nos culs des trous, d'aller chercher nos vêtements et nos armes et de nous tenir prêts pour l'attaque.

Comme on était relativement nouveaux, on était pas capables de faire grand-chose – ils savaient même pas où nous mettre, alors ils nous ont dit de surveiller le périmètre sud, là où il y avait les latrines des officiers. Mais c'était quasiment pire que les gourbis, rapport à ce qu'une des bombes était tombée dessus et avait fait sauter cinq cents livres de merde d'officier.

Il a fallu rester là toute la journée, pas de petit déjeuner, pas de déjeuner ; et au coucher du soleil, ils ont recommencé à nous pilonner, alors il a fallu se vautrer dans toute cette merde. Hou la la la la, c'était dégoûtant.

Quelqu'un a fini par se souvenir qu'on avait peut-être faim, et on nous a fait passer des caisses de vivres. J'ai eu droit à du jambon froid et des œufs qui dataient de 1951 d'après la boîte. Plein de rumeurs circulaient. Quelqu'un a dit que les niaquoués arrivaient sur la ville de Pleiku. Un autre a dit que les niaquoués avaient la bombe atomique et nous pilonnaient au mortier juste pour nous amadouer. Un autre encore a dit que c'étaient pas les niaquoués qui nous bombardaient mais les Australiens, ou peut-être les Hollandais ou les Norvégiens. J'imagine que ça a pas d'importance, qui c'était. Moi je leur dis merde, aux rumeurs.

En tout cas, après le premier jour, on a commencé à transformer le périmètre sud en un endroit viable. On s'est creusé des gourbis et on s'est servi des panneaux en fer des officiers pour se faire des petites cabanes. Sauf que l'attaque a jamais eu lieu et qu'on a pas vu un seul niaquoué à dégommer. Je me suis dit qu'ils devaient être assez malins pour pas attaquer des chiottes. N'empêche ils nous ont pilonnés tous les soirs pendant trois ou quatre jours, et un beau matin, alors que les bombardements venaient de cesser, Major Balls, l'officier de bataillon, vient voir notre commandant de compagnie en rampant, et lui dit d'aller au nord pour aider une autre brigade qui se prend la pâtée dans la jungle.

Au bout d'un moment, le lieutenant Hooper nous dit de nous « mettre le pied à l'étrier » et tout le monde met le plus possible de vivres et de grenades dans ses poches – ce qui pose une espèce de dilemme, parce qu'une grenade ça se mange pas, mais on peut quand même en avoir besoin. En tout cas, ils nous ont fait monter dans les hélicoptères, et c'est parti mon kiki.

Avant même que les hélicoptères se posent, on voyait bien dans quel bourbier la Troisième Brigade avait mis les pieds. Il y avait plein de fumée et de trucs qui s'élevaient de la jungle, et des morceaux entiers avaient été arrachés du sol. On avait pas encore posé le pied par terre qu'ils nous canardaient déjà. Ils ont fait sauter un de nos hélicos en vol, et c'était une vision horrible, des gens prenaient feu et tout ça, et nous on y pouvait rien.

C'est moi qui porte les munitions de la mitrailleuse, parce qu'ils se disent que vu ma taille je dois pouvoir trimballer plein de trucs. Avant qu'on décolle, deux gus me demandent si ça m'embêterait pas de prendre un peu de leurs grenades pour qu'ils puissent prendre plus de vivres et j'ai dit d'accord. Ça me gênait pas. Le sergent Krantz m'a aussi fait porter un bidon de flotte de trente-cinq kilos qui pesait au moins dans les cinquante livres. Juste avant de décoller, Daniels, qui devait porter le trépied de la mitrailleuse, a eu la courante, et il a pas pu nous accompagner, alors il a aussi fallu que je me tape le trépied. Une fois lesté, c'est comme si j'avais soulevé un de ces Quenouilles-de-maïs à la con du Nebraska. Sauf que là, c'est pas du football.

La nuit va tomber, et on nous dit de monter jusqu'à une corniche pour prendre le relais de la compagnie Charly, qui accule les niaquoués ou alors c'est le contraire, selon qu'on a les infos par le journal des armées *Stars & Stripes*, ou qu'on ouvre ses mirettes pour regarder ce qui se passe autour.

Une fois là-haut, il y a plein de saloperies qui volent en tous sens, et une douzaine de types sont méchamment amochés, ils gémissent et ils pleurent, et il y a tellement de boucan de tous les côtés qu'on entend presque rien. Je suis presque nez au sol à me coltiner les munitions, la flotte, le trépied plus mon barda jusqu'à la compagnie Charly, et je peine pour passer une tranchée quand j'entends un type dire à son collègue : « Regarde-moi donc ce grand Bozo – on dirait le monstre de Frankenstein », et je m'apprête à lui répondre, vu que ça va bien assez mal comme ça, sans qu'en plus on se foute de votre gueule – et puis, mince alors ! Le collègue bondit de la tranchée et s'écrie : « Forrest – Forrest Gump ! »

Non, sérieux – c'était Bubba.

En deux mots, c'est que même si le panard de Bubba était trop amoché pour jouer au football, c'était pas assez grave pour lui éviter d'être envoyé à l'autre bout de la planète par l'Armée des États-Unis. En tout cas, je traîne péniblement mon cul là-haut, et Bubba me rejoint au bout d'un moment entre deux pilonnages (ça s'arrête dès que nos zincs radinent) et Bubba et moi on se raconte ce qui s'est passé.

Il me raconte qu'il a entendu dire que Jenny Curran a abandonné la fac avec une bande de contestataires ou je sais pas quoi. Il raconte aussi qu'un jour Curtis a bastonné un policier du campus qui lui avait collé une contredanse, et que lui, la vedette, était sur le point de se faire la malle quand les autorités ont débarqué et lui ont balancé dessus un grand filet, et l'ont embarqué. Bubba raconte que comme punition, Coach Bryant lui a fait faire cinquante tours supplémentaires de terrain après l'entraînement.

Sacré vieux Curtis.

6

Cette nuit-là a été longue et désagréable. Impossible de faire décoller nos avions, ce qui fait qu'ils ont pu nous canarder tranquille pendant presque toute la soirée. Il y avait un petit terre-plein entre les deux corniches, eux ils étaient sur une corniche, nous sur l'autre, et c'est au milieu sur le terre-plein qu'avaient lieu les affrontements – me demandez pas pourquoi on tenait absolument à ce morceau de boue et de poussière, j'en sais rien. Quoi qu'il en soit le sergent Krantz nous a dit et répété qu'on était pas là pour comprendre ce qui se passait, mais juste pour faire ce qu'on nous disait de faire.

Assez vite, le sergent Krantz vient nous rejoindre là-haut pour nous dire ce qu'il faut faire. Il dit qu'il faut déplacer la mitrailleuse d'environ cinquante mètres sur la gauche d'un vieux chêne planté au milieu du terre-plein, un bon endroit pour s'installer à l'abri et être sûr de pas tous se faire dégommer. D'après ce que je vois et ce que j'entends, on est nulle part à l'abri, en tout cas sûrement pas où on est pour l'instant, mais descendre au milieu c'est complètement absurde. N'empêche, j'essaye de bien faire.

Moi et Bones, le tireur à la mitrailleuse, et Doyle, un autre porteur de munitions, et deux autres zigs, on sort de nos trous en rampant et on commence à descendre la pente. À mi-chemin, les niaquoués se mettent à nous tirer dessus avec leur mitrailleuse à eux. Avant qu'il y ait du grabuge, on se retrouve en bas, dans la jungle. Je me souviens pas exactement combien ça fait, un mètre, mais c'est presque pareil qu'un yard, alors quand on est arrivés au gros arbre, je dis à Doyle : « Faudrait peut-être qu'on aille sur la gauche », et alors il me lance un vilain regard et grogne : « Serre le derche, Forrest, il y a des niaquoués ici. » Une chose est sûre, c'est qu'ils étaient six ou huit niaquoués accroupis sous le vieil arbre, ils déjeunaient. Doyle prend une grenade, tire la goupille et l'envoie un peu en cloche vers l'arbre. Elle a pété avant de toucher le sol, et à l'endroit où il y avait les niaquoués, ça s'est mis à jacasser – Bones ouvre alors le feu à la mitrailleuse, et moi et les deux autres, on balance deux grenades de plus par sécurité. Tout ça s'est passé en moins d'une minute, et quand tout est calme, on est repartis.

On a trouvé un endroit pour installer la mitrailleuse, et on est restés là jusqu'à la nuit – et aussi toute la nuit, mais il s'est rien passé. On entendait que ça bardait un peu partout ailleurs, mais nous on était livrés à nous-mêmes. Le soleil se lève et on est crevés, on a faim. C'est alors qu'un messager du sergent Krantz arrive en courant et nous dit que la compagnie Charly est sur le point de descendre sur le terre-plein, dès que nos zincs auront fini de balayer les niaquoués, ce qui devrait prendre encore une ou deux minutes. Une chose est sûre, c'est que les avions se sont pointés, qu'ils ont lâché la purée, que tout a explosé et que tous les niaquoués ont été balayés.

On voit la compagnie Charly qui passe la corniche et descend vers le terre-plein, mais à peine ils ont passé le bord pour descendre que toutes les armes du monde se mettent à péter sur la compagnie Charly, à tirer au mortier et tout ça, et c'est la confusion totale. De là où on est, on voit pas un niaquoué, rapport à ce que la jungle est touffue comme les buissons pour les feux de joie, mais c'est sûr que quelqu'un est en train de lâcher la purée sur la compagnie Charly. Peut-être les Hollandais – ou même les Norvégiens – qui sait ?

Bones, le tireur à la mitrailleuse, a l'air carrément fébrile pendant tout ça, rapport à ce qu'il a déjà pigé que les tirs viennent d'en face de nous, ce qui veut dire que les niaquoués se trouvent entre nous et nos positions. Autrement dit on est là tout seuls. Tôt ou tard, qu'il dit comme ça, si les niaquoués enfoncent la compagnie Charly, ils vont revenir par là et s'ils nous trouvent ici, ils vont pas du tout apprécier. Conclusion, faut bouger nos culs.

On rassemble nos affaires et on commence à se replier vers la corniche, mais d'un seul coup Doyle regarde en bas sur notre droite à la base du terre-plein et il aperçoit un bus entier de niaqoués tout frais, armés jusqu'aux dents, qui remontent le flanc en direction de la compagnie Charly. La meilleure chose à faire aurait pu être d'essayer de faire copain-copain avec eux et d'oublier toutes ces conneries, mais c'est pas comme ça que ça se danse. Alors on s'est juste planqués dans des bons gros vieux fourrés des familles et on a attendu qu'ils arrivent au sommet de la colline. Et puis Bones a commencé à envoyer la sauce avec la mitrailleuse et d'emblée il a dû descendre dix ou quinze niaqoués. Doyle et moi et les deux autres on a lancé des grenades, et ça commence à basculer en notre faveur jusqu'à ce que Bones tombe à court de munitions, il a besoin d'une recharge. Je lui passe, mais au moment où il s'apprête à presser la gâchette, une balle de niaqoué l'atteint en plein ciboulot et lui fait sauter tout l'intérieur. Le voilà allongé par terre, la main toujours sur le flingue pour sauver sa peau, qui justement vient de l'abandonner.

Ô mon Dieu, c'était horrible – et ça s'arrangeait pas. Je vous dis pas ce que les niaqoués allaient nous faire s'ils nous chopaient. Je dis à Doyle de radiner, mais ça répond pas. J'enlève la mitrailleuse des doigts de ce pauvre Bones, et je me retourne vers Doyle, mais avec les deux autres ils se sont fait arroser, et ils sont allongés par terre. Ils sont morts, mais Doyle, lui, respire encore, alors je le prends et je le balance sur mes épaules comme un sac de farine, et je me mets à courir à travers les buissons en direction de la compagnie Charly, vu que j'ai le trouillomètre à zéro. Je cours sur une vingtaine de yards, des balles qui viennent de derrière sifflent tout autour, et je me dis que c'est sûr, je vais m'en prendre une dans le derche. Mais je m'écroule à travers un rideau d'ajoncs et je me retrouve dans une zone d'herbe rase, qui, à ma grande surprise, est pleine de niaqoués allongés, tous tournés de l'autre côté, et qui tirent sur la compagnie Charly – je suppose.

Alors qu'est-ce que je fais ? J'ai des niaqoués derrière moi, des niaqoués devant et des niaqoués juste sous mes pieds. Je sais pas quoi faire d'autre, alors je charge à fond les ballons tout en aboyant et en hurlant. J'ai dû perdre la boule, j'imagine, vu que je me rappelle pas ce qui s'est passé après, à part que j'ai aboyé et hurlé de toutes mes forces tout en galopant pour m'en sortir. C'est la confusion totale, et d'un seul coup je me retrouve au milieu de la compagnie Charly et tout le monde me tape dans le dos comme si je venais de marquer un touchdown.

On dirait que j'ai fait peur aux niaqoués et qu'ils sont retournés là où ils habitent. Je dépose Doyle par terre, et les toubibs commencent à s'occuper de lui, et bientôt le commandant de la compagnie Charly vient me voir et me secoue la pince et me dit que je suis un type extra. Puis il me demande : « Bon sang, comment t'as fait ça,

Gump ? » Il attend une réponse, mais je sais pas moi-même comment je me suis débrouillé, alors je lui dis comme ça : « J'ai envie de faire pipi », ce qui est vrai. Le commandant de la compagnie me regarde d'un drôle d'air, puis se tourne vers le sergent Krantz, qui était aussi venu, et le sergent Krantz me dit : « Oh, Gump, nom de Dieu, viens avec moi », et il m'emmène derrière un arbre.

Ce soir-là, Bubba et moi on se retrouve à partager un gourbi et en guise de dîner on mange nos rations. Après ça, je sors l'harmonica que Bubba m'avait offert et on joue quelques morceaux. Ça donne vraiment le frisson, là dans la jungle, de jouer *Oh Suzanna* et *Home on the Range*. Bubba sort une petite boîte de bonbons que sa maman lui a envoyée – des pralines et des fondants divins – et on en mange tous les deux. J'aime autant vous dire – ces fondants divins ça m'a rappelé des souvenirs.

Plus tard, le sergent Krantz est venu me voir et m'a demandé où était le bidon de trente-cinq litres d'eau potable. Je lui ai dit que je l'avais laissé dans la jungle en essayant de trimballer Doyle et la mitrailleuse. L'espace d'une minute j'ai l'impression qu'il va me renvoyer dans la jungle pour aller chercher la flotte, mais non. Il se contente d'opiner du chef et dit que comme Doyle est blessé et Bones a été tué, maintenant c'est moi qui tirerai à la mitrailleuse. Je lui demande mais alors qui est-ce qui va porter le trépied et les munitions et tout ça, et il me dit que c'est moi, vu qu'il reste plus personne d'autre.

Bubba dit alors qu'il veut bien le faire, si il est transféré dans notre compagnie. Le sergent Krantz y réfléchit une minute, et dit que ça doit pouvoir s'arranger, puisque de toute façon, il n'en reste plus assez de la compagnie Charly pour nettoyer les latrines. Et c'est comme ça que Bubba et moi on a été à nouveau réunis.

Les semaines passent tellement lentement que j'ai l'impression que le temps défile à reculons. On monte une colline, on en descend une autre. Il y a parfois des niaquoués sur les collines, des fois non. N'empêche, le sergent Krantz dit que tout va bien, vu qu'on est en fait en train de marcher en direction des États-Unis. Il dit qu'on va sortir du Viêt-nam, qu'on va traverser le Laos, puis passer par la Chine et la Russie, puis par le pôle Nord et à travers les glaces jusqu'en Alaska où nos mamans pourront venir nous chercher. Bubba me dit écoute pas ce qu'il raconte, c'est un idiot.

Les choses sont assez primitives dans la jungle – pas d'endroit pour chier, on dort par terre comme des bêtes, on bouffe des boîtes, et les vêtements pourrissent sur vous. Je reçois une lettre par semaine de ma maman. Elle dit qu'à la maison tout va bien, mais qu'au lycée ils n'ont plus gagné un match depuis mon départ. Je lui réponds quand je peux, mais qu'est-ce que je peux lui raconter qui va pas la faire hurler ? Alors je me contente de lui dire qu'ici tout est chouette et qu'on s'occupe bien de nous. Il y a aussi un truc que j'ai fait, c'est écrire une lettre à Jenny Curran en demandant à ma maman de la faire suivre – où qu'elle soit. Mais j'ai pas eu de nouvelles.

Entre-temps, Bubba et moi on fait des projets pour quand on aura fini l'armée. On va rentrer à la maison, se trouver un crevettier et se lancer dans l'élevage de crevettes. Bubba vient de Bayou La Batre, et il a travaillé toute sa vie sur des crevettiers. Il dit qu'il peut peut-être nous dégoter un emprunt et qu'on pourra être capitaine à tour de rôle, qu'on pourra vivre sur le bateau et que ça nous occupera. Bubba a réfléchi à tout. Tant de livres de crevettes pour rembourser l'emprunt, tant pour payer l'essence, tant pour la nourriture, et tout le reste nous revient pour en faire ce qu'on veut. Je m'imagine dans ma tête à la barre du crevettier – ou mieux encore, assis à l'arrière du bateau à déguster des crevettes ! Mais quand j'en touche deux mots à Bubba, il me dit : « Forrest, avec tout ce que tu vas bâfrer, tu vas nous mettre à la rue. On mangera pas de crevettes tant qu'on aura pas commencé à dégager des bénéfices. » D'accord, ça se tient – moi je suis d'accord.

Un jour il a commencé à pleuvoir et ça s'est pas arrêté pendant deux mois. On s'est tapé tous les genres de pluies possibles, à part peut-être la neige fondue et la grêle. C'était parfois un crachin mauvais, parfois une grosse saucée. Ça tombait en oblique ou parfois tout droit, et parfois on avait même l'impression que ça remontait du sol. Ce qui ne les empêchait pas de nous faire faire nos conneries, à savoir monter et descendre les collines à la recherche des niaquoués.

Un jour on en a trouvé. Ça devait être une concentration de niaquoués ou un truc dans le genre, parce que c'était à peu près le même genre de truc que quand on marche sur une fourmilière et d'un seul coup ça grouille de tous les côtés. Impossible de se servir de nos avions dans ces conditions, ce qui fait qu'en deux minutes à peu près on s'est retrouvés dans la panade.

Cette fois, ils nous ont cueillis avec nos frocs sur les chevilles. On était en train de traverser une rizière quand d'un seul coup ils ont commencé à nous balancer leurs trucs. Ça hurlait, ça beuglait et ça se faisait descendre de partout, et quelqu'un a dit : « Repli ! » Bon, je ramasse ma mitrailleuse et je me mets à courir à côté de tout le monde en direction de palmiers, au moins ils nous protégeront de la pluie qui nous tombe sur la gueule. On a formé une espèce de périmètre, et on s'est apprêtés à passer une longue nuit de plus, jusqu'au moment où j'ai cherché Bubba du regard, et il était pas là.

Quelqu'un dit que Bubba est dans la rizière et qu'il a été blessé, alors « Bordel ! » que je fais, et le sergent Krantz qui me dit : « Forrest, c'est pas possible de retourner là-bas. » Je l'emmerde, moi, je laisse tomber la mitrailleuse parce que c'est du poids en plus, et je me mets à foncer vers là où j'ai vu Bubba pour la dernière fois. Mais à mi-chemin, je trébuche presque sur un type de la deuxième section qui est méchamment amoché, il me regarde la main tendue, alors je me dis merde, qu'est-ce que je peux faire ? Je le prends sur moi et je cours à toute blinde jusqu'au camp. Il y a des balles et plein de trucs qui sifflent à mes oreilles. C'est tout simplement un truc que je pige pas – et d'abord, bon sang, qu'est-ce qu'on fabrique ici ? Jouer au football c'est une chose. Mais ça je comprends pas pourquoi. Bon sang.

J'ai ramené ce gars puis je suis reparti, et là je retombe sur un autre type. Alors je le ramasse et je le ramène aussi au camp, sauf que sa cervelle tombe de sa tête dans la rizière, vu qu'on lui a fait sauter le caisson. Merde.

Alors je laisse tomber et je repars, et évidemment je tombe sur Bubba, il a été touché deux fois dans le buffet, et je lui dis comme ça : « Bubba, ça va aller, tu m'entends, vu qu'on va l'avoir notre crevettier et tout le reste », et je le ramène au camp et je le pose par terre. Quand j'ai repris ma respiration, je vois que ma chemise est couverte de sang et d'une espèce de morve jaune bleuâtre, qui vient de la blessure de Bubba, Bubba lève les yeux vers moi et me dit : « Putain, Forrest, pourquoi est-ce que tout ça arrive ? » Euh, bah, qu'est-ce que je peux lui répondre ?

Puis Bubba me demande : « Forrest, tu me joues un truc à l'harmonica ? » Alors je le sors et je me mets à jouer un truc, je sais même plus quoi, et puis Bubba me dit : « Forrest, tu voudrais bien me jouer *Way Down Upon the Swanee River*?» et je fais : «Bien sûr, Bubba.» Faut que j'essuie l'harmonica et puis je me mets à jouer alors que ça pète de tous les côtés, et je sais que je ferais mieux d'être derrière ma mitrailleuse, mais qu'est-ce j'en ai à foutre, j'ai joué ce morceau.

J'avais pas remarqué, mais la pluie s'était arrêtée, et le ciel était devenu d'une couleur rosâtre horrible. Ça faisait à chacun une tronche de mort, et je sais pas pourquoi, les niaquoués avaient arrêté de tirer, alors nous aussi. J'ai joué et rejoué *Way Down Upon the Swanee River*, à genoux à côté de Bubba, pendant que le toubib lui faisait une piqûre et s'occupait de lui du mieux qu'il pouvait. Bubba s'est aggripé à ma guibole et ses yeux sont devenus tout nuageux et un ciel d'un rose horrible lui a enlevé toutes les couleurs de sa figure, on aurait dit.

Il essayait de dire un truc, alors je me suis penché tout près pour entendre. Mais j'ai jamais pu comprendre. Alors j'ai demandé au toubib : «Vous avez entendu ce qu'il a dit ?
— Home. Il a dit *home.*»
Bubba il a clamecé, et j'ai rien d'autre à dire.

Le reste de la nuit, ça a été pire que j'ai jamais connu. Pas moyen de nous envoyer de l'aide, vu qu'il y avait à nouveau de l'orage. Les niaquoués ils étaient tellement près qu'on les entendait causer entre eux, et à un moment ça a été du corps-à-corps avec la première section. À l'aube ils ont fait venir un avion pour le napalm, sauf que les gonzes ils ont lourdé leur truc presque sur nous. Nos gars à nous ont été roussis et cramés – ils déboulaient à découvert, en feu, les yeux comme des petits pains, on gueulait tous, on suait et on avait les chocottes, les bois prenaient feu, ça a presque chassé la pluie !

Dans tout ça, j'ai reçu une balle, et, avec le bol que j'ai, j'ai été touché au cul. Je m'en rappelle même pas. On était tous dans un sale état. Je sais pas ce qui s'est passé. Tout était foutu. J'ai juste abandonné ma mitrailleuse. J'en avais plus rien à foutre. Je suis allé me réfugier près d'un arbre, je me suis recroquevillé et je me suis mis à chialer. Bubba plus là, le crevettier plus là ; et lui, le seul ami que j'aie jamais eu – à part peut-être Jenny Curran, et ça aussi je l'ai foiré. Il y aurait pas eu ma maman j'aurais aussi bien pu me laisser crever là – de vieillesse ou je sais pas quoi, peu importe – ça avait plus d'importance.

Au bout d'un moment ils ont commencé à envoyer des renforts en hélico, et j'imagine que la bombe au napalm avait fait peur aux nia-quoués. Ils ont dû se dire que si on était capables de nous faire ça à nous-mêmes, qu'est-ce qu'on allait bien leur faire à eux ?

On embarque les blessés, et le sergent Krantz se ramène, les cheveux tout roussis, les vête-ments cramés, on dirait qu'on vient juste de le tirer d'un canon. « Gump, qu'il me fait comme ça, hier tu as fait un sacré boulot, mon gars », et puis il me demande si je veux une cigarette.

Je lui dis que je fume pas, et il opine du chef. « Gump, il dit, t'es pas le type le plus intelligent que j'ai eu, mais tu es un soldat au poil. J'aimerais bien en avoir une centaine comme toi. »

Il me demande si je suis blessé, et je lui dis non, mais c'est pas la vérité. « Gump, tu rentres au pays, je suppose que tu le sais. »

Je lui demande où est Bubba, et le sergent Krantz me regarde d'un drôle d'air. « Il va être envoyé directement au pays. » Je lui demande si je peux être dans le même hélico que Bubba, et le sergent Krantz me dit non, Bubba partira en dernier, vu qu'il a été tué.

Ils m'ont planté une aiguille dans le bras avec des conneries qui m'ont fait du bien, et j'ai dit comme ça : « J'ai jamais demandé de traitement spécial jusqu'à maintenant, mais est-ce que vous pourriez mettre Bubba vous-même dans l'hélico, pour être sûr que tout se passe bien ?

– Entendu, Gump, qu'il a dit. Qu'est-ce ça peut foutre – on le mettra même en première classe. »

7

J'ai été à l'hôpital de Da Nang pendant plus de deux mois. Bon, ça ressemblait pas vraiment à un hôpital, mais on dormait sur des lits de camp avec des moustiquaires, et le parquet était nettoyé deux fois par jour, ce qui est plus que d'habitude.

Il y avait des gens bien plus gravement blessés que moi dans cet hôpital, j'aime autant vous le dire. Des pauvres bougres à qui il manquait une jambe, un bras, un pied, une main ou je sais pas quoi. Des gars qui avaient reçu une balle dans le ventre, dans la poitrine ou dans la figure. La nuit on se serait cru dans une chambre de torture – avec les mecs qui hurlaient, pleuraient et appelaient leur maman.

À côté de mon pieu, il y avait un gus qui s'appelait Dan, il avait sauté à l'intérieur d'un char. Il était tout brûlé, et des tubes lui rentraient et lui sortaient de partout, mais je l'ai jamais entendu se plaindre. Il parlait lentement et tranquillement, et au bout d'une journée, lui et moi on est devenus potes. Dan venait du Connecticut, il était prof d'histoire quand ils lui avaient mis le grappin dessus pour l'envoyer à l'armée. Mais comme c'était un type intelligent, ils l'ont envoyé à l'École des officiers et ils l'ont fait lieutenant. La plupart des lieutenants que je connaissais étaient à peu près aussi simples d'esprit que moi, mais Dan était pas pareil. Il avait sa propre philosophie sur pourquoi on était là, il disait qu'on faisait peut-être de mauvaises choses pour de bonnes raisons, ou vice versa, enfin bref, qu'on faisait pas ce qu'y fallait. Lui il était officier dans les chars et tout, il disait que c'était ridicule de faire une guerre dans un endroit où on pouvait à peine se servir de nos chars, rapport à ce qu'il y avait presque que des marais et des montagnes. Je lui ai dit pour Bubba et tout ça, et il a tristement hoché la tête, et il a dit qu'il y aurait encore plein de Bubba qui allaient mourir avant que ce truc se termine.

Au bout d'à peu près une semaine, ils m'ont transféré dans une autre partie de l'hôpital où on installait les gens qui allaient mieux, mais tous les jours je venais m'asseoir un moment avec Dan en salle de réanimation. Des fois je lui jouais un morceau à l'harmonica, ça lui plaisait drôlement. Ma maman m'avait envoyé des barres de chocolat Hershey, qu'on m'avait fait suivre à l'hôpital, et je voulais en faire profiter Dan, sauf que lui il pouvait rien manger à part ce qui passait dans ses tubes.

Je crois que ça a eu une grande influence sur ma vie de rester à discuter avec Dan. Je sais qu'en tant qu'idiot et tout ça je suis pas censé avoir ma philosophie, mais c'est peut-être juste parce que personne a eu le temps de m'en parler. La philosophie de Dan, c'était que tout ce qui nous arrive à nous ou ce qui se passe ailleurs est contrôlé par les lois naturelles qui gouvernent l'univers. Sa conception de tout ça était très compliquée, mais le fond de ce qu'il disait a commencé à changer ma façon de considérer les choses.

Pendant toute ma vie j'ai pigé que dalle à ce qui m'arrivait. Un truc se passait, puis un autre, puis encore un autre truc, et la moitié du temps ça signifiait rien pour moi. Mais Dan disait que cela faisait partie d'une espèce de schéma plus général, et que la meilleure façon de s'y prendre c'est d'essayer de trouver la meilleure manière de s'inscrire dans ce schéma et ensuite d'essayer de rester à cette place. Quelque part, le fait de savoir ça, ça a clarifié les choses pour moi.

En tout cas, je commence à aller mieux au fil des semaines suivantes, et mon croupillon commence à bien cicatriser. Le toubib dit que j'ai une couenne de rhinocéros ou un truc dans le genre. Il y avait une salle de récré à l'hôpital, et comme il y avait pas grand-chose d'autre à faire, un jour j'y suis allé et il y avait deux zigs qui jouaient au ping-pong. Au bout d'un moment je leur ai demandé si je pouvais jouer, et ils m'ont laissé jouer. Au début j'ai perdu les premiers points, mais au bout d'un moment, je les ai battus tous les deux. « Sûr que t'es vif, pour un balourd », m'a dit l'un des deux. J'ai juste fait oui de la tête. Vous me croirez si vous voulez, mais j'ai essayé de jouer un peu tous les jours et je suis devenu assez bon.

Les après-midi j'allais voir Dan, mais le matin j'étais tout seul. Si je voulais ils me laissaient sortir de l'hôpital, il y avait un bus qui emmenait les types comme moi en ville, si bien qu'on pouvait se balader et acheter des conneries qu'ils vendaient dans les magasins de niaquoués à Da Nang. Mais j'avais pas besoin de leurs trucs, alors je me promenais juste, je profitais du paysage.

Il y avait un petit marché sur les quais où ils vendaient du poisson, des crevettes, etc., et un des gars de l'hôpital me les faisait cuire, sûr que c'était bon. J'aurais aimé que le vieux Dan en déguste avec moi. Il m'a dit que peut-être que si j'en écrasais, on pourrait les faire passer dans ses tuyaux, mais je sais que c'était pour rire.

Le soir, je gambergeais sur mon pieu, Bubba ça lui aurait rudement plu, les crevettes, je pensais à notre crevettier et tout ça. Ce bon vieux Bubba. Alors le lendemain je demande à Dan comment ça se fait que Bubba il s'est fait tuer, et quel genre de loi à la con il y a dans la nature qui permet ça. Il y réfléchit un bout de temps et il me fait : « Eh bien, je vais te dire, Forrest, toutes ces lois sont pas spécialement faites pour nous faire plaisir. N'empêche, c'est des lois. Comme quand un tigre attrape un singe dans la jungle –

c'est mauvais pour le singe mais c'est bon pour le tigre. C'est comme ça, c'est tout. »

Deux jours plus tard je suis retourné au marché de poissons et il y a un petit niaquoué qui vend un gros paquet de crevettes. Je lui demande où qu'il les a trouvées, et il se met à me baragouiner, rapport à ce qu'il cause pas l'anglais. Alors je lui parle par gestes comme un Indien et au bout d'un moment il finit par piger et me fait signe de le suivre. Au début j'étais un peu sur mes gardes, mais comme il me souriait je l'ai suivi.

On a dû marcher presque deux kilomètres, on a passé tous les bateaux sur la plage et tout ça, mais il m'emmène pas à un bateau. C'est un petit endroit dans un marais près de l'eau, une espèce d'étang ou je sais pas quoi, et il a des filets posés pour quand l'eau revient de la mer de Chine à marée haute. L'enfoiré, il fait pousser des crevettes ici ! Il a récupéré un petit filet, il a pris de l'eau, et je vous assure il y avait dix ou douze crevettes dedans. Il m'en a donné un peu dans un petit sac, et je lui ai donné une barre de chocolat Hershey en échange. Il était tellement heureux qu'il en aurait fait caca.

Ce soir-là, il y a un film en plein air près du Quartier Général des Forces Opérationnelles, alors j'y vais jeter un œil, sauf que des gonzes devant commencent à se bastonner à propos d'un truc, et quelqu'un se fait propulser à travers l'écran, et c'est la fin du film. Alors après ça, moi je m'allonge sur mon pieu à cogiter, et d'un seul coup j'y pense. Je sais ce que je ferai quand ils me laisseront partir de l'armée ! Je vais rentrer au bercail, je vais me trouver un petit étang près du golfe et je vais faire pousser des crevettes ! Peut-être que je pourrai pas me dégoter de crevettier maintenant que Bubba est plus là, mais je peux toujours aller dans un marais, me trouver des filets, et c'est ce que je vais faire. Bubba aurait aimé ça.

Pendant les semaines qui suivent, tous les matins je vais rejoindre le niaquoué qui fait pousser ses crevettes. Son nom c'est M. Chi. Je reste assis et je le regarde et au bout d'un moment il me montre comment s'y prendre. Il attrape des bébés crevettes dans une épuisette et les met dans son étang. Quand la marée arrive il balance toutes sortes de conneries dedans – des restes et tout ça, ce qui fait que les petits trucs minuscules se développent et les crevettes les mangent et elles grossissent et elles engraissent. C'était facile, même un demeuré aurait pu le faire.

Quelques jours plus tard, un des drôles du Quartier Général des Forces Opérationnelles, tout décoré de quincaillerie, débarque tout excité à l'hosto et fait comme ça : « Soldat Gump, vous avez été récompensé par la Médaille d'Honneur du Congrès pour votre extrême héroïsme, on vous rapatrie après-demain, pour être reçu par le président des États-Unis. » C'était tôt le matin, et moi j'étais allongé, je pensais juste à aller aux toilettes, et les voilà tous là à attendre que je dise un mot, et moi j'ai la vessie qui va exploser. Sauf que cette fois je me contente de dire « Merci », et je garde mon grand clapet fermé. Peut-être que c'était dans l'ordre naturel des choses.

En tout cas, dès qu'ils sont partis, je file en réanimation voir Dan, mais quand j'y suis, son lit est vide, son matelas est plié, lui il est plus là. J'ai tellement la trouille qu'il lui soit arrivé quelque chose que je fonce voir l'infirmier de garde mais il est pas là non plus. J'aperçois une infirmière dans le couloir, alors je lui demande : « Qu'est-ce qu'il est arrivé à Dan ? » « Parti », qu'elle me répond. « Parti où ? » je lui demande. « Je sais pas, c'était pas pendant mon service », qu'elle fait. Ensuite je suis allé trouver l'infirmière-chef et je lui ai demandé, et elle a dit que Dan avait été rapatrié aux États-Unis, vu que c'était mieux là-bas pour s'occuper de lui. Je lui demande s'il allait bien, et elle me répond : « Oui, si tu estimes que deux poumons crevés, un intestin fichu, une fracture de la colonne vertébrale, un pied en moins, une jambe amputée, une brûlure au troisième degré sur la moitié du corps ça va bien. » J'ai dit merci et je suis parti.

Cet après-midi-là j'ai pas joué au ping-pong, parce que je me faisais trop de mouron pour Dan. Je me suis dit qu'il était peut-être mort, et que personne voulait m'en parler, rapport à avertir d'abord le plus proche parent ou je sais pas quoi. Qui sait ? Moi je suis au trente-sixième dessous et je pars me balader tout seul, à donner des coups de pied dans des cailloux, des boîtes de conserve et autres.

Lorsque je reviens enfin, il y a du courrier sur mon lit, qu'on m'a finalement fait suivre. Ma maman m'a envoyé une lettre qui dit qu'il y a eu un incendie à la baraque, que tout a brûlé et qu'il y a pas d'assurance ni rien et qu'il va falloir qu'elle aille habiter dans un asile de pauvres. Elle dit que le feu a pris quand Mlle French a voulu sécher son chat au sèche-cheveux, et, soit le chat, soit le sèche-cheveux a pris feu. À partir de maintenant elle dit que je dois lui envoyer mon courrier aux bons soins des « Petites Sœurs des Pauvres ». Je me dis que dans les années à venir, on a pas fini de chialer.

Il y a une autre lettre pour moi qui dit :

Cher Monsieur Gump,
Vous avez été choisi pour gagner une Pontiac GTO flambant neuve, si vous nous renvoyez la carte ci-jointe nous promettant d'acheter les volumes de cette magnifique encyclopédie et un annuaire réactualisé chaque année jusqu'à la fin de vos jours pour seulement 75 dollars par an.

Cette lettre je l'ai jetée à la poubelle. Qu'est-ce qu'un idiot comme moi pourrait bien fabriquer avec une encyclopédie, sans compter que je sais même pas conduire ?

Mais la troisième lettre m'est adressée personnellement et il y a marqué au dos : *J. Curran,*

Poste restante, Cambridge, Massachusetts. Mes mains tremblent tellement que j'arrive à peine à l'ouvrir.

Cher Forrest, ça dit. *Ma maman m'a fait suivre le courrier que ta maman lui avait donné, et je suis navrée d'apprendre que tu es obligé de combattre dans cette guerre terrible et immorale.* Elle dit qu'elle sait à quel point ce doit être horrible, avec les tueries et les mutilations qui ont lieu. *Ça doit heurter ta conscience d'être impliqué, bien que je ne sache pas si tu fais cela contre ta volonté.* Elle écrit que ça doit être horrible de pas avoir de vêtements propres et de nourriture fraîche et tout ça, mais qu'elle comprend pas de quoi je parle avec mon histoire de « deux jours allongé la figure dans la merde d'officier ».

Il est difficile de croire que même eux soient capables de vous faire faire quelque chose d'aussi vulgaire. Je crois que j'aurais dû mieux expliquer ce qui s'était passé.

En tout cas, Jenny dit : *Nous organisons de vastes manifestations contre les porcs fascistes pour faire cesser cette guerre terrible et immorale, pour que le peuple soit entendu.* Elle continue comme ça pendant à peu près une page, et c'est un peu toujours pareil. N'empêche, je l'ai lu avec attention, vu que rien que de voir son écriture ça fait faire des pirouettes à mon estomac.

Au moins, elle dit à la fin, *tu as retrouvé Bubba et je sais que, dans ton malheur, tu es content d'avoir un ami.* Elle me dit de bien donner le bonjour à Bubba et ajoute dans un P.-S. qu'elle gagne un peu d'argent en jouant dans un groupe, deux soirs par semaine dans un café près de l'université de Harvard, et si j'ai l'occasion de passer dans le coin, je peux venir la voir. Le groupe s'appelle les Œufs Cassés, qu'elle dit. Dès cet instant, j'ai cherché n'importe quel prétexte pour aller à l'université de Harvard.

Ce soir-là, je fais mes affaires pour rentrer au pays me faire remettre la Médaille d'Honneur et rencontrer le président des États-Unis. De toute façon j'ai pas grand-chose comme affaires à part mon pyjama, ma brosse à dents et le rasoir qu'ils m'ont donné à l'hosto, vu que tout le reste se trouve à la base de Pleiku. Mais il y a ce lieutenant-colonel sympa des Forces Opérationnelles, et il me fait comme ça : « Laisse tomber ces broutilles, Gump – on va te faire faire un uniforme tout neuf, coupé sur mesure, ce soir même, par deux douzaines de niaquoués à Saigon, rapport à ce que tu peux pas rencontrer le Président en pyjama. » Le colonel dit qu'il va m'accompagner jusqu'à Washington, il s'occupera de m'avoir un endroit pour dormir et de quoi manger et un véhicule pour là où on va, et il me dira aussi comment je dois me tenir.

Colonel Gooch, qu'il s'appelle.

Ce soir-là je fais mon dernier match de ping-pong avec un gonze du Quartier Général des Forces Opérationnelles, qui, paraît-il, est le meilleur joueur de la base ou un truc dans le genre.

C'est un petit nerveux qui refuse de me regarder dans les yeux, et aussi, il a apporté ses propres raquettes dans une sacoche en cuir. Alors que je suis en train de lui coller une branlée, il arrête, et dit que les balles sont pas bonnes, à cause de l'humidité. Là-dessus il range ses raquettes dans leur étui en cuir, et se casse, ce qui me convient tout à fait, vu qu'il a laissé les balles qu'il avaient apportées et qu'à la salle de récré de l'hosto ils pourront facilement s'en servir.

Le matin de mon départ, une infirmière est venue et m'a laissé une enveloppe avec mon nom dessus. Je l'ai ouverte, et c'était un mot de Dan, qui finalement va bien, et voilà ce qu'il me dit :

Cher Forrest,

Je suis navré de pas avoir eu le temps de te voir avant mon départ. Les médecins ont très vite pris la décision, et j'avais pas eu le temps de dire ouf qu'on m'emmenait déjà, mais j'ai demandé qu'on s'arrête, le temps de t'écrire ce mot, car tu as été très gentil avec moi.

Je pressens, Forrest, que tu es sur le point de vivre quelque chose de très important dans ta vie, un changement ou un événement qui va te conduire dans une autre direction, et il faudra que tu saches profiter du moment et que tu ne laisses pas passer l'occasion. Maintenant que j'y repense, il y a quelque chose dans tes yeux, un minuscule éclat de feu qui vient par moments, essentielle-

ment quand tu souris, et, à ces moments peu fréquents, je crois que ce que j'ai vu était presque une genèse de notre capacité en tant qu'humains à penser, à créer, à être.

Cette guerre n'est pas pour toi, mon vieux – ni pour moi – et je suis bien content de ne plus y être, comme toi aussi tu le seras, le moment venu. La question cruciale est : qu'est-ce que tu vas faire ? Je ne pense pas du tout que tu sois un idiot. Peut-être que selon les tests ou d'après le jugement de crétins tu tombes dans une catégorie ou une autre, mais dans le fond, Forrest, j'ai vu cette étincelle éclatante de curiosité qui brûlait dans le tréfonds de ton âme. Pars avec la marée, mon ami, va ton propre chemin, combats les superficiels et les obstacles, et n'abandonne jamais, n'abandonne jamais. Tu es un bon gars, et tu as un grand cœur.

Ton pote,

Dan

J'ai lu et relu la lettre de Dan dix ou vingt fois, et il y a dedans des trucs que je pige pas. Je veux dire que je crois comprendre ce qu'il veut dire, mais il y a des phrases et des mots qui m'échappent. Le lendemain matin, le colonel Gooch arrive et dit qu'il faut y aller, d'abord à Saigon pour mon nouvel uniforme qui a été coupé la nuit dernière par une vingtaine de niaquoués, puis direct aux États-Unis et tout ça. Je lui montre la lettre de Dan et lui demande ce que ça veut dire exactement, alors le colonel Gooch y jette un œil, puis me la rend en disant : « Ma foi, Gump, ça me paraît assez clair, il veut dire que tu as vachement intérêt à pas déconner quand le Président va t'épingler ta médaille. »

8

On a volé au-dessus de l'océan Pacifique, et le colonel m'a dit que, de retour aux États-Unis, j'allais être accueilli en héros. Il dit que les gens vont être à la parade et que je pourrai pas me payer un verre ou un repas, rapport à ce que tout le monde voudra me les offrir. Il me dit aussi que l'armée va vouloir que je parte en tournée à travers le pays pour que plus de gens s'engagent et que je vende des cartes et des cochonneries de ce style, et que je vais avoir droit au « traitement royal ». Là, il a pas tort.

Quand on atterrit à l'aéroport de San Francisco, toute une foule attend qu'on sorte de l'avion. Ils ont des pancartes, des banderoles et tout ça. Le colonel Gooch regarde par le hublot et dit qu'il est surpris de pas voir de fanfare pour nous accueillir. En fait, ça a largement suffi comme ça.

Le premier truc qui s'est passé quand on a posé le pied au sol, c'est que la foule a commencé à nous hurler des trucs, et puis quelqu'un a envoyé une grosse tomate qui a touché le colonel Gooch en pleine tronche. Après, ça a été l'enfer. Il y avait bien quelques flics, mais la foule est passée à travers et s'est précipitée sur nous en criant et en hurlant plein de vilaines choses, ils sont à peu près deux mille, avec des barbes, etc., et c'est le truc le plus effrayant que j'aie jamais vu depuis qu'on s'est échappés de la rizière le jour où Bubba a été tué.

Le colonel Gooch essaye de se nettoyer sa figure pleine de tomate tout en restant digne, mais moi je me dis faut pas déconner, vu qu'ils sont en surnombre à mille contre un, et que par-dessus le marché on a pas d'armes. Alors j'ai pris mes jambes à mon cou.

Cette foule, ça c'est sûr, elle cherchait un truc à prendre en chasse, vu qu'ils se sont tous mis à me filer le train comme quand j'étais petit, à piailler, à hurler et à brandir leurs pancartes. Je me suis tapé pratiquement toute la piste d'atterrissage, dans un sens puis dans l'autre, et je suis entré dans l'aérogare, et ça fichait encore plus les jetons que quand ces crétins de Quenouilles-de-maïs du Nebraska me pourchassaient à l'Orange Bowl. Je me suis finalement planqué dans les cabinets et je me suis mis sur le siège, la porte fermée à clé jusqu'à ce que j'estime qu'ils avaient dû abandonner et rentrer chez eux. J'ai dû au moins rester là pendant une heure.

Quand je suis sorti, j'ai pris le couloir et je suis tombé sur le colonel Gooch entouré d'une section de la police militaire et de flics, et il a l'air très abattu jusqu'à ce qu'il me voie. « Allez, Gump ! qu'il me fait. On nous a retenu un avion pour Washington. »

Dans l'avion pour Washington, il y a aussi un paquet de civils, et le colonel Gooch et moi on s'assoit à l'avant. On a même pas encore décollé que les gens autour de nous se lèvent et vont s'installer ailleurs à l'arrière du zinc. Je demande au colonel Gooch comment ça se fait, et il me dit que c'est sûrement parce qu'on a une drôle d'odeur. Il me dit de pas m'en faire. Il dit que ça se passera mieux à Washington. J'espère bien, vu que même un branquignol comme moi peut se rendre compte que jusqu'à maintenant ça se passe pas vraiment comme il avait dit.

Quand l'avion arrive à Washington je suis tellement excité que j'ai l'impression que je vais exploser ! On voit le monument de Washington et le Capitole et tout ça de la fenêtre, ces trucs-là je les avais vus qu'en photo, mais là c'est pour de vrai, ils sont aussi vrais que la pluie. L'armée a envoyé une voiture pour nous chercher et on nous emmène dans un hôtel rudement chouette, avec des ascenseurs et tout ça et des gens pour porter vos affaires. J'étais encore jamais monté dans un ascenseur.

Une fois dans nos quartiers, le colonel Gooch vient me voir et me dit qu'on va aller boire un verre dans ce petit bar qu'il se rappelle où il y a plein de jolies filles, et il dit qu'ici c'est pas du tout pareil qu'en Californie, rapport à ce qu'à l'Est les gens sont civilisés et bla bla bla. Là encore il se goure.

On s'assoit à une table et le colonel Gooch me commande une bière et un truc pour lui, et commence à me raconter comment que je dois me tenir quand le Président va m'épingler la médaille.

À peu près à la moitié de son discours, une jolie fille s'approche de notre table et le colonel lui demande de nous servir deux autres boissons, parce que je suppose qu'il croit que c'est la serveuse. Mais elle le regarde de haut et lui dit comme ça : « Je t'apporterais même pas un verre de bave tiède, espèce d'enfoiré de salopard. » Puis elle se tourne vers moi et me fait : « Combien de bébés t'as tués aujourd'hui, espèce de grosse brute ? »

Eh bien, après ça on est retournés à l'hôtel, et on a commandé des bières, et le colonel a fini de me dire ce que je devais faire le lendemain.

Le lendemain de bon matin on est allés à la Maison-Blanche où c'est que le Président il habite. C'est une maison rudement chouette avec un grand gazon et tout ça, on se croirait presque à la mairie de Mobile. Il y a plein de types de l'armée qui me serrent la pince en me disant que je suis un fortiche, et puis le moment est venu d'aller chercher ma médaille.

Le Président est un grand vieux gaillard qui cause comme un gonze du Texas ou je sais pas, et il y a rassemblé un sacré paquet de péquins, et il y a plein de gens qui ressemblent à des bonnes ou des hommes de ménage, tout le monde dehors, dans un joli jardin de roses, avec un chouette soleil.

Un gus de l'armée commence à lire une connerie et tout le monde écoute bien gentiment, sauf moi, rapport à ce que je crève la dalle vu qu'on a pas encore pris notre petit déjeuner. Le gus de l'armée a enfin fini, et le Président s'approche de moi et sort la médaille d'une boîte et me l'épingle à la poitrine. Puis il me serre la pogne et tous les gens se mettent à prendre des photos, à applaudir et ce genre de trucs.

Je me dis que ça doit être fini et qu'on peut ficher le camp, mais le Président reste planté là, il me regarde un peu d'une drôle de façon. Il finit par dire : « Mon gars, c'est ton estomac qui grogne comme ça ? »

Je jette un œil du côté du colonel Gooch qui roule de gros yeux, et je fais oui de la tête en disant juste « Hon hon », et le Président fait : « Eh bien, viens, mon gars, on va se trouver un petit quelque chose à grignoter ! »

Je le suis à l'intérieur, on entre dans une petite pièce et le Président dit à un type habillé comme un serveur de nous apporter un petit déjeuner. On est que tous les deux, et en attendant notre petit déjeuner, il commence à me poser des questions, genre est-ce que je sais pourquoi on se bat contre les niaquoués et tout ça, et est-ce qu'on s'occupe bien de nous à l'armée. Je contente d'opiner du bonnet, et au bout d'un moment il arrête de me poser des questions et il fait : « Tu veux regarder un peu la télévision en attendant qu'on nous serve ? »

Une fois de plus je fais oui de la tête, et le Président allume une télé derrière son bureau et on regarde. Le Président s'amuse drôlement et il me dit qu'il regarde « The beverly Hillbillies » tous les jours et que je lui fais un peu penser à Jethro. Après le petit déjeuner, le Président me demande si je veux qu'il me fasse visiter la maison, et je dis « Ouais », et c'est parti mon kiki. Au moment de sortir, tous les photographes nous suivent et le Président décide alors de s'asseoir sur un petit banc et il me fait : « Mon gars, tu as été blessé, non ? » Je fais oui de la tête et il fait : « Tiens, regarde ça », et il retrousse sa chemise et me montre une bonne vieille cicatrice des familles au ventre, là où on lui a fait une opération de je sais plus quoi, et il me demande : « Où est-ce que tu as été blessé ? » Alors je baisse mon froc et je lui montre. Eh ben tous les photographes se sont précipités et se sont mis à prendre des photos, et plein de gens arrivent pour m'emmener au colonel Gooch.

Cet après-midi-là, de retour à l'hôtel, le colonel Gooch déboule d'un seul coup dans ma piaule avec des journaux plein les mains et bon sang, il est colère. Il a commencé à hurler et à dire des gros mots, à faire valser les journaux sur mon pieu, et voilà-t'y pas que je suis en première page, montrant mon gros cul au Président qui est en train de me montrer sa cicatrice. Un des canards m'a mis un petit masque noir sur la tête pour pas qu'on me reconnaisse, comme on fait pour les photos cochonnes.

La légende c'est : « Le président Johnson et un héros de guerre se reposent dans le jardin des roses. »

« Gump, espèce d'idiot ! s'écrie le colonel. Comment tu as pu me faire un coup comme ça ? Je suis fini. Ma carrière est fichue à coup sûr !

– Je sais pas, que je lui fais, j'essaye juste de bien faire. »

En tout cas, après cet épisode je suis dans le pétrin, mais eux ils ont pas baissé les bras. L'armée a décidé que j'allais partir en tournée de recrutement pour essayer de pousser des gonzes à s'engager à la guerre, et le colonel Gooch a fait écrire un texte que je dois lire. C'est un long discours, rempli de trucs comme : « En temps de crise, rien n'est plus honorable et patriotique que de servir son pays dans les Forces armées » et tout un tas de conneries de cet acabit. Le pépin c'est que j'arrivais pas à apprendre le discours en entier. J'avais tous les mots en tête, ça d'accord, mais au moment de le dire, ça devenait une sacrée pagaille.

Le colonel Gooch était hors de lui. Il m'obligeait à rester debout tous les soirs jusqu'à minuit, pour que je dise le discours, mais il a fini par lever les bras au ciel et dire : « Je vois bien que ça va pas marcher. »

Puis il a cette idée : « Gump, qu'il me fait comme ça, voilà ce qu'on va faire. Je vais raccourcir ce discours, ce qui fait que tu n'auras plus que quelques phrases à dire. On va essayer ça. » Eh ben il l'a raccourci, et raccourci et raccourci, jusqu'à être finalement content que j'arrive à me rappeler le discours et que je passe pas pour un idiot. À la fin, j'ai plus qu'à dire : « Engagez-vous pour vous battre pour votre liberté. »

Notre première halte c'est un petit collège et il y a des reporters et des photographes, et nous on est sur une scène dans un grand auditorium. Le colonel Gooch se lève et commence le discours que je devais faire. Une fois terminé, il dit : « Et voici maintenant quelques remarques du dernier soldat décoré de la Médaille d'Honneur du Congrès, le première classe Forrest Gump », et il me fait signe de m'avancer. Quelques personnes applaudissent, et quand ils ont fini je me penche en avant et je dis : « Engagez-vous pour vous battre pour votre liberté. »

Je vois bien qu'ils attendaient que j'en dise plus, mais c'est tout ce qu'on m'a dit de dire, alors je reste planté là, tout le monde me regarde et moi je les regarde. D'un seul coup quelqu'un devant s'écrie : « Qu'est-ce que vous pensez de la guerre ? » et moi de répondre le premier truc qui me vient à l'esprit : « Une grosse connerie. »

Le colonel Gooch se jette sur le micro et me fait asseoir, mais tous les reporters sont en train de gribouiller dans leurs calepins, les photographes prennent des photos, et dans le public tout le monde se déchaîne, bondit dans tous les sens et lance des hourras. Le colonel Gooch me fait sortir de là sur-le-champ, et on quitte la ville dans une bagnole à toute allure, le colonel me dit pas un mot, mais il cause tout seul et éclate d'un petit rire zinzin.

Le lendemain matin on est à l'hôtel prêts pour le second discours au moment où le téléphone sonne. C'est pour le colonel Gooch. Celui qui est à l'autre bout arrête pas de baratiner et le colonel, lui, il écoute et il dit plein de « oui, absolument, oui, tout à fait », tout en me dévisageant. Lorsqu'il finit par raccrocher, il regarde ses pompes et me dit : « Eh bien, Gump, bien joué. La tournée est annulée, je viens d'être muté dans une station météo en Islande, et je ne sais pas ce qu'on va faire de ta peau, et je m'en tamponne le coquillard. » Je demande au colonel si on pourra pas se taper un Coca, et il me fixe alors une bonne minute et se remet à baratiner tout seul et à éclater de son bizarre rire zinzin.

Après ça on m'envoie à Fort Dix, je suis affecté au chauffage. Toute la journée et la moitié de la nuit, je balance le charbon à la pelle pour que ça chauffe dans toute la caserne. Le commandant de la compagnie est un vieux type qui apparemment se fiche un peu de tout, et il me dit à mon arrivée que j'ai plus que deux ans à tirer, il suffit que je me tienne à carreau et tout va bien se passer. Et c'est bien ce que j'essaye de faire. Je gamberge drôlement sur ma maman et Bubba et notre affaire de crevettes et Jenny Curran à Harvard, et à côté de ça je joue un peu au ping-pong.

Un beau jour, au printemps suivant, il y a une circulaire comme quoi il va y avoir un tournoi de ping-pong à la caserne et le vainqueur ira à Washington pour disputer le championnat national de toutes les armées. Je me suis inscrit et c'était assez facile de remporter les matches, rapport à ce que le seul gars pas trop mauvais avait perdu des doigts à la guerre, et il arrêtait pas de faire tomber sa raquette.

La semaine d'après, j'étais envoyé à Washington, le tournoi avait lieu à l'hôpital Walter-Reed, où tous les blessés pouvaient assister aux matches. J'ai gagné assez facilement le premier tour, puis le second, mais au troisième, je tombe sur un gus tout petit qui met plein d'effet dans la balle et j'en chie vraiment, je suis en train de me prendre ma raclée. Il mène quatre manches à deux et on dirait bien que je vais paumer, quand d'un seul coup qui est-ce que je vois-t'y pas dans le public, le lieutenant Dan de l'hôpital de Da Nang en chaise roulante !

On fait une pause entre les manches et je vais voir Dan, je regarde, et je vois qu'il a plus de jambes.

« Il a fallu qu'on me les enlève, Forrest, il me dit, mais à part ça, je vais bien. »

Ils lui ont aussi ôté les pansements du visage, et il a des brûlures et des cicatrices horribles, à cause que son char a pris feu. Aussi, il a encore un tube qui le relie à une bouteille accrochée à une barre de sa chaise roulante.

« Ils disent qu'ils vont laisser ça comme c'est, fait Dan. Ils trouvent que ça me va bien. »

En tout cas, il se penche en avant et me regarde dans les yeux et me dit : « Forrest, moi je crois que tu peux faire tout ce que tu veux. Je t'ai regardé jouer, et tu peux battre ce petit mec parce que t'es un sacré joueur de ping-pong, c'est ton destin d'être le meilleur. »

Je fais oui de la tête, et il est déjà temps d'y retourner, et ensuite, j'ai pas perdu un seul point, je suis arrivé en finale et j'ai gagné le tournoi.

J'y suis resté trois jours, ce qui fait que Dan et moi on a passé du temps ensemble. Je le poussais sur sa chaise roulante, parfois dans le jardin pour qu'il prenne un peu le soleil, et le soir je jouais de l'harmonica pour lui comme j'avais fait avec Bubba. En général, il aimait causer de plein de trucs – comme l'histoire, la philosophie –, et un jour il m'a parlé de la théorie de la relativité d'Einstein et de ce que ça signifiait au niveau de l'univers. Ma foi, j'ai sorti un bout de papier, et je lui ai marqué la formule générale, vu que c'est quelque chose qu'on avait vu en « Lumière, cours moyen » à la fac. Il regarde ce que j'ai fait et me dit : « Forrest, t'arrêtes pas de m'étonner. »

Un jour que j'étais à Fort Dix à charrier du charbon à la pelle, un gonze du Pentagone est venu me voir, la poitrine couverte de médailles, tout sourires, et il m'a dit : « Soldat de première classe Gump, j'ai le plaisir de vous informer que vous avez été choisi pour être membre de l'Équipe des États-Unis de ping-pong qui rencontrera en Chine rouge l'équipe chinoise. C'est un honneur tout particulier, car c'est la première fois depuis vingt-cinq ans que notre pays fraye avec les Chinois, et c'est un événement qui dépasse de beaucoup ce ping-pong à la noix. Il s'agit de diplomatie, l'avenir de la race humaine est peut-être en jeu. Vous comprenez ce que je dis ? »

J'ai haussé les épaules et j'ai fait oui de la tête, mais au fond de moi j'ai les foies. Moi je suis qu'un pauvre idiot, et voilà-t'y pas que maintenant, faut que je m'occupe de toute la race humaine.

9

Et me voilà à l'autre bout du monde, cette fois-ci à Pékin, en Chine.

Les autres gars de l'équipe de ping-pong sont rudement sympas et viennent de « tous les horizons », ils sont tous vachti sympas avec moi. Les Chinois aussi sont sympas, c'est un genre de niaquoués pas du tout pareils que ceux que j'ai vus au Viêt-nam. Pour commencer ils sont gentils et propres et très polis. Deuxièmement ils essayent pas de me tuer.

Le ministère des Affaires étrangères nous a envoyé un type pour nous dire comment se comporter en présence des Chinois, et de tous ceux que j'ai rencontrés, c'est le seul qu'est pas sympa. En fait c'est un vrai saligaud. M. Wilkins, qu'il s'appelle, il a une petite moustache fine, et il porte toujours un porte-documents, et s'inquiète de savoir si ses grolles sont cirées, son futal repassé ou sa chemise impeccable. Je suis sûr qu'il se lève le matin pour se faire reluire le trou du cul avec sa salive.

M. Wilkins, il est toujours après moi. « Gump, qu'il me fait, quand un Chinois s'incline devant toi, il faut t'incliner aussi. Gump, faut arrêter de te remonter les roubignoles en public. Gump, qu'est-ce que c'est que ces taches sur ton pantalon ? Gump, tu te tiens à table comme un goret. » Là-dessus, il a peut-être pas tort. Les Chinois, ils mangent avec deux petites baguettes et c'est pratiquement impossible de porter la moindre bouffe jusqu'à votre bouche avec ça, alors il y en a un max qui dégringole sur mes vêtements. Pas étonnant qu'on voie pas de Chinois gras. Depuis le temps, on aurait pu imaginer qu'ils apprendraient à se servir de fourchettes.

N'empêche, on joue plein de matches contre les Chinois et ils ont de très bons joueurs. Mais nous aussi on se défend. Le soir, ils ont presque toujours un truc de prévu pour nous, comme par exemple aller dîner quelque part, ou écouter un concert. Un soir, on doit tous aller dans un restaurant qui s'appelle le Canard de Pékin, et quand je me pointe dans le hall de l'hôtel, M. Wilkins me dit : « Gump, faut que tu remontes dans ta chambre changer cette chemise. On dirait que tu t'es battu avec la boustifaille. » Il me conduit à la réception et fait écrire un mot à un Chinois qui parle l'anglais, comme quoi je vais au restaurant le Canard de Pékin, et il me dit de le donner au chauffeur de taxi.

« On part devant, fait M. Wilkins. Tu donnes le message au chauffeur et il t'y emmènera. » Et me voilà dans ma chambre pour enfiler une chemise propre.

Et puis je trouve un taxi devant l'hôtel, je monte dedans, et il démarre. Je cherche le message que je dois lui donner, mais je me rends compte alors que j'ai dû le laisser dans ma chemise sale, et maintenant on est en plein centre-ville. Le chauffeur arrête pas de me baragouiner des trucs, je pige bien qu'il me demande où c'est que je veux aller, et moi j'arrête pas de lui répéter « Canard de Pékin, Canard de Pékin », mais il fait des grands gestes et me fait faire le tour du pate-lin.

Toutes ces simagrées durent à peu près une heure, et j'aime autant vous dire que j'en ai vu, du pays. Je finis par lui taper sur l'épaule et lui dire « Canard de Pékin », et je me mets à agiter les bras comme si c'étaient des ailes de canard. D'un seul coup le chauffeur me décoche un bon gros sourire des familles et se met à foncer. Il se retourne plusieurs fois et je me mets alors à rebattre des ailes. À peu près une heure plus tard, il s'arrête, je regarde par la fenêtre et qu'est-ce que je vois-t'y pas : l'aéroport !

Bon, maintenant il commence à se faire tard, et j'ai pas encore mangé ni rien, je crève la dalle, alors je demande au taxi de s'arrêter au premier restaurant. Je lui tends une liasse de ces billets de niaqoués qu'on nous a donnés, il m'en rend d'autres, et c'est parti mon kiki.

Je suis entré dans le restaurant, je me suis assis, et j'aurais été sur la lune que ç'aurait été pareil. Cette dame arrive, elle me regarde d'un drôle d'air, elle me tend un menu, mais tout est en chinois, alors au bout d'un moment, je lui montre juste quatre ou cinq trucs différents et je me dis que sur le lot, y en aura bien un de mangeable. En fait ils étaient tous assez bons. Une fois terminé, je paye, et j'essaye de retrouver le chemin jusqu'à l'hôtel, mais il me semble qu'au moment où on m'a ramassé, ça faisait des plombes que je marchais.

J'ai pas eu le temps de me retourner que j'étais déjà en taule. Il y a un vieux gaillard chinois qui parle anglais et me pose toutes sortes de questions, et m'offre des cigarettes comme dans les vieux films. C'est l'après-midi suivant qu'ils m'ont retrouvé ; M. Wilkins radine à la taule, il jacasse pendant à peu près une heure et ils finissent par me laisser sortir.

M. Wilkins fait des bonds dans tous les sens. « Gump, est-ce que tu te rends compte qu'ils pensent que tu es un espion ? qu'il me fait. Tu sais que ça risque de gâcher tout notre effort ? T'es timbré ou quoi ? »

J'ai commencé à lui répondre : « Non, je suis qu'un idiot », mais je l'ai laissé continuer. En tout cas, après ça, M. Wilkins a acheté un gros ballon à un vendeur dans la rue et me l'a attaché au bouton de ma chemise, pour savoir tout le temps où je suis. À partir de ce moment-là, aussi, il m'a épinglé un message sur mon revers de veston, disant qui j'étais et où j'habitais. Je me suis vraiment senti couillon.

Un jour, ils nous ont tous fait monter dans un bus et nous ont emmenés loin de la ville jusqu'à un grand fleuve où il y a plein de Chinois, l'air officiel, et tout ça, on s'en rend compte bien vite, parce que le chef de tous les Chinois, le président Mao, est là.

Le président Mao c'est un gars qui a l'air d'un bon vieux gros bouddha des familles, et il a enlevé son pyjama et il est en maillot de bain, et on nous dit qu'à l'âge de quatre-vingts ans, le président Mao va traverser le fleuve tout seul, et ils veulent qu'on regarde ça.

Bon, eh bien le Président, il part à la nage, et tout le monde a l'air content. Quand il est à peu près à mi-chemin, il s'arrête, tend le bras et nous fait signe. Tout le monde lui fait coucou en retour.

À peu près une minute plus tard, il nous refait coucou, et tout le monde lui refait coucou.

Peu de temps après ça, le président Mao fait coucou pour la troisième fois, et tout le monde se dit d'un seul coup qu'il fait pas coucou mais qu'il est en train de se noyer !

La nouvelle se répand comme une traînée de poudre, et je comprends ce que c'est qu'un « casse-tête chinois ». Des gens se jettent à l'eau, des bateaux font la course depuis l'autre rive, et sur la berge ils hurlent tous et nous sautent par-dessus et par-dessous et se frappent les paumes sur les tempes. Et merde, que je me dis, vu que j'ai repéré l'endroit où il a coulé, et ni une ni deux j'ai lourdé mes groles et je me suis précipité dans le fleuve. J'ai doublé tous les Chinois qui nageaient là et je suis allé à l'endroit où le président Mao avait coulé. Le bateau tournait en rond et les gens regardaient sur les côtés, comme s'ils allaient voir quelque chose, ce qui était un peu débile vu que le fleuve était à peu près de la couleur de l'eau des égouts de chez nous.

En tout cas, j'ai plongé là-dedans trois ou quatre fois, et évidemment j'ai fini par tomber sur le vieux gugusse qui flottait entre deux eaux. Je l'ai remonté et un Chinois l'a attrapé et l'a envoyé sur le bateau et ils sont partis. Ils ont même pas pris la peine de m'emmener moi aussi, alors il a fallu que je me recogne tout le retour à la nage.

Une fois sur la berge, j'ai vu tous les gens sauter dans tous les sens, pousser des cris de joie et me taper dans le dos, ils m'ont soulevé et m'ont porté sur leurs épaules jusqu'au bus. Mais quand on a repris la route, M. Wilkins s'est approché de moi en secouant la tête. « Espèce de gros nigaud, qu'il a fait, t'as pas pigé que la meilleure chose qui aurait pu arriver aux États-Unis était de le laisser couler, cet enfoiré ! Gump, tu as loupé la chance de ta vie. »

Bon, bah, on dirait que j'ai encore fait une connerie. Moi j'essayais juste de bien faire.

On a bientôt terminé les matches de ping-pong, et je sais plus trop qui gagne ou qui perd.

Mais ce qui s'est passé entre-temps, c'est que comme j'ai sorti le président Mao du fleuve, pour les Chinois je suis devenu une sorte de héros national.

« Gump, me dit M. Wilkins, on dirait que ta stupidité a tourné à ton avantage. Je viens de recevoir un rapport, comme quoi l'ambassadeur chinois aimerait discuter en vue de reprendre les relations avec nous. En outre, les Chinois aimeraient organiser un grand défilé en ton honneur dans tout le centre de Pékin, alors j'espère que tu vas bien te tenir. »

Le défilé a lieu deux jours plus tard, et c'est impressionnant. Il y a à peu près un milliard de Chinois dans les rues, qui me font coucou et s'inclinent quand je passe. Le truc doit se terminer au Kumingtang, qui est un peu le Capitole de la Chine, et je dois être remercié par Mao en personne.

Quand on y est arrivés, le Président s'était tout séché et il était tout content de me voir. Pour le déjeuner ils avaient mis les petits plats dans les grands, et moi j'étais assis à côté du Président lui-même. Au milieu du repas, il se penche vers moi et me dit : « J'ai entendu dire que vous aviez été au Viêt-nam. Est-ce que je peux me permettre de vous demander ce que vous pensez de la guerre ? » L'interprète traduit ça pour moi, et j'y réfléchis un moment, puis je me dis, qu'est-ce ça peut foutre, s'il voulait pas le savoir, il avait qu'à pas me le demander, alors je lui réponds : « Je crois que c'est une grosse connerie. »

L'interprète lui traduit ça, et le Président tire une drôle de tronche, il me regarde bizarrement, puis ses yeux s'éclairent et il me décoche un grand sourire, et il se met à me serrer la paluche et à hocher la tête comme ces poupées avec un ressort dans le cou. Les gens ont pris des photos et ça s'est retrouvé dans les journaux américains. Mais jusqu'à aujourd'hui, j'ai jamais dit à personne ce que je lui ai raconté pour qu'il se bidonne comme ça.

Le jour du départ, on sort de l'hôtel et il y a une cohue terrible pour nous regarder partir, ils lancent des hourras et applaudissent. Je me retourne, et je vois cette maman avec un petit gars sur les épaules, et je vois bien que c'est un vrai mongolien – les yeux qui se croisent, la langue qui pend, il bave et baragouine. Eh bien, je peux pas m'empêcher. M. Wilkins nous avait ordonné de ne jamais aller voir un Chinois sans sa permission, mais j'y suis allé, et j'ai pris deux balles de ping-pong dans mes poches, j'en ai sorti une, j'ai pris un stylo et j'ai tracé mon X dessus et je l'ai donnée au petit garçon. Premier truc qu'il a fait, il l'a fourrée dans sa bouche, mais ensuite il a tendu la main et m'a attrapé les doigts avec ses menottes. Ensuite il a essayé de sourire – un bon vieux sourire des familles – et j'ai soudain vu des larmes dans les yeux de sa maman, et elle a commencé à papoter, et l'interprète m'a dit que c'était la première fois de sa vie que le petit garnement souriait. Je suppose que je pourrais lui en raconter, des trucs, mais on a pas le temps.

En tout cas je m'en vais, et le petit gars m'envoie la balle de ping-pong qui me rebondit derrière la tête. Ça a été ma veine que quelqu'un prenne juste une photo à ce moment-là, et évidemment ça s'est retrouvé dans les journaux. « Un jeune Chinois montre sa haine des capitalistes américains », dit la légende.

N'empêche, M. Wilkins arrive et m'écarte de là, et j'ai à peine le temps de me retourner qu'on est déjà dans l'avion en train de voler dans les airs. La dernière chose qu'il me dit avant l'atterrissage à Washington, c'est : « Gump, je suppose que tu sais que la tradition chinoise veut que quand tu sauves la vie d'un Chinois, tu en es responsable pour toujours. » Il me fait un méchant petit sourire en coin, et il s'assoit à côté de moi, juste au moment où on nous dit de pas se relever et d'attacher nos ceintures. Bon, ben je me contente de le regarder et de larguer la plus grosse perlouze de ma vie. Ça fait un boucan de scie électrique. M. Wilkins a les yeux exorbités et il fait : « Arggg ! » et se met à s'éventer et à desserrer sa ceinture de sécurité.

Une jolie hôtesse accourt, alertée par tout ce raffut, et M. Wilkins tousse et s'étouffe, et d'un seul coup je me mets à mon tour à m'éventer en me pinçant le nez et en montrant M. Wilkins du doigt et je m'écrie : « Que quelqu'un ouvre la fenêtre », et des conneries dans le genre. M. Wilkins pique un fard et proteste en me montrant du doigt, mais l'hôtesse, elle a juste souri, et elle a regagné son siège.

Quand il a fini de bredouiller, M. Wilkins ajuste son col et me dit dans sa barbe : « Gump, voilà qui était très grossier. » Mais moi j'ai juste fait un grand sourire en regardant droit devant moi.

Après ça, on m'a renvoyé à Fort Dix, mais au lieu de me mettre au chauffage, on m'a dit qu'on me laissait partir de l'armée plus tôt que prévu. Ça prend pas plus d'un jour ou deux, et me voilà parti. On me donne de l'argent pour que je rentre à la maison, et quelques dollars en plus. Maintenant faut que je décide ce que je vais faire.

Je sais que je devrais rentrer à la maison voir ma maman, vu qu'elle est chez les pauvres et tout ça. Je me dis aussi que je devrais peut-être lancer ma petite affaire de crevettes, et qu'il serait temps que je fasse quelque chose de ma vie, mais pendant tout ce temps, j'ai toujours pensé à Jenny Curran à l'université de Harvard dans un coin de ma tête. Je prends un bus jusqu'à la gare, et pendant tout le trajet j'essaye de savoir la meilleure chose à faire. Mais au moment d'acheter mon ticket, je leur dis que je veux aller à Boston. Il y a des fois comme ça, on arrive pas à être raisonnable.

10

J'avais pas l'adresse de Jenny, juste la boîte postale, mais j'avais sa lettre avec le nom du petit club où elle disait qu'elle jouait avec son groupe, les Œufs Cassés. Ça s'appelait le Hodaddy Club. J'ai essayé d'y aller à pied depuis la gare, mais j'ai pas arrêté de me perdre, alors j'ai fini par prendre un taxi. On était en plein après-midi, et il y avait personne à l'intérieur à part deux mecs bourrés, et à peu près un centimètre et demi de bière par terre de la nuit d'avant. Mais un gus derrière le bar dit que Jenny et les autres vont arriver vers neuf heures. Je demande si je peux attendre là et le gars me dit : « Bien sûr », alors je me suis assis cinq ou six heures, le temps de bien me reposer les guiboles.

D'un coup, l'endroit a commencé à se remplir. C'étaient surtout des gamins qui avaient des dégaines d'étudiants déguisés comme des bouffons pour le spectacle. Ils portaient tous des blue-jeans crasseux et des T-shirts, tous les gars avaient la barbe et portaient des lunettes, et toutes les filles avaient des cheveux qu'on aurait dit que des oiseaux allaient s'en échapper. Le groupe était en train de s'installer sur scène. Il y a trois ou quatre zozos avec un énorme équipement électrique branché partout. Sûr que c'est rudement différent de ce qu'on faisait à l'asso des étudiants, là-bas à la fac. Et aussi je vois pas Jenny Curran.

Une fois tout le matériel électrique installé, ils se mettent à jouer, et que je vous dise tout de suite : bon sang, quel boucan ! Plein de spots de toutes les couleurs se mettent à scintiller, et la musique, c'est un peu comme un avion qui décolle. Mais le public adore ça, tout le monde se met à les encourager et à crier. Puis un spot éclaire le côté de la scène et elle est là – Jenny en personne !

Elle est plus comme avant quand je la connaissais. D'abord elle a des cheveux qui lui tombent jusqu'aux fesses, et elle porte des lunettes de soleil – à l'intérieur, en pleine nuit ! Elle est en jean et porte une chemise avec tellement de paillettes qu'on dirait un standard téléphonique. Le groupe a recommencé et Jenny s'est mise à chanter. Elle a attrapé le micro et elle danse sur toute la scène, elle saute en l'air, elle agite les bras et fouette l'air avec ses cheveux. J'essaye de comprendre les paroles des chansons, mais le groupe joue trop fort pour ça, avec la batterie qui cogne, le piano qui frappe, les guitares qui s'écrasent jusqu'à ce qu'on ait l'impression que le plafond va s'écrouler. Je me dis mais qu'est-ce que c'est que ce truc ?

Au bout d'un moment ils font une pause et j'essaye de franchir la porte qui mène aux loges. Mais un type me dit que je peux pas entrer. En revenant m'asseoir je remarque que tout le monde observe mon uniforme de l'armée. « Sacrée panoplie que tu as là », me fait quelqu'un et un autre : « Délire ! C'est un vrai ? »

Je recommence à me sentir idiot, alors je sors faire un tour, en me disant que ça m'aidera peut-être à reprendre du poil de la bête. J'ai dû me balader une demi-heure, un truc comme ça, et au moment où je reviens, il y a une longue file d'attente devant l'entrée. Je vais devant et j'explique au gars que j'ai laissé mes affaires à l'intérieur, mais il me dit d'aller au bout de la queue. J'ai dû rester là à peu près une heure, à écouter la musique qui venait de l'intérieur, ça passait mieux quand on s'éloignait un peu.

En tout cas au bout d'un moment j'en ai eu marre, et j'ai descendu l'allée, et j'ai fait le tour jusqu'à l'arrière du club. Il y avait des petites marches, et je me suis assis pour reluquer les rats qui se pourchassaient dans les ordures. J'avais mon harmonica dans ma poche, alors, histoire de passer le temps, je l'ai sorti et j'ai joué un peu. J'entendais encore la musique du groupe de Jenny, et au bout d'un moment je me suis mis à les accompagner, à utiliser en quelque sorte la gamme chromatique en la plaçant à moitié au-dessus de la portée pour que ça aille ensemble.

Je sais pas combien de temps ça a duré, mais j'ai assez vite été capable de placer des mélodies en *do* majeur, et à ma grande surprise ça sonnait pas trop mal – dès l'instant que j'étais plus obligé d'écouter.

D'un seul coup la porte de derrière s'est ouverte et voilà-t'y pas que Jenny apparaît. Je suppose qu'ils avaient refait une pause, mais j'ai pas fait gaffe, j'ai juste continué à jouer.

« Qui est là ? elle a fait.

– C'est moi, j'ai dit », mais comme il fait noir dans l'allée elle passe la tête par la porte et fait : « Qui est-ce qui joue de l'harmonica ? »

Je me relève, un peu gêné rapport à mes vêtements, et je dis : « C'est moi, Forrest.

– C'est qui ? elle fait.

– Forrest.

– Forrest ? *Forrest Gump !*» et elle se précipite vers moi et se jette dans mes bras.

Jenny et moi, on s'est assis dans les loges, et on s'est raconté plein de trucs jusqu'à ce qu'elle retourne jouer le set suivant. Elle avait pas vraiment arrêté la fac, elle s'était fait virer quand, une nuit, on avait découvert un mec dans sa turne. À l'époque, c'était un motif d'exclusion. Le joueur de banjo avait préféré aller au Canada plutôt que partir à l'armée, et le petit groupe s'était séparé. Jenny était allée un peu en Californie, elle avait alors des fleurs dans les cheveux, mais elle avait fini par dire que là-bas les gens étaient tarés, défoncés du matin au soir, elle avait alors rencontré un gars avec qui elle était venue à Boston, et ils avaient fait quelques marches pour la paix et tout ça, mais elle s'était rendu compte que c'était une tapette, puis elle avait rompu, alors elle s'est maquée avec un marcheur pour la paix, un sérieux, qui fabriquait des bombes et faisait sauter des bâtiments. Ça a pas non plus marché, et elle a rencontré un type qui enseignait à l'université de Harvard, sauf qu'elle s'est rendu compte qu'il était marié. Ensuite elle s'est installée avec un type qui avait l'air épatant mais un jour ils se sont fait arrêter tous les deux pour vol à l'étalage et elle a décidé qu'il était temps de se reprendre en main.

Elle s'est rabibochée avec les Œufs Cassés, et ils se sont mis à jouer un nouveau genre de musique, et ils ont commencé à devenir rudement populaires sur Boston, et ils allaient même aller à New York enregistrer une bande pour faire un album la semaine d'après. Elle me dit qu'elle fréquente ce gars qui est étudiant à Harvard en philosophie, mais que ce soir, après le concert, je peux venir dormir chez eux. Moi je suis rudement déçu qu'elle ait un petit copain, mais comme j'ai pas d'autre endroit où aller, c'est ce que je fais.

Le petit copain s'appelle Rudolph. C'est un petit gars qui doit faire dans les cinquante kilos, qui a des cheveux comme un balai-brosse et qui porte plein de perles autour du cou, et quand on arrive à l'appartement, il est assis par terre, il médite comme un gourou.

« Rudolph, fait Jenny, je te présente Forrest. C'est un ami d'enfance, il va rester un peu chez nous. » Rudolph bronche pas, il se contente de faire un signe de main comme le pape quand il bénit un truc.

Jenny a qu'un seul lit, mais elle me fait une petite paillasse à même le sol, et c'est là-dessus que je me couche. C'était pas pire qu'un paquet d'endroits où j'avais pieuté à l'armée, et vachement mieux que pas mal d'autres.

Le lendemain matin quand je me suis levé, Rudolph était toujours assis au milieu de la pièce à méditer. Jenny m'a préparé un petit déjeuner, on a laissé ce vieux Rudolph assis là, et elle m'a fait faire une visite de Cambridge. Le premier truc, elle me dit, c'est qu'il faut que je me dégote d'autres vêtements, rapport à ce que les gens ici vont pas comprendre, ils vont croire que je les provoque. Du coup on va dans un surplus et je me trouve une salopette, une veste de bûcheron que je mets sur-le-champ, et je lourde mon uniforme dans une pochette en papier.

On fait le tour de l'université de Harvard, et qui c'est-y que Jenny rencontre, le professeur marié avec qui elle sortait. Ils sont restés amis, même si en privé elle le qualifie de « couillon dégénéré ». Pr Quackenbush, qu'il s'appelle.

En tout cas, il est tout excité rapport à ce qu'il commence à enseigner un nouveau cours qu'il a entièrement préparé lui-même. Ça s'intitule « Le rôle de l'idiot dans la littérature mondiale ». Je la ramène tout d'un coup en disant que ça a l'air intéressant, et il me fait : « Eh bien, Forrest, tu veux pas venir assister au cours ? Ça peut te plaire. »

Jenny nous dévisage tous les deux d'un drôle d'air, mais elle ne pipe mot. On rentre à l'appartement et Rudolph est encore en train de se recueillir par terre. Alors qu'on était dans la cuisine je lui ai demandé si Rudolph savait causer, et elle m'a dit oui, tôt ou tard, il finirait par causer.

Cet après-midi, Jenny m'a emmené voir les autres gars du groupe et leur a dit que je jouais de l'harmonica comme un dieu, et que j'allais jouer ce soir avec eux. Un des gus m'a demandé ce que j'aimais jouer, et j'ai dit *Dixie*, et il dit qu'il croyait pas avoir entendu ce que je venais de dire, mais Jenny s'interpose et dit : « Ça n'a pas d'importance, dès qu'il aura écouté ce qu'on fait, il va trouver. »

Ce soir-là, donc, j'ai joué avec le groupe, et ils sont tous d'accord pour dire que j'apporte une bonne contribution, et c'est bonnard de voir Jenny se déchaîner sur toute la scène.

Le lundi matin, je décide d'aller assister au cours du Pr Quackenbush, « Le rôle de l'idiot dans la littérature mondiale ». Rien qu'avec le titre j'ai l'impression d'être quelqu'un.

« Aujourd'hui, dit le Pr Quackenbush à la classe, nous avons un visiteur qui assistera parfois au cours. Je vous prie d'accueillir dans vos rangs M. Forrest Gump. » Tout le monde se retourne et me fait un petit signe, et le cours commence.

« L'idiot, dit le Pr Quackenbush, a joué pendant des années un rôle important dans l'histoire de la littérature. Je suppose que vous avez tous entendu parler de l'idiot du village, habituellement un individu arriéré qui vit quelque part dans un village. Il était souvent l'objet de dédain et de moqueries. Par la suite, c'est devenu une coutume de la noblesse d'avoir en sa présence un bouffon de la cour, une personne pour amuser le roi. Dans bien des cas, cet individu était réellement un idiot ou un imbécile, dans d'autres c'était tout simplement un clown ou un plaisantin... »

Il continue comme ça pendant un bout de temps, et il a commencé à me paraître évident que les idiots étaient pas seulement des gens inutiles, mais des gens qui étaient placés là exprès, un peu comme avait dit Dan, dans le but de faire rire. C'était déjà quelque chose.

« Pour la plupart des écrivains, dit le Pr Quackenbush, le fou a une fonction ambiguë : il peut se ridiculiser, tout en révélant au lecteur la folie dans un sens plus large. À l'occasion, un grand écrivain comme Shakespeare accordera au fou de se moquer d'un des personnages principaux, provoquant ainsi un coup de théâtre, au plus grand ravissement du lecteur. »

Là je commence un peu à perdre les pédales. Mais c'est normal. En tout cas, M. Quackenbush dit que pour démontrer son propos on va jouer une scène de la pièce *Le Roi Lear*, où il y a un fou et un bouffon déguisé et le roi lui-même est dingue. Il dit au gus qui s'appelle Elmer Harrington III de jouer le rôle de Tom o'Bedlam, et à la fille qui s'appelle Lucille de jouer le rôle du Fou. Un autre type qui s'appelle Horace quelque chose devait jouer le roi Lear ce vieux dingo. Et puis il dit alors : « Forrest, pourquoi est-ce que tu joues pas le rôle du comte de Gloucester ? »

M. Quackenbush dit qu'il va se faire prêter quelques accessoires de la section Théâtre, mais il veut qu'on se bidouille nos propres costumes, juste pour que l'ensemble soit plus « réaliste ». Comment me suis-je fourré là-dedans ? Ça j'en sais rien, voilà ce que je suis en train de me dire.

Entre-temps, il se passe des choses du côté de notre groupe, les Œufs Cassés. Un gonze de Nou Yawk est venu en avion pour nous écouter et il dit qu'il veut nous faire rentrer dans un studio d'enregistrement et mettre notre musique sur bande. Tous les mecs sont emballés, y compris Jenny Curran et moi, évidemment. Le gonze de Nou Yawk, Mister Feeblestein qu'il s'appelle. Il dit que si tout se passe bien, on devrait faire le plus gros carton depuis l'invention du base-ball en nocturne. Mister Feeblestein nous dit qu'on a juste à signer un bout de papier avant de commencer à devenir riches.

George, le gars aux claviers, m'a appris quelques rudiments, et Mose, le batteur, me laisse aussi taper un peu sur sa batterie. C'est assez marrant d'apprendre à jouer de ces machins, et de mon harmonica aussi. Je répète un peu tous les jours, et tous les soirs le groupe joue au Hodaddy Club.

Puis un après-midi, je reviens de cours et je trouve Jenny assise toute seule sur le canapé. Je lui demande où est Rudolph et elle me dit qu'il s'est cassé. Je lui demande pourquoi, et elle me répond : « Parce que c'est un connard comme tous les autres », alors moi je fais : « Pourquoi est-ce qu'on va pas dîner tous les deux pour en parler ? »

Évidemment c'est elle qui tient le crachoir, et avec les hommes, elle en a gros sur la patate. Elle dit qu'on est « fainéants, irresponsables, égoïstes, des merdeux bons à rien ». Elle continue dans cette veine pendant un moment puis elle se met à chialer. Je lui dis : « Hé, Jenny, pleure pas. C'est rien. De toute façon, ce Rudolph il avait pas la dégaine d'un gars pour toi, vautré par terre comme ça et tout. » Et elle fait : « Oui, Forrest, t'as sûrement raison. Maintenant j'aimerais rentrer à la maison. » Alors on est rentrés à la maison.

Une fois à la maison, Jenny s'est mise à se déshabiller. Elle en est aux sous-vêtements, et moi je reste assis sur le canapé, à essayer de pas faire attention, mais elle s'approche, se plante devant moi et me dit : « Forrest, j'ai envie que tu me tringles maintenant. »

On aurait pu me renverser d'un coup de plume ! Je suis juste resté à la regarder, ébahi. Ensuite elle s'est assise à côté de moi, et elle a commencé à fourrager dans mes boutons, et tout ce que je sais, c'est qu'elle m'a ôté ma chemise et qu'elle m'a pris dans ses bras et qu'elle m'a embrassé et tout ça. Au début c'était juste un peu bizarre, qu'elle fasse tout ça. Évidemment j'en rêvais depuis une éternité, mais j'avais jamais imaginé que ça se passerait comme ça. Mais après, je suppose que j'ai été submergé, vu que ce à quoi je m'attendais, ça avait plus d'importance, et on s'est roulés sur le canapé, on avait pratiquement enlevé tous nos vêtements, et c'est alors que Jenny m'a ôté mon caleçon, elle a écarquillé les yeux et elle a fait : « Wahou – regardez-moi ça, t'en as, un engin ! » et elle m'a attrapé exactement comme Mlle French, sauf que Jenny ne m'a pas demandé de garder les yeux fermés, alors je les ai pas gardés fermés.

Bon, eh bien on a fait plein de trucs différents cet après-midi-là, que j'avais jamais rêvés, même dans mes rêves les plus fous. Jenny m'a montré des trucs que j'aurais jamais pensé tout seul – de côté, en travers, assis, en long, comme les chiens, en se penchant, en se cambrant, à l'envers, à l'endroit – la seule manière qu'on n'a pas essayé c'est séparés ! On a roulé à travers tout le séjour et dans la cuisine – sur le fourneau, on a renversé des trucs, on a arraché les rideaux, on a fichu en l'air la carpette et on a même allumé la télé sans le faire exprès. Finalement on s'est retrouvés dans l'évier, mais me demandez pas comment. Quand on a terminé, Jenny, encore allongée, me fait : « Bon sang, Forrest, qu'est-ce que t'as fichu pendant tout ce temps ?

– J'étais à droite à gauche », j'ai répondu.

Naturellement, après ça, les choses ont plus tout à fait été pareilles entre Jenny et moi. On a commencé à dormir dans le même lit, ça aussi au début ça me faisait bizarre, mais j'ai vite fait de m'y habituer. Pendant notre numéro au Hodaddy Club, Jenny passait à côté de moi, m'ébouriffait la tignasse et me passait un doigt dans la nuque. Tout a commencé à changer pour moi – comme si ma vie entière faisait que commencer, je suis le type le plus heureux du monde.

11

Le jour est venu de donner notre petite pièce dans la classe du Pr Quackenbush à Harvard. La scène qu'on doit faire, c'est quand le roi Lear et son fou vont sur la lande, c'est une espèce de marais ou de champ comme à la maison, et un gros orage éclate, et tout le monde court se réfugier dans une cahute, une « hutte » qu'ils appellent ça.

Dans cette hutte il y a un gars qui s'appelle Tom o'Bedlam le Cinglé qui est en réalité un personnage qui s'appelle Edgar déguisé en fou, rapport à ce qu'il s'est fait embrouiller par son frangin, qui est un enfoiré. Aussi, à ce moment-là, le roi déraille complètement, et Edgar aussi joue au taré, et le fou aussi fait comme s'il était fou. Je joue le rôle du comte de Gloucester, qui est le père d'Edgar, et une espèce de type normal au milieu de ces enragés.

Le Pr Quackenbush a installé une vieille couverture ou je sais pas quoi pour que ça ressemble à une hutte, et il a dégoté une sorte de machine à vent pour faire comme un orage – un grand ventilateur électrique avec des pinces à linge qui bloquent des morceaux de papier contre les pales. En tout cas, voilà Elmer Harrington III dans le rôle du roi Lear, vêtu d'un sac en toile avec une passoire sur la tête. La fille qui doit faire le rôle du fou a trouvé un déguisement de fou quelque part, une petite casquette avec des cloches attachées dessus, et des chaussures qui rebiquent sur le devant comme ont les Arabes. Celui qui fait Tom o'Bedlam le timbré, il s'est trouvé une perruque de Beatles et des fringues qui sortent d'une poubelle, et il s'est badigeonné la figure de poussière. Ils prennent tous ça vachement au sérieux.

N'empêche, c'est quand même moi qui ai la plus belle allure, vu que Jenny m'a taillé un costume dans un drap et une taie d'oreiller que je porte comme une couche-culotte, et elle m'a aussi fait une cape dans une nappe, exactement comme celle de Superman.

En tout cas, le Pr Quackenbush lance sa machine à vent et nous dit de commencer à la page douze, à l'endroit où Tom le Dingue nous narre sa triste histoire.

« Faites la charité au pauvre Tom que le noir démon tourmente », dit Tom.

Et le roi Lear répond : « Quoi ! Ses filles l'ont réduit à cet état ? N'as-tu donc rien pu garder ? Leur as-tu donc tout donné ? »

Et le dingue de dire : Nenni ! il s'est réservé une couverture, autrement toutes nos pudeurs auraient été choquées.

Ces conneries continuent un moment, puis le dingue dit : « Cette froide nuit va nous rendre tous fous et frénétiques. »

Sur ce coup, il a pas tort, le dingo.

C'est exactement à ce moment-là que je dois entrer dans la hutte, une torche à la main, que le Pr Quackenbush a empruntée à la section Théâtre. Le dingue s'écrie : « Regardez ! Voici un feu follet ! » et le professeur allume alors ma torche et je traverse la salle jusqu'à la hutte.

« C'est le noir démon Flibbertigibbet », dit Tom o'Bedlam.

« Quel est cet homme ? » demande le roi.

Et je dis : « Qui est là ? Que cherchez-vous ? »

Tom le Dingue dit que c'est juste « le pauv' Tom, celui qui mange la grenouille plongeuse, le crapaud et le têtard, le lézard de muraille et le lézard d'eau… » et un paquet d'autres conneries, et moi je suis censé reconnaître soudain le roi et dire : « Quoi ! Votre Grâce n'a-t-elle pas de meilleure compagnie ? »

Et Tom le Dingue doit répondre : « Le prince des ténèbres est gentilhomme – il a noms Modo et Mahu. »

La machine à vent tourne à fond, et quand il a construit la hutte, le professeur s'est pas souvenu que je mesure un mètre quatre-vingt-dix-huit, que le haut de ma torche touche le plafond.

Normalement Tom le Dingue doit maintenant dire : « Pauvre Tom a froid », mais à la place il s'écrie : « Fais gaffe à la torche ! »

Je regarde mon livre pour savoir d'où il sort cette réplique, et Elmer Harrington III me fait : « Fais gaffe à cette torche, espèce d'idiot ! » et je lui réponds : « Pour la première fois de ma vie, c'est pas moi l'idiot, c'est toi ! » Et d'un seul coup le toit de la hutte prend feu et dégringole sur la perruque de Beatles de Tom le Dingue qui prend feu aussi.

« Éteignez cette machine à vent à la noix ! » s'écrie quelqu'un, mais c'est trop tard. Tout prend feu.

Tom le Dingue hurle et crie et le roi Lear enlève sa passoire et la colle sur la tête de Tom le Dingue pour éteindre le feu. Les gens courent dans tous les sens, ils étouffent, ils toussent, ils pestent, et la fille qui doit jouer le rôle du fou devient hystérique et se met à pousser des cris perçants et à hurler : « On va tous être tués ! » Pendant quelques instants, on dirait vraiment que c'est ce qui va se passer.

Je me retourne, et mince, voilà-t'y pas que ma cape a pris feu, alors j'ouvre la fenêtre, j'attrape le fou par la taille, et hop, on saute dehors. On était qu'au premier étage, et il y avait plein de buissons pour amortir notre chute, mais c'était aussi l'heure du déjeuner et des centaines de gens traversaient la cour à ce moment-là. Et nous on débarquait, tout feu tout flamme.

De la fumée noire sortait de la fenêtre ouverte de la classe et d'un seul coup voilà le Pr Quackenbush qui se penche par la fenêtre, jette un œil à la ronde en brandissant le poing, la bouille couverte de suie.

« Gump, espèce d'idiot – enfoiré ! Tu me payeras ça ! » qu'il hurle.

Le fou s'est rétamé par terre, elle gueule et se débat mais elle a rien – juste un peu roussie – alors je me suis juste fait la malle – j'ai traversé la cour à fond les ballons, la cape encore en feu, une traînée de feu derrière moi. Je me suis arrêté qu'en arrivant à la maison, et quand j'ai pénétré dans l'appartement, Jenny m'a dit : « Ah, Forrest, alors c'était comment ? Je suis sûre que tu as été formidable ! » Puis elle a tiré une drôle de trombine. « Dis, tu sentirais pas le brûlé ?

– C'est une longue histoire », j'ai fait.

En tout cas, après ça, j'ai plus assisté au « rôle de l'idiot dans la littérature mondiale », j'en avais vu assez. Mais tous les soirs, Jenny et moi on joue avec les Œufs Cassés et toute la journée on fait l'amour, on se promène, on fait des piqueniques sur les bords du fleuve Charles et c'est le paradis. Jenny a écrit une jolie chanson tendre qui s'appelle *Oh oui vas-y dur et vite*, et j'ai un solo d'au moins cinq minutes à l'harmonica. Ça a été un printemps et un été sublimes, on est allés à Nou Yawk enregistrer des bandes pour Mister Feeblestein, et il appelle quelques semaines plus tard pour dire qu'on va faire un album. Pas très longtemps après, tout le monde nous appelle pour qu'on vienne jouer dans leur ville, et avec l'argent de Mister Feeblestein, on s'est acheté un grand bus avec des lits et tout ça et on a pris la route.

Il y a un autre truc pendant cette période qui a eu un grand rôle dans ma vie. Un soir, à la fin du premier set au Hoddady Club, Mose, le batteur des Œufs Cassés m'a pris à part et m'a dit : « Forrest, t'es un bon gars propre sur lui et tout ça, mais il y a un truc que je voudrais que tu essayes, ça te fera mieux jouer de l'harmonica. »

Je demande ce que c'est, et Mose me dit : « Tiens », et il me donne une petite cigarette. Je lui dis que je fume pas, mais merci, et Mose fait : « C'est pas une cigarette normale, Forrest. Dedans il y a quelque chose qui va élargir tes horizons. »

J'ai dit à Mose que j'étais pas sûr d'avoir envie d'élargir mes horizons, mais il a un peu insisté. « Au moins essaye », qu'il a dit, et j'y ai réfléchi une minute et je me suis dit que c'était pas une cigarette qui me ferait du mal, et j'ai essayé.

Et j'aime autant vous dire un truc : mes horizons ont effectivement été élargis.

J'ai eu l'impression que tout ralentissait et devenait chouette et sympa. Ce deuxième set qu'on a joué ensuite a été le meilleur de ma vie, j'avais l'impression d'entendre les notes cent fois tout en les jouant, et Mose est ensuite venu me voir et m'a dit : « Forrest, tu trouves que ça c'est bien – eh bien prends-en quand tu t'envoies en l'air. »

C'est ce que j'ai fait, et là-dessus aussi il avait raison. Je m'en suis payé un peu avec mon argent, et avant que j'aie eu le temps de me retourner, j'en prenais jour et nuit. Le seul problème c'est qu'au bout d'un moment ça me rendait encore plus nigaud. Je me levais le matin et j'allumais un de ces « joints », comme ils appelaient ça, et je restais allongé toute la journée jusqu'au moment de jouer. Au début Jenny a rien dit, car elle tirait volontiers une taffe ou deux à l'occasion, mais un jour elle m'a dit : « Forrest, tu as pas l'impression d'en prendre trop de cette saloperie ?

– Je sais pas, j'ai dit, ça fait combien, trop ?

– Ce que tu t'enfiles maintenant, c'est trop. »

Mais moi j'avais pas envie d'arrêter. D'une certaine manière, ça me débarrassait de tous les trucs qui m'embêtaient, si bien qu'à ce moment-là, ça faisait pas trop. Le soir, je sortais entre les sets au Hoddady Club, je m'asseyais dans la petite allée et je regardais les étoiles. Quand il y avait pas d'étoiles, je regardais quand même en l'air, et un soir Jenny m'a trouvé en train de fixer la pluie.

« Forrest, faut que tu arrêtes ça, elle a dit. Je m'inquiète pour toi, vu que tu fais plus rien à part jouer et glandouiller toute la journée. C'est pas sain. Je pense que tu as besoin de prendre un peu le large. On a pas de concerts avant demain à Provincetown, alors je me dis qu'on pourrait peut-être aller quelque part en vacances. Faire une virée en montagne, par exemple. »

J'ai juste fait oui de la tête. J'étais même pas sûr d'avoir entendu ce qu'elle disait.

Bon, au concert suivant à Provincetown, j'ai trouvé la sortie des loges et je suis sorti m'allumer un joint. J'étais tranquillement assis tout seul, je m'occupais de mes oignons quand ces deux nanas sont arrivées. Une des deux a fait comme ça : « Hé, c'est pas toi, le joueur d'harmonica des Œufs Cassés ? »

J'ai fait oui de la tête, et elle s'est jetée sur mes genoux. L'autre nana se fendait la pêche et gloussait et d'un seul coup elle a enlevé son chemisier. L'autre nana essayait d'ouvrir ma fermeture Éclair et de retrousser sa jupe, et moi j'étais juste assis là, complètement à la masse. Soudain, la porte des loges s'ouvre, et Jenny m'appelle : « Forrest, c'est l'heure de... » Elle s'arrête un instant puis elle fait : « Oh merde ! » et elle claque la porte.

Je me suis relevé d'un bond, et la fille qui était sur mes genoux s'est ramassée par terre et l'autre est en train de pester, mais je suis rentré et je suis tombé sur Jenny appuyée contre le mur qui pleurait. « T'approche pas, salopard ! Les mecs vous êtes tous pareils, comme des clébards – vous avez du respect pour personne ! »

Je me suis jamais senti aussi mal. Je me souviens pas trop du dernier set qu'on a joué. Au retour, Jenny s'est assise à l'avant du bus et a pas du tout voulu m'adresser la parole. Cette nuit-là, elle a dormi sur le divan et le lendemain matin elle m'a dit qu'il était peut-être temps que je me trouve un appart. Alors j'ai fait ma valise et je suis parti. La tête basse. Incapable de lui expliquer quoi que ce soit. Viré une fois de plus.

Jenny est partie ailleurs peu de temps après. J'ai demandé autour de moi, mais personne savait où elle était. Mose m'a dit que je pouvais squatter chez lui jusqu'à ce que je trouve un appartement, mais ça a été une période terriblement triste.

Comme on a pas de concerts pour l'instant, il y a pas grand-chose à faire, et je me dis qu'il est peut-être temps de rentrer à la maison voir ma maman et me lancer peut-être dans l'élevage de la crevette, là où le pauvre vieux Bubba vivait avant. J'ai peut-être pas la trempe d'une star du rock. Peut-être que je suis rien qu'un idiot empoté et rien d'autre, que je me dis.

Et puis un jour je vois Mose débarquer qui me dit qu'il était au saloon au coin de la rue et qui est-ce qu'il a pas vu aux informations à la télé : Jenny.

Elle est là-bas à Washington, qu'il me dit, elle participe à une grande manif contre la guerre du Viêt-nam, et Mose me dit qu'il se demande bien pourquoi elle s'emmerde avec ça, alors qu'elle devrait être ici avec nous à faire du pognon.

Je dis qu'il faut que j'aille la voir, et Mose me fait : « Eh ben essaye de voir si tu peux pas la faire revenir. » Il dit qu'il sait où elle crèche sûrement, vu qu'il y a un groupe de Boston qui a pris un appartement à Washington pour les manifs contre la guerre.

J'ai fait ma valoche – j'ai ramassé tout ce qui était à moi – j'ai dit merci à Mose, et c'est reparti mon kiki. Est-ce que je vais revenir ou pas ? Ça j'en sais rien.

Quand j'arrive à Washington, c'est une sacrée pagaille. La police est partout, les gens hurlent dans les rues et balancent des trucs comme pour une révolte. La police cogne sur la tête des gens, et on dirait que la situation dégénère.

Je trouve l'adresse de l'endroit où Jenny est peut-être, j'y vais, mais y a personne. J'ai attendu sur les marches pendant pratiquement toute la journée, puis le soir vers neuf heures, une voiture s'est arrêtée devant, des gens en sont sortis, et la voilà !

Je me relève et je m'approche d'elle, mais elle m'évite et retourne dans la voiture. Les autres, deux types et une nana, ils savent pas quoi faire, ni qui je suis, mais il y en a un qui dit : « Écoute, à ta place, je la laisserais un peu tranquille pour l'instant – elle a beaucoup de peine. » Je lui demande pourquoi, et le gonze me prend à part et me dit ceci : « Jenny sort juste de taule. Elle a été arrêtée hier, et elle a passé la nuit dans la prison des femmes, et ce matin, avant qu'on puisse la faire sortir, les matons ont dit qu'elle avait peut-être des pous ou un truc dans sa tignasse, vu comment qu'elle est longue et tout ça, et ils l'ont entièrement rasée. Jenny a plus un poil sur le caillou. »

Bon, je pige qu'elle veut pas que je la voie comme ça, parce qu'elle reste allongée sur la banquette arrière. Alors je me traîne à genoux pour pas voir par la fenêtre et je lui dis : « Jenny ! C'est moi, Forrest. »

Elle dit rien, alors je commence à lui dire à quel point je suis désolé à propos de ce qui s'est passé. Je lui dis que je fumerai plus jamais de dope, et que je jouerai plus jamais dans un groupe, rapport aux vilaines tentations. Et je lui dis que je suis navré pour ses cheveux. Et puis je rampe jusqu'aux marches là où il y a toutes mes affaires, je fouille dans mon paquetage et je trouve une vieille casquette de l'armée et je retourne à la voiture en rampant, je la mets sur un bâton et je la fais passer par la fenêtre. Elle l'a prise, et elle est sortie de la bagnole, et elle a dit : « Ohé, reste pas allongé par terre, grand Bozo, et entre dans la baraque. »

On s'est assis et on a discuté un moment, et les autres fumaient de la dope et buvaient des bières, mais pas moi. Ils causent tous de ce qu'ils vont faire le lendemain, il y a une grande manif au Capitole où plein de vétérans du Viêt-nam vont enlever leurs médailles et les balancer sur les marches du Capitole.

Et Jenny dit d'un seul coup : « Vous savez que Forrest a eu la Médaille d'Honneur du Congrès ? » Et ils la ferment tous et se mettent à me dévisager puis se regardent entre eux, et il y en a un qui dit : « Jésus-Christ nous envoie un cadeau ! »

Bon, eh bien le lendemain matin, Jenny arrive dans le séjour, où j'ai dormi, sur le sofa, et elle me dit : « Forrest, je veux que tu viennes avec nous aujourd'hui, et je veux que tu portes ton uniforme de l'armée. » Je lui demande pourquoi et elle me répond : « Parce que tu vas faire quelque chose pour faire cesser toutes les souffrances au Viêt-nam. » Alors j'enfile mon uniforme, et Jenny revient avec un paquet de chaînes qu'elle a achetées dans une quincaillerie et elle fait comme ça : « Forrest, tu vas t'en attacher partout. »

Je lui ai encore demandé pourquoi et elle m'a dit : « Fais-le, tu comprendras plus tard. Tu veux me faire plaisir, non ? »

Alors c'est parti mon kiki, moi dans mon uniforme avec mes chaînes, et Jenny et les autres. C'est une belle journée claire et quand on arrive au Capitole il y a toute une foule avec les caméras télé et toute la police du monde. Les gens gueulent tous, ils hurlent et font des doigts à la police. Au bout d'un moment je repère d'autres gars en uniforme de l'armée, tous regroupés au même endroit, et alors, les uns après les autres, ils s'approchent le plus près possible des marches du Capitole, ils arrachent leurs médailles et les balancent. Certains gars sont en chaise roulante, certains sont estropiés, il y en a à qui il manque un bras ou une jambe. Il y en a qui laissent juste tomber leurs médailles sur les marches, mais d'autres les envoient valser de toutes leurs forces. On me tape sur l'épaule et on me dit que c'est à mon tour. Je me retourne vers Jenny, elle opine du chef, alors j'y vais.

Je sens une sorte de grand calme, puis quelqu'un annonce mon nom au porte-voix et dit que je vais jeter la Médaille d'Honneur du Congrès, comme gage de mon soutien au mouvement pour arrêter la guerre du Viêt-nam. Tout le monde lance des hourras et applaudit, et je vois les autres médailles par terre sur les marches. Tout en haut des marches, sur le perron du Capitole, il y a un petit groupe de gens, deux flics et quelques types en costard. Bon, bah, je me dis que je vais faire de mon mieux, alors j'enlève ma médaille, je la regarde un instant, et ça me rappelle Bubba et tout ça, Dan, et je sais pas, j'ai une drôle de sensation, mais il faut que je la jette, alors je me recule et je soulève la médaille le plus haut possible. Deux secondes plus tard, un des gars en costard là-haut sur le perron tourne de l'œil. J'ai malheureusement envoyé la médaille trop loin et il l'a reçue en pleine tronche.

D'un seul coup ça a été l'enfer. La police a chargé la foule et les gens ont hurlé plein de trucs, et il y a eu des lacrymos, cinq ou six policiers ont déboulé sur moi et ont commencé à me rosser à coups de matraque. Plein d'autres policiers les ont rejoints et tout ce que je sais, c'est que je me retrouve menottes aux poignets dans un fourgon et en taule.

Je passe toute la nuit au violon, et au matin ils m'emmènent devant le juge. C'est pas la première fois que ça m'arrive.

Quelqu'un dit au juge que je suis accusé de « voie de fait avec une arme dangereuse – une médaille – et refus d'obtempérer », etc., et il me tend un bout de papier. « Monsieur Gump, fait le juge, est-ce que vous réalisez que vous avez buté le secrétaire du Sénat américain d'un coup en pleine tête avec votre médaille ? »

Je dis rien, mais on dirait que cette fois je suis dans le pétrin jusqu'au cou.

« Monsieur Gump, fait le juge, j'ignore comment un homme de votre stature, un homme qui a servi son pays avec un tel brio, a pu se retrouver mêlé à un ramassis de va-nu-pieds qui jettent leurs médailles, mais je vais vous dire, je vais demander qu'on vous place trente jours en observation psychiatrique, pour avoir des éléments susceptibles d'expliquer pourquoi vous avez commis une chose aussi idiote. »

Après ça ils m'ont ramené à ma cellule, puis ils m'ont fait monter dans un bus pour l'asile de Sainte-Élisabeth.

Je crois que cette fois ça y est, ils vont me « boucler ».

12

C'est un vrai asile de fous. Ils me mettent dans une chambre avec un zozo qui s'appelle Fred et qui est là depuis presque un an. Il me dit d'emblée quel genre d'oiseaux je vais me farcir. Ce gus, là, il a empoisonné six personnes, l'autre s'est servi d'un hachoir à viande sur sa maman. Il y en a qui ont fait toutes sortes de conneries – du meurtre au viol en passant par celui qui se dit roi d'Espagne ou se prend pour Napoléon. Je finis par demander à Fred pourquoi il est là, lui, et il me dit, parce qu'il a assassiné des gens à coups de hache, mais ils vont le laisser sortir d'ici une ou deux semaines.

Le deuxième jour, on me demande de me présenter au bureau du psychiatre, le Dr Walton. En fait, le Dr Walton, c'est une femme. D'abord, elle dit qu'elle va me faire passer un petit test, puis que j'aurai ensuite une visite médicale. Elle me fait asseoir à une table et commence à me montrer des cartes avec des taches d'encre dessus, et elle me demande ce que je pense que c'est. Je lui redis plusieurs fois « des taches d'encre », jusqu'à ce qu'elle finisse par se mettre en colère, elle me dit qu'il faut que je réponde autre chose, alors je me suis mis à inventer des trucs. Ensuite elle me tend un long test et elle me dit qu'il faut que je le passe. Quand j'ai fini, elle me dit : « Bien, désha-billez-vous. »

Ma foi, à une ou deux exceptions près, à chaque fois que j'ai enlevé mes fringues, j'ai eu des pépins, alors je lui dis que j'aimerais autant pas, et elle le note, et me dit que ou je le fais tout seul, ou elle appelle des infirmiers pour m'aider. Voilà le genre d'alternative.

Alors je me désape, et une fois que j'ai le popo-tin à l'air, elle entre dans la pièce et dit : « Eh ben dites donc pour un mâle vous êtes un mâle, et un sacré spécimen ! »

En tout cas, elle me cogne sur le genou avec un petit marteau en caoutchouc comme à la fac, et elle me tâte de partout. Mais elle me demande pas une seule fois de me pencher en avant, et je lui en suis reconnaissant. Ensuite elle me dit que je peux me rhabiller et retourner dans ma cham-bre. En y allant, je passe devant une chambre avec une porte en verre et à l'intérieur il y a plein de petits gars assis et allongés un peu partout, qui bavent et tremblotent et cognent par terre avec leurs poings. Je suis juste resté un peu à regarder à l'intérieur, et j'étais triste pour eux – ça m'a un peu fait penser à l'époque où j'allais à l'école des timbrés.

Deux jours plus tard, on me reconvoque dans le bureau du Dr Walton. J'arrive, et elle est avec deux autres types habillés en docteurs, ils disent qu'ils s'appellent Dr Duke et Dr Earl – tous les deux de l'Institut national de la santé mentale. Et ils s'intéressent beaucoup à mon cas, qu'ils me disent.

Le Dr Duke et le Dr Earl me font asseoir et commencent à me poser des questions – toutes sortes de questions – et ils me tapent chacun leur tour sur les genoux avec le marteau. Puis le Dr Duke me dit : « Bon, Forrest, on a tes résultats aux examens, et ceux de math inouïs. Alors on aimerait t'en faire passer d'autres. » Et ils me sortent d'autres examens, et me les font passer, ils sont bien plus compliqués que les premiers, mais je me dis que je m'en suis pas mal sorti. Si j'avais su à quoi ça allait me conduire, j'aurais tout foiré.

« Forrest, a fait le Dr Earl, voilà qui est phénoménal. Ton cerveau est un vrai ordinateur. Je ne sais pas si tu es capable de bien raisonner avec – ce qui est sans doute la raison pour laquelle tu t'es d'abord retrouvé ici – mais je n'ai jamais rien vu de tel.

– Tu sais, George, a fait le Dr Duke, ce garçon est tout à fait remarquable. J'ai travaillé à un moment pour la NASA, et je pense qu'on devrait l'envoyer à l'Aéronautique et au centre spatial de Houston pour qu'ils l'auscultent. C'est typiquement le genre de client qu'ils recherchent. »

Les docteurs m'ont dévisagé en hochant la tête, puis ils m'ont tapé encore une fois sur le genou avec le marteau et je crois bien qu'une fois de plus c'était parti mon kiki.

Ils m'ont envoyé en avion à Houston, Texas, dans un vieux coucou avec personne dedans, sauf le Dr Duke, mais à part que j'étais enchaîné par le pied à mon siège, ça a été un voyage agréable.

« Écoute-moi bien, Forrest, a fait le Dr Duke, voilà le marché. Pour l'instant tu es dans le caca jusqu'au cou pour avoir balancé ta médaille dans le ciboulot du secrétaire du Sénat américain. Tu risques dix ans de prison pour ça. Mais si tu coopères avec ces gens de la NASA, je veillerai personnellement à ce que tu sois relâché – d'accord ? »

J'ai fait oui de la tête. Je savais qu'il fallait que je sorte de taule pour retrouver Jenny. Elle me manquait horriblement.

Je reste à la NASA, à Houston, environ un mois. Ils m'ont examiné, m'ont fait passer des examens, et m'ont posé tellement de questions que j'ai l'impression d'être prêt pour le « Johnny Carson Show ».

Mais c'est pas là que je vais.

Un jour ils m'ont traîné dans une grande pièce et m'ont dit ce qu'ils avaient en tête.

« Gump, qu'ils me font, on a besoin de toi pour un vol dans l'espace. Comme l'a souligné le Dr

Duke, ton esprit est un véritable ordinateur – en mieux. Si on peut le programmer avec les bonnes données, tu seras d'une extrême utilité au programme spatial de l'Amérique. Qu'est-ce que tu en dis ? »

J'y ai réfléchi une minute, puis je leur ai dit que je voulais d'abord demander à ma maman, mais ils m'ont sorti un argument encore plus fort – comme passer les dix années à venir au gnouf.

Alors j'ai dit oui, ce qui me met dans la mouise à tous les coups.

Le truc auquel ils avaient pensé, c'était me mettre dans un vaisseau spatial et m'envoyer tourner autour de la Terre pour environ un million de miles. Ils avaient déjà envoyé du monde sur la Lune, mais ils n'avaient rien trouvé là-haut qui vaille un clou, alors le prochain truc qu'ils avaient prévu c'était de visiter Mars. Heureusement pour moi, pour l'instant, c'était pas sur Mars qu'ils voulaient m'envoyer – ça allait être une espèce de mission d'entraînement, ils allaient essayer de savoir quel genre de gens étaient les mieux adaptés pour une virée sur Mars.

En plus de moi, ils avaient choisi une femme et un singe.

La femme c'est une dame rudement moche qui s'appelle major Janet Fritch, qui doit être la première Américaine astronaute, le truc c'est que personne a entendu parler d'elle, vu que tout ça c'est top secret. Elle est assez courte sur pattes avec des cheveux coupés au bol, et il me semble qu'elle sera d'une grande utilité ni au singe ni à moi.

Le singe est pas si mal, en fait. C'est une bonne vieille femelle orang-outang qui s'appelle Sue, capturée dans les jungles de Sumatra ou un truc comme ça. En fait, ils en ont plein, des singes, là-bas, et ça fait une paye qu'ils les envoient dans l'espace, mais ils disent que c'est Sue qui conviendra le mieux à ce voyage, rapport à ce que c'est une femelle et qu'elle sera plus gentille qu'un mâle, et aussi ce sera son troisième voyage dans l'espace. Quand j'apprends ça, je me demande comment ils peuvent nous envoyer là-haut, si le seul membre de l'équipage expérimenté est un singe. Ça fait un peu réfléchir, non ?

En tout cas, avant de jouer les filles de l'air, faut se taper un paquet d'entraînement. Ils nous fourrent dans des cyclotrons et nous font tourner, et dans des petites pièces sans gravité et des trucs dans le genre. Du matin au soir, ils me truffent le citron de trucs qu'ils veulent que je retienne, comme des équations pour savoir la distance entre là où on est et là où on va, et comment revenir ; plein de conneries comme les coordonnées coaxiales, les équations sinusoïdales, la trigonométrie sphériodique, l'algèbre de Boole, les antilogarithmes, l'analyse de Fourier, les matrices et termes quadratiques. Ils disent que je serai la « sécurité » à la sécurité de l'ordinateur.

J'ai écrit plein de lettres à Jenny Curran, mais on me les a toutes renvoyées avec « Adresse inconnue » marqué dessus. J'ai aussi écrit à ma maman, et elle m'a renvoyé une longue lettre, qui dit en gros : « Comment tu peux faire ça à ta pauvre maman qui habite dans une maison de pauvres, toi qui es la seule chose qui lui reste au monde ? »

J'ai pas osé lui dire que c'était ça ou la prison, alors je lui ai juste renvoyé une lettre en lui disant de pas s'en faire, rapport à ce qu'on a un équipage expérimenté.

Bon, le grand jour arrive enfin, et que je vous dise tout de suite : je suis nerveux, et pas qu'un peu – je suis à moitié mort de trouille ! Ça avait beau être top secret, il y a eu des fuites côté presse et maintenant on passe à la télé et tout ça.

Ce matin-là, on nous apporte les journaux pour nous montrer à quel point on est connus. Voilà ce que disent les gros titres :

« Une femme, un singe et un idiot dans le prochain effort spatial US. »

« L'Amérique envoie de singuliers messagers vers des planètes inconnues. »

« La Belle et la Bête plus la Brute décollent aujourd'hui. »

Il y a même quelqu'un dans le *Nou Yawk Post* qui a écrit : « C'est parti pour là-haut – mais qui est aux manettes ?? »

Le seul à moitié gentil, c'était le gros titre du *Nou Yawk Times* qui disait : « Le nouvel essai spatial : un équipage disparate. »

Bon, comme d'habitude, c'est la confusion générale dès le lever. On va prendre notre petit déjeuner et quelqu'un dit: «Ils doivent pas prendre de petit dèj le jour du décollage.» Puis quelqu'un d'autre dit: «Mais si», et quelqu'un d'autre encore fait: «Mais non», et ça continue comme ça un moment jusqu'à ce que ça nous coupe l'appétit.

Ils nous font enfiler nos habits de cosmonautes et nous emmènent à la plate-forme de lancement dans un petit bus, avec cette vieille Sue derrière dans une cage. Le vaisseau est haut comme une centaine d'étages, et ça tremble, et ça gronde, et ça crisse, on dirait qu'il va nous bouffer vivants! Un ascenseur nous emmène à notre capsule, ils nous attachent et chargent Sue à sa place à l'arrière. Et puis on poireaute.

Et on poireaute.

Et on poireaute.

Et on poireaute.

Pendant tout ce temps, le vaisseau tremble, gronde et crisse. On nous dit qu'il y a cent millions de gens qui nous regardent à la télé. J'imagine qu'eux aussi ils sont en train de poireauter.

Sur le coup de midi, quelqu'un vient enfin frapper à la porte de l'engin et dit que la mission est temporairement suspendue, le temps de réparer le vaisseau.

Et on nous fait tous entrer dans l'ascenseur, moi, Sue et le major Fritch. C'est la seule à gueuler, vu que Sue et moi on est rudement soulagés.

Sauf qu'on est pas soulagés longtemps. Une heure plus tard, quelqu'un déboule dans la pièce au moment où on s'asseyait pour déjeuner et dit : « Enfilez vos tenues de cosmonautes immédiatement ! Ça y est, on vous envoie dans l'espace ! »

Tout le monde se met à hurler, à courir et paniquer. Je me dis que des téléspectateurs ont dû appeler pour se plaindre ou un truc comme ça, si bien qu'ils ont décidé d'allumer à tout prix ce feu sous notre popotin. Je sais pas, mais en tout cas maintenant ça a plus d'importance.

En tout cas, ils nous refont monter dans le bus et nous emmènent jusqu'au vaisseau et on a fait la moitié du trajet en ascenseur quand quelqu'un s'écrie : « Merde, on a oublié leur singe à la con ! » Et il se met à hurler aux autres restés au sol d'aller chercher cette vieille Sue.

Ils nous attachent encore un coup et, dès que Sue est là, quelqu'un se met à compter à l'envers en partant de cent. On est tous enfoncés dans nos sièges, et ils en sont à « dix » au moment où j'entends de drôles de grognements qui viennent de là où est assise Sue. J'essaye de me retourner et qu'est-ce que je m'aperçois – non, sérieux – c'est pas Sue qui est assise là, c'est un bon gros singe mâle, qui montre les dents, et essaye d'arracher ses sangles de sécurité qui vont céder d'une seconde à l'autre !

J'en parle au major Fritch, elle se retourne et fait : « Ô mon Dieu ! » et elle appelle la tour de contrôle. « Écoutez, qu'elle dit, vous vous êtes gourés, vous nous avez collé un mâle, alors vaudrait mieux tout annuler, le temps de régler ça. »

Mais d'un seul coup l'engin se met en branle et le gars de la tour de contrôle nous dit : « Hé, la frangine, dorénavant, c'est votre problème, nous on a un horaire à respecter. »

Et c'est parti mon kiki.

13

Ma première impression, ça a été d'être écrasé sous un truc, comme mon paternel quand il s'est ramassé les bananes sur la trombine. Peux pas bouger, peux pas crier, peux rien dire, peux rien faire – on est là pour le voyage, et c'est tout. Dehors, par la fenêtre, tout ce que je vois c'est du ciel bleu. Le vaisseau s'éloigne.

Au bout d'un moment, on dirait qu'on ralentit un peu, et ça devient moins pénible. Le major Fritch dit qu'on peut défaire nos ceintures, et se mettre au boulot, même si je sais pas trop ce que c'est. Elle dit qu'on se déplace maintenant à la vitesse de quinze mille miles à l'heure. Je me retourne, et c'est sûr que la Terre, c'est plus qu'un petit ballon derrière nous, exactement comme les photos de l'espace. Je regarde autour de moi et il y a ce gros singe, qui a l'air mauvais et méchant quand il nous regarde, le major Fritch et moi. Elle dit qu'il a peut-être envie de manger ou un truc comme ça, et elle me dit d'aller lui porter une banane avant qu'il devienne furax et fasse du grabuge.

Il y a un petit paquet de nourriture pour le singe, qui contient des bananes et des céréales, des fruits secs et des feuilles et des conneries comme ça. J'ouvre et je commence à fouiller pour trouver quelque chose qui fera plaisir au singe, et entre-temps, le major Fritch est en contact radio avec le contrôle au sol de Houston.

« Écoutez maintenant, elle dit, faut qu'on fasse quelque chose au sujet de ce singe. C'est pas Sue – c'est un mâle et il a pas l'air ravi d'être là. Peut-être même qu'il est violent. »

Ça a pris du temps pour qu'ils reçoivent le message et qu'ensuite la réponse arrive, mais les gonzes en bas lui disent : « Hohé ! Faut pas chipoter, un singe c'est un singe.

– Je vous en foutrais, fait le major Fritch. Si vous étiez dans cette petite capsule avec cette énorme bestiole, ce serait un autre refrain. »

Au bout d'une minute ou deux, une voix chevrotante nous dit à la radio : « Écoutez, vous avez l'ordre d'en parler à personne, sinon on va être la risée de tous. Jusqu'à nouvel ordre, ce singe c'est Sue – peu importe ce qui lui pend entre les gambettes. »

Le major Fritch m'a regardé en secouant la tête. « Holà holà, mais je vous préviens, tant que je suis ici avec lui, je vais garder cet enfoiré ligoté – vous pigez ? »

Et de la tour de contrôle, on a entendu un mot : « Rodger. »

En fait, dès qu'on est un peu habitué, être dans l'espace, c'est assez fendard. Il y a pas de gravité, alors on flotte dans tout le vaisseau, et le paysage est épatant – la Lune et le Soleil, la Terre et les étoiles. Je me demande où se trouve Jenny Curran, dans tout ça, et ce qu'elle fabrique.

On arrête pas de tourner autour de la Terre. Le jour et la nuit passent à peu près toutes les heures, et du coup ça fait un peu voir les choses sous un autre angle. Je veux dire que je suis ici à faire ce truc, et quand je vais rentrer – ou je devrais dire si je rentre un jour – eh, bah quoi? Je vais me remettre à mon petit commerce de crevettes? Je vais repartir à la recherche de Jenny? Rejouer dans les Œufs Cassés? Faire quelque chose pour ma maman qui est dans une maison de pauvres? Tout ça, ça fait bizarre.

Le major Fritch essaye de se taper un petit roupillon quand elle peut, mais quand elle pionce pas, elle est tout le temps grincheuse. Elle rouspète après le singe, elle rouspète après les andouilles de la tour de contrôle, elle rouspète parce qu'elle a pas d'endroit pour mettre son maquillage, elle rouspète après moi quand je mange et que c'est pas l'heure. De toute façon, on a que des barres de Granola à manger. C'est pas pour me plaindre, mais ils auraient au moins pu choisir une femme jolie, ou au moins une qui rouspète pas tout le temps.

En plus, que je vous dise: ce singe, c'est pas tous les jours dimanche non plus.

D'abord je lui donne une banane – d'accord ? Il prend la banane, il l'épluche, mais ensuite il pose la banane par terre. La banane se met à flotter dans toute la cabine et c'est à moi d'aller la chercher. Je la redonne au singe et il se met à l'écraser, et il envoie la bouillie dans tous les sens, et c'est à moi de tout nettoyer. Faut tout le temps qu'on s'occupe de lui. Dès qu'on a le dos tourné il sème sa zone, il claque des crocs comme un dentier à ressort. Au bout d'un moment ça vous rend dingue.

Je finis par sortir mon harmonica et je me mets à jouer un petit truc – *Home on the Range*, je crois. Et le singe a commencé à se calmer. Alors j'ai continué à jouer – des trucs comme *The Yellow Rose of Texas*, et *I Dream of Jeannie with the Light Brown Hair*. Le singe reste allongé à me regarder, doux comme un agneau. J'oublie qu'il y a une caméra télé dans le vaisseau et qu'au sol, ils reçoivent tout ça. Le lendemain matin, au réveil, quelqu'un me montre un journal de Houston à l'écran pour qu'on puisse lire. Il y a marqué en gros : « Pour apaiser le singe, l'idiot joue de la musique de l'espace. » Voilà toujours le genre de trucs que je me coltine.

En tout cas, les choses se passent plutôt bien, mais j'ai remarqué que ce vieux Sue regarde le major Fritch d'une drôle de manière. À chaque fois qu'elle passe à côté de lui, Sue reprend du poil de la bête et tend les bras comme s'il voulait l'attraper ou je sais pas quoi, et elle s'en prend à lui – « Bas les pattes, espèce de goujat. Garde donc tes paluches pour toi ! » Mais ce vieux Sue a quelque chose derrière la tête. Ça je m'en rends bien compte.

Il a pas fallu longtemps avant que je découvre. Je suis passé derrière sa petite cloison pour faire pipi en privé dans un bocal, quand j'ai d'un seul coup entendu du boucan. J'ai passé la tête de l'autre côté, et Sue avait réussi à attraper le major Fritch, et il avait la main à l'intérieur de sa combinaison. Elle s'est mise à piailler et à brailler à fond les ballons et elle a écrasé le micro radio sur la tête de Sue.

Ensuite j'ai pigé ce qui clochait. Ça faisait pratiquement deux jours qu'on était dans l'espace et ce vieux Sue, il était arrimé sur son siège sans pouvoir faire pleurer le colosse ni rien ! Et je sais ce que c'est, pour sûr. Il doit être sur le point d'exploser ! En tout cas, je me ramène, et je l'écarte du major Fritch, et elle beugle et elle piaffe, et elle le traite d'animal vicieux et des conneries dans le genre. Une fois libre, le major Fritch va à l'avant du cockpit, baisse la tête et se met à sangloter. Moi je détache Sue et je l'emmène derrière la cloison.

Je trouve une bouteille vide pour qu'il fasse pipi dedans, mais dès qu'il a fini, il balance la bouteille dans un panneau avec des lumières de toutes les couleurs, et elle se casse en mille morceaux et tout le pipi se met à flotter dans le vaisseau. Et merde, que je me dis, et je commence à ramener Sue à son siège, et c'est alors que je vois une grosse bulle de pipi qui fonce direct sur le major Fritch. C'est bien parti pour qu'elle se la prenne derrière la tête, alors je lâche Sue et je me précipite sur la bulle de pipi avec une épuisette qu'on nous a donnée pour attraper les machins qui volent. Mais juste au moment où je vais attraper la bulle, le major se redresse et se retourne et se prend tout en pleine bouille.

Elle se remet à grogner et à mugir, et pendant ce temps, Sue commence à arracher les fils du tableau de bord. Le major Fritch pousse une gueulante : « Arrêtez-le ! Arrêtez-le ! » mais j'ai pas le temps de me retourner qu'il y a des étincelles et tout ça dans le vaisseau, et Sue bondit du plafond au sol et déchire tout. Une voix à la radio veut savoir : « Bon sang, qu'est-ce qui vous arrive là-haut ? » mais c'est déjà trop tard.

L'engin tangue dans tous les sens et commence à faire des tête-à-queue, et Sue, le major Fritch et moi, on valdingue comme des bouchons. J'arrive à me tenir à rien, je peux rien éteindre, je peux pas rester debout ni assis. La voix du contrôle au sol nous dit : « Nous remarquons quelques ennuis mineurs de stabilisation avec votre appareil. Forrest, voulez-vous introduire manuellement le programme D-six dans l'ordinateur tribord ? »

Merde – il se fout de ma gueule ! Je suis en train de tourner comme une toupie et par-dessus le marché j'ai un singe en liberté sur les bras ! Le major Fritch beugle si fort que j'entends plus rien et je peux plus penser à rien, mais je crois qu'elle hurle qu'on va s'écraser et cramer. J'ai réussi à jeter un œil par la fenêtre, et c'est vrai, ça s'annonce pas terrible. La Terre nous arrive dessus assez vite.

J'ai quand même réussi, je sais pas comment, à atteindre l'ordinateur tribord et j'ai rentré le D-six dans la machine. C'est un programme pour poser le vaisseau dans l'océan Indien en cas de pépin, et effectivement je crois qu'on a un petit pépin.

Le major Fritch et le vieux Sue cherchent à sauver leur peau, mais le major Fritch s'écrie quand même : « Qu'est-ce que vous fichez là-bas ? » Alors je lui dis, et elle me fait : « Oubliez ça, espèce de crétin ahuri – on l'a déjà passé, l'océan Indien. Attendez qu'on ait refait un tour, et on essayera de se poser dans le Pacifique Sud. »

Vous me croirez si vous voulez, mais dans un vaisseau, ça met pas si longtemps pour faire le tour de la Terre, le major Fritch s'est emparée du micro de la radio et braille aux types qui sont au sol qu'on va essayer l'océan Pacifique Sud, ça passe ou ça casse, qu'ils viennent nous chercher le plus vite possible. J'appuie sur les boutons comme un fou, et cette bonne vieille Terre se rapproche. On passe au-dessus d'un truc que le major Fritch croit que c'est l'Amérique du Sud, et puis il y a de nouveau plus que de la flotte, le pôle Sud est à gauche, l'Australie tout droit devant.

Et puis d'un seul coup il se met à faire rudement chaud et il y a des petits bruits qui viennent de l'extérieur, l'engin se met à trembler et à crisser, et la Terre est juste en face de nous. Le major Fritch me hurle : « Tirez le levier de parachute ! » mais je suis cloué sur mon siège. Et elle, elle est bloquée au plafond, et cette fois-ci, on dirait bien qu'on va faire rideau, parce qu'on s'aboule à dix mille miles à l'heure sur une bulle de terre verte dans l'océan. À cette vitesse, on va même pas laisser une tache de graisse.

Mais d'un seul coup il y a un déclic et le vaisseau ralentit. Je lève la tête et bon sang, c'est ce vieux Sue qui a tiré le levier de parachute et qui nous a sauvé la couenne. Faudra que je pense à lui donner des bananes quand tout ce cirque sera terminé.

En tout cas, l'engin se balance sous le parachute, et on dirait qu'on va toucher la bulle de terre verte – ce qui apparemment est pas génial non plus, vu qu'on doit normalement juste toucher l'eau, et ensuite des bateaux doivent venir nous chercher. Mais vu que rien a tourné rond depuis l'instant où on a mis les pieds dans ce bidule, je vois pas pourquoi ça changerait maintenant.

Le major Fritch est à la radio en train de dire au contrôle au sol : « On s'apprête à atterrir quelque part au nord de l'Australie dans l'océan, mais je ne sais pas exactement où nous sommes. »

Deux secondes plus tard, une voix répond : « Si vous n'êtes pas sûre, pourquoi vous regardez pas par le hublot, espèce d'abrutie ? »

Alors le major Fritch pose la radio par terre, va regarder par le hublot et s'écrie : « Mon Dieu – on dirait Bornéo ou je sais pas quoi », mais quand elle essaye de dire ça à l'antenne, le contact est coupé.

On est vraiment tout près de la Terre, maintenant, et le vaisseau pendouille toujours sous le parachute. En dessous, il n'y a que la jungle et les montagnes, à part un minuscule lac un peu marron. On voit à peine ce qu'il y a à côté du lac. On a tous les trois – moi, Sue et le major Fritch – le nez collé au hublot, et d'un seul coup le major Fritch s'écrie : « C'est pas vrai ! C'est pas Bornéo – merde c'est la Nouvelle-Guinée, et tous les trucs en bas, ça doit être une de ces sectes Cargo ou je sais pas quoi ! »

Sue et moi, on écarquille les mirettes, et là par terre, à côté du lac, un millier de sauvages nous regardent, les bras en l'air. Ils ont des pagnes et les cheveux tout ébouriffés, et il y en a qui ont des boucliers et des lances.

« Mince, je fais, qu'est-ce que vous croyez que c'est ?

– Une secte Cargo, fait le major Fritch. Pendant la Seconde Guerre mondiale, on a envoyé à ces sauvages des paquets de bonbons, etc., pour qu'ils restent dans notre camp, et ils n'ont jamais oublié. Ils croient que c'était Dieu ou quelqu'un d'autre, et depuis, ils attendent notre retour. Ils ont même construit des pistes d'atterrissage rudimentaires – vous voyez, en bas ? Il y a une zone d'atterrissage délimitée avec des jalons noirs.

– Moi je trouve qu'on dirait plutôt des marmites, j'ai fait.

– Ouais, effectivement, on dirait, a fait le major Fritch d'une voix curieuse.

– C'est pas de là qu'ils viennent, les cannibales ? j'ai demandé.

– À mon avis, on va vite savoir », elle a fait.

Le vaisseau pendouille doucement vers le lac, et juste avant qu'on se pose, ils se mettent à taper sur leurs tambours et à ouvrir et à fermer leurs bouches. On entend rien, rapport à ce qu'on est dans la capsule, mais on peut facilement imaginer.

14

Notre atterrissage dans le petit lac s'est pas trop mal passé. Un splash, un boum et on était de retour sur Terre. Tout était très calme, et moi, Sue et le major Fritch on a jeté un œil par le hublot.

Il y a toute une tribu d'indigènes qui restent à trois mètres du rivage et nous observent, j'ai jamais vu des gens qui avaient l'air si farouche – ils font des grimaces et se penchent en avant pour voir qui on est. Le major Fritch dit qu'ils sont peut-être juste un peu en pétard parce qu'on leur a rien envoyé du vaisseau. En tout cas, elle dit qu'elle va s'asseoir pour réfléchir à ce qu'on va faire maintenant, rapport à ce qu'on s'en est pas trop mal sortis pour l'instant, et elle a pas envie qu'on fasse un faux mouvement avec ces zozos. Sept ou huit des plus balèzes sautent dans l'eau et se mettent à nous pousser vers la terre ferme.

Le major Fritch était toujours assise là à gamberger quand on a entendu un grand coup à la porte. On s'est tous regardés, et le major Fritch a dit : « Ne faites rien. »

Alors j'ai fait : « Ça va peut-être les énerver, si on ouvre pas.

– On n'a qu'à rester calme, qu'elle fait, ils vont peut-être se dire qu'il y a personne et ils s'en iront. »

Alors on a attendu, mais évidemment, au bout d'un moment, il y a eu un autre coup sur le vaisseau.

Moi j'ai fait : « C'est pas très poli de pas répondre quand quelqu'un frappe », et le major Fritch a répliqué entre ses dents : « Bouclez-la, pauvre cornichon – vous voyez donc pas que ces gens sont dangereux ? »

Et puis d'un seul coup, ce vieux Sue a ouvert la porte. Et là, dehors, il y a le plus gros négro que j'ai jamais vu depuis qu'on a joué contre les Quenouilles-de-maïs du Nebraska pour l'Orange Bowl.

Il a un os dans le nez et il porte un pagne, il trimballe une lance et il a plein de perles autour du cou, et sa tignasse ressemble un peu à la perruque de Beatles que portait Tom o'Bedlam dans la pièce de Shakespeare.

Ce gugusse a l'air rudement surpris de tomber nez à nez avec Sue. À vrai dire, il est tellement étonné qu'il en tombe dans les pommes. Le major Fritch et moi on rejette un œil par la fenêtre, et quand tous les autres gugusses ont vu que leur copain est tombé dans les pommes, ils se carapatent dans les buissons – je suppose que c'est pour voir ce qui va se passer ensuite.

Le major Fritch dit : « Tenez-vous tranquille, maintenant pas un geste », mais le vieux Sue, il attrape une bouteille qui était là, il fait des bonds p..r terre, et, pour que le gus revienne à lui, il lui renverse le liquide à la figure. Le gus s'assoit et se met à tousser et à cracher et à secouer la tête d'un côté et de l'autre. Ça y est, il est requinqué, sauf que la bouteille que Sue lui a versée à la figure, c'était du pipi. Le gus a alors reconnu Sue, il a balancé les mains en avant, il lui est tombé sur la tronche et a commencé à brailler et à le griffer comme un fou.

Et puis les autres sont sortis des buissons, ils se sont déplacés lentement, on aurait dit qu'ils avaient les pétoches, les yeux comme des soucoupes, prêts à envoyer leurs lances. Le gus par terre a arrêté d'aboyer un instant, a levé la tête, et dès qu'il a vu les autres, il leur a crié un truc, et ils ont posé les lances et se sont approchés de l'engin et se sont agglutinés autour.

« Maintenant ils ont l'air suffisamment amadoués, a dit le major Fritch, je crois qu'on ferait mieux de sortir pour décliner notre identité. Les gens de la NASA vont venir nous chercher d'une seconde à l'autre. » Ce qui s'est révélé la connerie la plus monumentale que j'aie jamais entendue – jusqu'alors et depuis.

En tout cas, le major Fritch et moi, on est sortis et tous les indigènes de faire des « ouhhh » et

des « ahhhh ». Le gars par terre a l'air complètement médusé en nous regardant, il se lève et
fait : « Hello – moi bon gars. Vous qui ? » et il
nous tend la main.

Je lui serre, et le major Fritch essaie de lui
dire qui on est, elle lui raconte qu'on « participe
à une mission d'entraînement pour un vol dans
l'espace multi-orbital, préplanétaire, sub-gravi-
tionnel intersphéroïde de la NASA ».

Le mec nous regarde bouche bée comme si on
venait de l'espace, alors je fais : « Nous Américains », et d'un seul coup ses yeux s'éclairent et il
fait : « Vous m'en direz tant ! Des Américains !
Quelle fameuse surprise – ma foi !

– Vous parlez anglais ? a demandé le major
Fritch.

– Eh bien certes oui, il a dit. Je suis déjà allé en
Amérique. Pendant la guerre. J'ai été recruté par
le Bureau des services stratégiques pour apprendre l'anglais, puis renvoyé ici pour organiser la
guérilla contre les Japonais. » Sue écarquille ses
grands yeux.

N'empêche que moi ça m'a fait tout drôle – un
bon vieux sauvage comme ça qui parlait si bien
américain au milieu de nulle part, alors j'ai fait :
« Z'êtes allé à quelle fac ?

– Voyons, mon vieux, je suis allé à Yale, il a
fait. Boula-boula et tout le bataclan. » Quand il a
prononcé boula-boula, tous les autres Sambos se
sont aussi mis à chanter, et les tambours ont
redémarré, jusqu'à ce que le colosse les calme
d'un geste.

« Je m'appelle Sam, il a dit. Disons que c'est ainsi qu'ils m'appelaient à Yale. Mon véritable nom est assez difficile à prononcer. Quel plaisir que vous soyez passés. Vous voulez un thé ? »

Moi et le major Fritch, on s'est regardés. Bon sang, elle en restait sans voix, alors j'ai fait : « Ouais, avec plaisir », et le major Fritch a retrouvé ses esprits et a parlé d'une voix haut perchée : « Vous n'auriez pas un téléphone, par hasard ? »

Big Sam a fait une sorte de grimace, il a levé les bras, et les tambours sont repartis, et dans la jungle ils nous escortaient tous en chantant « boula-boula ».

Ils avaient leur petit village dans la jungle, avec des cases et d'autres trucs comme dans les films, et celle de Big Sam était la plus imposante de toutes. Dehors, sur le devant, il y avait une chaise qui ressemblait à un trône, et quatre ou cinq femmes les seins à l'air, qui lui obéissaient. Un des trucs qu'il leur a demandés, c'est de nous préparer du thé, puis il nous a indiqué des gros cailloux, au major Fritch et à moi, pour qu'on s'assoie. Sue nous avait suivis tout le long en me tenant la main, et Big Sam lui a fait signe de s'asseoir par terre.

« Vous avez là un singe épatant, a fait Sam. Où est-ce que vous l'avez trouvé ?

– Il travaille pour la NASA », a fait le major Fritch. Elle a pas l'air ravie de son sort.

« Vous m'en direz tant, a fait Big Sam. Il est payé ?

– Je crois qu'il aimerait bien avoir une banane », j'ai fait. Big Sam a dit un truc, et une des femmes indigènes a apporté une banane à Sue.

« Je suis horriblement navré, a dit Big Sam, je ne crois pas vous avoir demandé vos noms.

– Major Janet Fritch, United States Air Force. Matricule 04534573. Je ne vous dirai rien de plus.

– Oh, mais, chère madame, a dit Big Sam, vous n'êtes pas prisonniers, ici. Nous ne sommes que de pauvres indigènes attardés. Certains disent que nous n'avons pas progressé depuis l'âge de la pierre. Nous ne vous voulons aucun mal.

– Je n'ai rien d'autre à vous dire tant que j'aurai pas passé un coup de fil, a fait le major Fritch.

– Eh bien soit, a fait Big Sam. Et en ce qui vous concerne, jeune homme ?

– Moi je m'appelle Forrest, je lui ai dit.

– Vraiment ? Est-ce que cela vient du fameux général de la guerre de Sécession Nathan Bedford Forrest ?

– Ouaip, j'ai fait.

– Très intéressant. Dites-moi, Forrest, quelle fac avez-vous fréquentée ? »

Je m'apprêtais à dire que j'étais un peu allé à l'université de l'Alabama, mais j'ai décidé d'assurer le coup, alors je lui ai répondu Harvard, ce qui n'était pas vraiment un mensonge.

« Ah, Harvard… pas mal, a fait Big Sam. Oui, je connaissais bien. Une brochette de chics types – même si ce sont ceux qui n'ont pas été admis à

Yale », et là il est parti d'un grand rire. « À vrai dire, vous avez effectivement l'allure d'un type d'Harvard », il a dit. Quelque part, je me suis dit que les emmerdes nous attendaient au tournant.

L'après-midi était déjà bien avancé et Big Sam a demandé à deux de ces femmes indigènes de nous montrer nos appartements. C'est une case avec le sol en terre et un petit couloir, et ça me rappelle en quelque sorte la hutte où descendait le roi Lear. Deux grands gaillards avec des lances sont venus monter la garde devant la porte.

Pendant toute la nuit ces indigènes ont tapé sur leurs tambours en chantant « boula-boula » et on voyait devant la porte qu'ils avaient installé un grand chaudron et préparé un feu dessous. Moi et le major Fritch, on sait pas quoi faire de tout ça, mais à mon avis Sue a son idée, parce qu'il est assis tout seul dans son coin, et il a l'air tristounet.

Vers neuf ou dix heures, on a toujours rien eu à manger, et le major Fritch dit que je devrais aller demander notre repas à Big Sam. Je fais mine de sortir mais les deux indigènes croisent leurs lances devant moi, je pige le message et je retourne à l'intérieur. D'un coup, je réalise qu'on est pas invités à dîner, mais que le dîner, c'est nous. Pas réjouissant.

C'est alors que les tambours s'arrêtent et qu'ils cessent de chanter « boula-boula ». Dehors on entend quelqu'un brailler, quelqu'un d'autre lui répond en braillant, on dirait bien que c'est Big

Sam. Ça continue un moment comme ça, et on dirait que leur dispute s'envenime. Au moment où on a l'impression qu'ils ne peuvent pas hurler plus fort, on entend un bruit mat, on dirait que quelqu'un vient de recevoir un coup sur la tronche. Tout se calme un moment puis les tambours redémarrent et tout le monde se remet à chanter « boula-boula ».

Le lendemain matin, Big Sam passe la porte et fait : « Hello, vous avez bien dormi ?

– Oh non, la vache, fait le major Fritch. Nom de Dieu, comment vous voulez qu'on dorme avec tout ce ramdam ? »

Big Sam a eu une expression peinée et il a dit : « Oh, j'en suis navré. Mais vous voyez, quand mon peuple a vu votre engin tomber du ciel, il s'attendait à un cadeau ou quelque chose. On attend le retour de votre peuple et de ses cadeaux depuis 1945. Quand ils ont vu que vous n'aviez pas de cadeau, ils ont naturellement pensé que le cadeau, c'était vous, et ils se sont préparés à vous faire cuire et à vous manger jusqu'à ce que je les en dissuade.

– Tu te fous de ma gueule, vieux, a fait le major Fritch.

– Au contraire, a dit Big Sam. Vous voyez, mon peuple, ce ne sont pas vraiment des gens qu'on peut qualifier de civilisés – du moins selon vos critères – et ils ont un petit faible pour la chair humaine. Surtout la viande blanche.

– Vous êtes en train de me dire que votre peuple est cannibale ? » a fait le major Fritch.

178

Big Sam a haussé les épaules. « En gros, oui.

– C'est dégoûtant, a fait le major Fritch. Écoutez, vous voyez bien qu'on ne vous veut aucun mal, on veut juste s'en aller et revenir à la civilisation. Une équipe de la NASA est certainement à notre recherche, ils devraient arriver d'une minute à l'autre. J'exige que vous nous traitiez avec la dignité avec laquelle vous traiteriez n'importe quelle nation alliée.

– Heu, a fait Big Sam, c'est précisément ce qu'ils avaient en tête hier soir.

– Non mais voyez-vous ça ! a fait le major Fritch. J'exige que nous soyons libérés sur-le-champ, et qu'on nous laisse nous rendre au village ou à la ville la plus proche, où il y a un téléphone.

– J'ai peur que cela ne soit impossible. Même si nous vous libérions, vous ne feriez pas cent mètres dans la jungle avant que les Pygmées vous rattrapent.

– Les Pygmées ? a fait le major Fritch.

– Cela fait plusieurs générations que nous sommes en guerre contre les Pygmées. Quelqu'un a jadis volé un cochon, je crois – personne ne se rappelle qui et où – c'est perdu dans la légende. Mais nous sommes virtuellement encerclés par les Pygmées, et il en a toujours été ainsi, aussi loin qu'on se souvienne.

– Eh bien, je préfère encore tenter ma chance avec les Pygmées, a fait le major Fritch, qu'avec une bande de cannibales – les Pygmées ne sont pas cannibales, non ?

– Non, madame, ce sont des chasseurs de têtes.

– Formidable, a fait le major Fritch d'un ton amer.

– J'ai réussi hier soir à vous éviter la marmite, mais je ne sais pas combien de temps je peux laisser mon peuple aux abois. Ils ont décidé de tirer quelque avantage de votre apparition.

– Tiens donc ! a fait le major Fritch. Et comment ?

– Ma foi, votre singe, pour commencer. Je pense qu'ils aimeraient au moins pouvoir le manger.

– Ce singe est la propriété exclusive des États-Unis d'Amérique.

– Je pense néanmoins que ce serait un geste diplomatique de votre part. »

Le vieux Sue faisait la moue en secouant lentement la tête et en regardant tristement par la porte.

« Ensuite, a poursuivi Big Sam, je pense que puisque vous êtes là, vous pourriez travailler pour nous.

– Quel genre de travail ? a demandé le major Fritch d'un ton suspicieux.

– Ma foi, des travaux de ferme. De l'agriculture. Vous voyez, ça fait des années que j'essaye de faire progresser l'ignominieuse majorité des miens. Et il n'y a pas si longtemps j'ai eu cette idée. Si nous pouvions seulement utiliser cette terre fertile à notre avantage, et user de techniques modernes d'agronomie, nous devrions pouvoir nous hisser hors de notre fâcheuse condition tribale et assumer un rôle sur le marché mondial. Bref, tourner le dos à cette économie retardataire et obsolète pour devenir une race viable et cultivée.

– Quel genre d'agriculture ? a demandé le major Fritch.

– Le coton, chère madame, le coton ! La reine des cultures ! La plante qui a construit un empire dans votre propre pays, il y a quelques années.

– Vous espérez qu'on va vous faire pousser du coton ! a grincé le major Fritch.

– Un peu, mon neveu, et t'as sacrément intérêt à bouger ton cul, la frangine », lui a répondu Big Sam.

15

Bon, bah, on s'est retrouvés à planter du coton. Des hectares et des hectares de coton. À perte de vue. Une chose est sûre, c'est que si un jour on arrive à se casser d'ici, je ne veux plus jamais cultiver de coton.

Plusieurs choses ont eu lieu après ce premier jour dans la jungle avec Big Sam et les cannibales. D'abord, le major Fritch et moi, on a convaincu Big Sam de pas donner ce pauvre vieux Sue à manger à son peuple. On l'a persuadé que Sue serait bien plus utile en nous aidant à planter du coton qu'en finissant dans leurs auges. Si bien que le vieux Sue est là tous les jours, avec son grand chapeau de paille, à porter son sac de toile de jute et à planter du coton.

Et aussi, trois ou quatre semaines après notre arrivée, Big Sam entre dans notre hutte : « Forrest, dites donc, mon vieux, vous jouez aux échecs ?

– Non, je réponds.

– Ma foi, vous êtes un harvardien, ça devrait vous plaire d'apprendre. »

J'ai fait oui de la tête, et c'est comme ça que j'ai appris à jouer aux échecs.

Tous les soirs, après le boulot dans les champs, Big Sam sortait son échiquier, et on s'asseyait autour du feu, et on jouait jusqu'à tard dans la nuit. Les premiers jours il m'a montré comment déplacer les pièces, les rudiments de stratégie. Mais après, il a arrêté, parce que j'ai gagné une ou deux parties.

Au bout d'un moment, les parties durent plus longtemps. Elles durent parfois plusieurs jours, parce que Big Sam arrive pas à décider ce qu'il va faire. Il reste à étudier les pièces, puis il se décide enfin, mais j'arrive toujours à le coincer. Des fois il s'en veut, et tape à coups de bâton sur son pied, ou se cogne la tête contre un roc ou un truc dans le genre.

« Pour un harvardien, vous êtes un assez bon joueur d'échecs », qu'il me disait, ou bien il faisait : « Dites-moi, Forrest, pourquoi avez-vous déplacé cette pièce ? » Je ne répondais pas, ou je haussais juste les épaules, et ça mettait Big Sam dans des rages terribles.

Un jour il m'a dit : « Vous savez, Forrest, je suis content que vous soyez venu, j'ai enfin un partenaire aux échecs, et je suis content de vous avoir sauvé de la marmite. Toutefois, j'aimerais vraiment réussir à gagner une partie. »

Là-dessus, Big Sam se léchait les babines, et même un idiot pouvait bien comprendre que si je le laissais gagner ne serait-ce qu'une partie, il serait satisfait, et me boulotterait illico pour son dîner. Ce qui fait que je marchais un peu sur des œufs, si vous voyez ce que je veux dire.

Entre-temps, il est arrivé quelque chose de très étrange au major Fritch.

Un jour qu'elle revenait avec Sue et moi des champs de coton, un grand Noir balèze surgit d'un buisson et lui fait signe de venir. Moi et Sue, on s'est arrêtés et le major Fritch s'est approchée du bosquet et a fait : « Qui est-ce, là-dedans ? » D'un seul coup, un vieux bras des familles est sorti et s'est emparé du major Fritch et l'a englouti dans les fourrés. Sue et moi, on s'est regardés puis on a couru jusqu'à elle. Sue est arrivé le premier, et j'étais sur le point de sauter dans les buissons au moment où Sue m'a arrêté. Il a commencé à secouer la tête et à me faire signe de m'en aller, alors on a un peu reculé, et on a attendu. Il y avait toutes sortes de sons qui nous arrivaient, et les fourrés tremblaient, c'était de la folie. J'ai fini par piger ce qui se tramait, mais d'après le son de la voix du major Fritch, elle avait pas l'air en danger, alors Sue et moi, on est retournés au village.

Une heure plus tard, voilà le major Fritch et le bon grand gaillard avec le sourire jusqu'aux oreilles. Elle le tient par la main, c'est elle qui mène la marche. Elle le fait entrer dans la hutte et me dit : « Forrest, je veux vous présenter Grurck », et elle le fait avancer.

« Salut », je fais. Ce gaillard, je l'avais déjà vu avant dans le village. Grurck m'a souri et a hoché la tête, et j'ai hoché la tête en retour. Quant à Sue, il se grattait les roubignoles.

« Grurck m'a demandé de venir m'installer chez lui, elle a fait, et je crois que je vais le faire, vu qu'on est un peu à l'étroit, tous les trois ici, non ? »

J'ai fait oui de la tête.

« Forrest, vous n'iriez pas en parler à la ronde, hein ? » m'a demandé le major Fritch.

Non mais elle croyait que j'allais en causer à qui ? Ça j'aimerais bien savoir. Mais j'ai juste fait non de la tête, et le major Fritch a ramassé ses affaires et est partie s'installer chez Grurck. C'est comme ça que ça s'est passé.

Les jours, les mois et finalement les ans passent, et tous les jours, on va bosser dans les champs de coton, et je commence à ressentir la même chose que l'oncle Remus ou je sais pas qui. Le soir, après avoir mis sa trempe à Big Sam aux échecs, je retourne dans la hutte avec le vieux Sue et on reste assis un moment. On en est au point où Sue et moi on arrive à plus ou moins se comprendre, on grogne, on fait des grimaces et on se fait des gestes. Au bout d'un certain temps, j'arrive à reconstituer l'histoire de sa vie, et c'est à peu près aussi lamentable que moi.

Un beau jour, alors qu'il était qu'un bébé singe, la maman et le papa de Sue se promenaient dans la jungle quand des types se sont pointés et leur ont jeté un filet dessus, et les ont emmenés. Il a réussi à vivre avec une tante et un oncle jusqu'à ce qu'ils le virent parce qu'il mangeait trop, et il s'est retrouvé livré à lui-même.

Ça allait, il se balançait dans les arbres et il mangeait des bananes, et un beau jour il a eu envie de savoir ce qui se passait ailleurs dans le monde, si bien qu'il s'est balancé d'arbre en arbre, jusqu'à un village en lisière de la jungle. Comme il avait soif, il s'est approché du ruisseau pour y boire, lorsqu'un gaillard est arrivé en canoë. Sue n'avait jamais vu de canoë, alors il a regardé le gaillard qui s'approchait de lui à la rame. Il pensait que le type accepterait de l'emmener quelque part, mais à la place, le gonze l'a assommé d'un coup de rame, ligoté, et tout ce qu'il en sait, c'est qu'il s'est retrouvé dans une exposition à Paris.

Il y avait une autre orang-outang à l'exposition, elle s'appelait Doris, un des plus beaux singes qu'il avait jamais vus, et ils sont tombés amoureux l'un de l'autre. Le type qui avait l'expo leur a fait faire le tour du monde, et partout où ils allaient, le principal attrait consistait à mettre Doris et Sue dans la même cage pour que tout le monde les regarde s'envoyer en l'air – voilà le genre d'exhibition que c'était. C'était un peu gênant pour le vieux Sue, mais ils avaient pas le choix.

Et puis un beau jour, lors d'une exposition au Japon, un mec est venu voir le gars qui organisait le spectacle et lui a proposé d'acheter Doris.

Et elle est partie, Sue ne savait pas où, et il s'est retrouvé tout seul.

Ce qui a causé un changement radical dans le comportement de Sue. Il est devenu grognon, et quand on le montrait, il se mettait à gronder, à ronchonner, puis il s'est mis à poser sa pêche, et à envoyer le caca à travers les barreaux de sa cage sur les gens qui avaient payé pour voir comment se comporte un orang-outang.

Au bout d'un certain temps, le type de l'exposition en a eu marre et a vendu Sue aux gens de la NASA, et c'est comme ça qu'il s'est retrouvé là. Je sais un peu ce qu'il ressent, parce qu'il pense encore à Doris, et moi je pense encore à Jenny, et pas un jour passe sans que je me demande ce qui lui est arrivé. Sauf qu'on est tous les deux coincés au milieu de nulle part.

L'aventure de la culture du coton de Big Sam marche au-delà de toute espérance. On a planté et récolté des ballots et des ballots qu'on a stockés dans des cahutes surélevées. Big Sam dit un jour qu'ils vont construire un grand bateau – une barge – pour charger le coton et tenter une percée à travers le secteur pygmée, jusqu'à ce qu'on puisse vendre le coton et faire fortune.

« J'ai réfléchi à tout, fait Big Sam. D'abord on vend le coton aux enchères et on récupère notre pognon. Et ensuite on achète tout ce dont mon peuple a besoin. »

Je lui ai demandé quoi, et il m'a répondu : « Oh, vous savez, mon vieux, des perles et des babioles, peut-être un ou deux miroirs – une radio portable et éventuellement une boîte de bons cigares cubains – plus une ou deux caisses d'alcool. »

Donc voilà dans quelle galère on est embarqués.

En tout cas, les mois passent, et on fait la dernière récolte de la saison. Big Sam vient juste de terminer la barge qui va nous permettre de rallier la ville à travers le pays pygmée, et la veille du départ, ils font une grande danse pour fêter ça et aussi écarter les esprits mauvais.

Toute la tribu est assise autour du feu à chanter « boula-boula » et à frapper sur les tambours. Ils ont aussi sorti la grande marmite, qui fume maintenant et bout sur le feu, mais Big Sam dit que ce n'est qu'un « geste symbolique ».

On est en train de jouer aux échecs, et j'aime autant vous dire tout de suite – je suis tellement excité que je suis sur le point d'exploser ! Qu'ils nous laissent approcher d'une ville, et salut la compagnie. Le vieux Sue a tout pigé aussi, il est assis, le sourire jusqu'aux oreilles, à se chatouiller sous les bras.

On a fait une ou deux parties, et on est sur le point d'en finir une troisième, et là je baisse les yeux, et Big Sam me met échec. Lui aussi a le sourire jusqu'aux oreilles, dans le noir je vois ses dents, et je me dis que j'ai intérêt à me sortir de là.

Le seul problème, c'est que je peux pas. Pendant que je déconnais à vendre la peau de l'ours avant de l'avoir tué, je me suis fourré dans une position impossible sur l'échiquier. Je peux plus m'en sortir.

J'étudie un moment la situation – et je vois la tronche que je tire éclairée comme en plein jour par le feu dans le sourire de Big Sam, et je lui dis alors : « Euh, écoutez – j'ai envie de faire pipi. » Big Sam hoche la tête, toujours tout sourires, et j'aime autant vous dire que c'est la première fois que ça m'a sorti de la panade au lieu de m'y mettre jusqu'au cou.

Je suis allé derrière la hutte faire pipi, mais au lieu de revenir jouer aux échecs, j'ai pénétré à l'intérieur, et j'ai expliqué ce qui se passait au vieux Sue. Puis je me suis glissé dans la case de Grurck et j'ai chuchoté le nom du major Fritch. Elle est sortie, je lui ai expliqué qu'il était temps qu'on change de crémerie avant de passer à la casserole.

Bon, ben on a décidé de leur fausser compagnie. Grurck a dit qu'il nous accompagnait, rapport à ce qu'il était amoureux du major Fritch – peu importe comment il disait ça. Bref, on commence à ramper tous les quatre jusqu'aux bords de la rivière, et au moment où on se glisse dans un canoë indigène, je lève la tête, et là je vois Big Sam et un millier de sauvages, ils ont l'air méchant et déçu.

« Dites donc, mon vieux, il fait, vous avez vraiment cru pouvoir jouer au plus malin avec mézigue ? » Et je lui dis : « Euh, on voulait juste faire une promenade à la rame au clair de lune – voyez ce que je veux dire ?

– Ouais », il a fait, il voyait ce que je voulais dire, et ses hommes nous ont attrapés et ramenés au village. La marmite est en train de bouillir et de fumer à fond les ballons, ils nous ont attachés à des poteaux plantés dans le sol, et là je crois que notre avenir est pas tout rose.

« Bien, mon vieux, fait Big Sam, les événements ont effectivement pris une fâcheuse tournure. Mais vous pouvez au moins vous consoler en sachant que vous aurez nourri une ou deux bouches affamées. Et aussi, je dois vous le dire – vous êtes incontestablement le meilleur joueur d'échecs que j'aie jamais rencontré, et j'ai été pendant trois ou quatre ans le champion de Yale, du temps où j'y étais.

« Quant à vous, madame, a fait Big Sam à l'intention du major Fritch, je suis désolé de devoir mettre un terme à votre *love story* avec ce vieux Grurck, mais vous savez ce que c'est.

– Non, je sais pas ce que c'est, espèce de sauvage ignoble, a fait le major Fritch. Non mais de quel droit, hein ? Vous devriez avoir honte !

– Peut-être pourrons-nous vous servir sur un même plateau, avec Grurck, a gloussé Big Sam, viande blanche, viande noire – personnellement je prendrai une cuisse, ou de la poitrine – voilà qui sera du plus bel effet.

– Sale connard ! a fait le major Fritch.

– Bien, a fait Big Sam. Et maintenant, que le festin commence ! »

Ils ont commencé à nous détacher, et les bamboulas nous ont traînés vers la marmite. Ils ont soulevé le vieux Sue en premier, car Big Sam a dit qu'il donnerait de la bonne « bidoche », ils étaient en train de le jeter dedans au moment où – non, sérieux – une flèche a surgi de nulle part et a frappé le type qui s'en prenait au vieux Sue. Le type s'est écroulé et Sue lui a sauté dessus. Puis il s'est mis à pleuvoir d'autres flèches, elles venaient de la lisière de la jungle, et tout le monde s'est mis à paniquer.

« Les Pygmées ! a hurlé Big Sam. Tous à vos armes ! », et ils se sont tous mis à détaler pour prendre leurs lances et leurs poignards.

Comme nous on avait pas de lances ni de poignards, le major Fritch, moi, Sue et Grurck on a foncé vers la rivière, on était plus qu'à trois mètres du but, quand on s'est fait prendre dans un piège dans les arbres, et on s'est retrouvés pendus par les pieds.

On était suspendus comme des chauves-souris, le sang nous arrivait à la tête, au moment où ce petit gars est sorti des buissons en se fendant la pipe de nous voir suspendus comme ça. Toutes sortes de bruits sauvages nous parviennent du village, mais au bout d'un moment, tout se calme. Puis une autre bande de Pygmées se pointe, ils nous détachent et nous ligotent les pieds et les mains et nous ramènent au village.

On en croit pas nos yeux ! Ils ont capturé Big Sam et tous les sauvages en les ligotant aussi par les pieds et les mains. On dirait bien qu'ils vont passer à la casserole.

« Ma foi, mon vieux, dit Big Sam, il semble que vous alliez vous en sortir in extremis, n'est-ce pas ? »

Je fais oui de la tête, mais je me demande si on a pas échappé aux flammes pour mieux sauter dans les braises.

« Je vais vous dire un truc, a fait Big Sam, on dirait que c'en est bel et bien terminé pour moi et mes gars, mais vous, vous avez peut-être encore une chance. Si vous arrivez à remettre la main sur votre harmonica et à leur jouer une ou deux ritournelles, ça pourra peut-être vous sauver la vie. Le roi des Pygmées est un grand fan de musique américaine.

– Merci, j'ai fait.

– Je vous en prie, mon vieux. » Ils l'ont soulevé au-dessus du chaudron, et il s'est soudain écrié : « Le cavalier prend le fou en trois – puis la tour en dix prend le roi en sept – c'est comme ça que je vous battais ! »

Il y a eu un grand splash, et tous les indigènes ligotés de Big Sam se sont remis à chanter « boula-boula ». Ça s'annonce pas terrible, pour nous.

16

Après avoir fait cuire la tribu de Big Sam, et réduit leurs têtes, les Pygmées nous ont accrochés à des grands poteaux et nous ont trimballés dans la jungle comme des gorets.

« À votre avis, qu'est-ce qu'ils vont faire de nous ? m'a crié le major Fritch.

– Je sais pas et je m'en tamponne le coquillard », j'ai répondu, ce qui était à peu de chose près la vérité. J'en ai marre de toutes ces couillonnades. Tout homme a ses limites.

En tout cas, au bout d'à peu près une journée, on est arrivés au village des Pygmées, et comme on pouvait s'y attendre, il y a plein de minuscules huttes dans une clairière au milieu de la jungle. Ils nous amènent jusqu'à une hutte en plein milieu de la clairière, il y a plein de Pygmées tout autour – et un petit gars avec une longue barbe blanche et pas de dents, assis dans un siège haut comme une chaise de bébé. Je me suis dit que ça devait être le roi des Pygmées.

Ils nous ont laissés dinguer par terre, nous ont détachés, alors on s'est relevés, on s'est époussetés, et le roi des Pygmées a commencé à baragouiner, puis il est descendu de sa chaise, a foncé directement vers Sue et lui a décoché un coup de pied dans les valseuses.

« Pourquoi il a fait ça ? j'ai demandé à Grurck, qui avait appris un peu l'anglais avec le major Fritch.

– Lui vouloir savoir si singe homme ou femme », a fait Grurck.

Je me suis dit qu'il devait y avoir une manière plus chouette pour découvrir ce genre de truc, mais je l'ai bouclée.

Puis le roi s'est approché de moi, et il a commencé à baragouiner – ça devait être du pygmalion ou je sais pas quoi – et je me suis préparé à m'en prendre un dans les valseuses, moi aussi, mais Grurck a fait : « Lui veut savoir pourquoi vous vivre avec horribles cannibales.

– Dis-lui que c'était pas exactement notre idée initiale, a fait savoir le major Fritch.

– J'ai une idée, j'ai dit. Dis-lui qu'on est des musiciens américains. »

Grurck a dit ça au roi, et il nous a fixés et puis il a demandé un truc à Grurck.

« Qu'est-ce qu'il a dit ? a voulu savoir le major Fritch.

– Lui vouloir savoir quoi le singe joue.

– Dis-lui que le singe joue des lances », j'ai dit, et Grurck l'a dit, et le roi des Pygmées nous a annoncé qu'il voulait entendre notre spectacle.

J'ai sorti mon harmonica, et j'ai commencé à jouer un petit morceau. Le roi des Pygmées a écouté pendant une minute, puis s'est mis à applaudir et à se lancer dans un machin qui ressemblait à une danse du sabot.

Quand j'ai eu fini, il a dit qu'il voulait savoir de quoi le major Fritch et Grurck savaient jouer, et j'ai dit à Grurck de dire que le major Fritch jouait des couteaux et que Grurck ne jouait de rien, qu'il était le manager.

Le roi des Pygmées a eu l'air plutôt surpris, et il a dit qu'il avait jamais entendu parler de quelqu'un qui jouait des lances ou des couteaux, mais il a dit à ses hommes de donner des lances à Sue et des couteaux au major Fritch, pour voir quel genre de musique ça donnait.

Dès qu'on a les poignards et les lances, je dis : « O.K. – maintenant ! » et le vieux Sue cogne sur le ciboulot du roi des Pygmées d'un coup de lance, et le major Fritch menace deux Pygmées de leur faire passer un mauvais quart d'heure.

Les Pygmées nous ont jeté des cailloux et plein de trucs par-derrière, ils nous ont balancé des flèches et des fléchettes avec des sarbacanes. On arrive soudain sur les berges d'un fleuve et on a nulle part où aller, et les Pygmées sont en train de nous rattraper. On s'apprête à se jeter dans le fleuve quand des coups de feu éclatent sur l'autre rive.

Les Pygmées sont sur nous, mais un autre coup de feu éclate, et ils font volte-face et retournent dans la jungle. On regarde ce qui se passe sur l'autre bord et – non, sérieux – il y a deux types en tenue de camouflage avec des casques coloniaux, comme il y en avait dans *Ramar de la jungle*. Ils sautent dans un canoë et s'approchent à la rame, et je remarque que l'un d'eux a NASA marqué sur son casque colonial. Ils arrivent enfin à notre rescousse.

Ils débarquent et le type avec le casque NASA vient à notre rencontre. Il va direct vers le vieux Sue, lui tend la main et fait : « Monsieur Gump, je présume ?

– Où est-ce que vous étiez, bande de connards ? s'écrie le major Fritch. Putain, ça fait presque quatre ans qu'on est échoués dans la jungle !

– Désolés, m'dame, mais nous aussi, on a nos priorités, vous savez. »

Bref, on est enfin sauvés d'une issue pire que la mort, ils nous font monter dans le canoë, et on commence à descendre le fleuve à la rame. Un des types fait : « Eh ben les gars, la civilisation est au coin de la rue. Je suis sûr que vous allez pouvoir vendre vos histoires à un magazine et faire fortune.

– Arrêtez le canoë ! » hurle soudain le major Fritch.

Les mecs se sont regardés, mais ils ont accosté la berge.

« J'ai pris ma décision, dit le major Fritch. Pour la première fois de ma vie, j'ai trouvé un homme qui me comprend vraiment, et je ne le laisserai pas passer. Pendant presque quatre ans,

Grurck et moi, on a vécu heureux, et j'ai décidé de rester ici avec lui. On va s'enfoncer dans la jungle et tout recommencer à zéro, avoir beaucoup d'enfants et vivre heureux.

– Ce type est un cannibale, a fait un des gars.

– C'est peut-être dur à avaler, vieux, mais je m'en fiche », a fait le major Fritch, et elle et Grurck sont sortis du canoë et sont retournés dans la jungle, main dans la main. Juste avant qu'ils disparaissent, le major Fritch s'est retournée, et elle nous a fait un petit signe, à Sue et à moi, et ils ont disparu.

J'ai regardé dans le canoë et le vieux Sue était assis là à se tortiller les doigts.

« Attendez une minute », j'ai dit aux gars. Je suis retourné m'asseoir à côté de Sue et je lui ai dit : « À quoi tu penses ? »

Sue avait encore rien dit, mais il avait une larme minuscule à l'œil, et j'ai alors su ce qui allait se passer. Il m'a pris par les épaules et m'a serré fort, puis il a sauté du canoë et a bondi dans un arbre sur le rivage.

Le mec de la NASA a secoué la binette. « Bon, et toi, l'andouille ? Tu vas suivre tes amis à Bonzoland ? »

Je les ai regardés une minute et j'ai dit : « Non, non », et je me suis rassis dans le canoë. On s'éloignait à la rame, et n'allez pas croire que j'y ai pas pensé un moment. Mais je pouvais pas faire ça. J'avais d'autres chats à fouetter, moi.

Dans l'avion pour rentrer au pays, ils m'ont dit qu'il y avait une grande réception pour me souhaiter la bienvenue, mais j'avais l'impression d'avoir déjà entendu ça.

Un truc est sûr, c'est qu'on avait à peine atterri à Washington qu'il y avait à peu près un million de personnes à acclamer, à applaudir et à faire comme s'ils étaient contents de me voir. On m'a emmené en ville à l'arrière d'une grande vieille bagnole noire, et on m'a dit qu'on m'emmenait à la Maison-Blanche voir le Président. D'ac, ça aussi ça me rappelle quelque chose.

Eh ben quand on arrive à la Maison-Blanche, moi je m'attendais à voir le même président, celui qui m'avait donné à manger et avec qui j'avais vu « The Beverly Hillbillies » à la télé, mais il y a maintenant un nouveau président – un type avec les cheveux peignés en arrière, des petites joues gonflées et un nez comme Pinocchio.

« Dites-moi, fait le Président, est-ce que votre voyage a été excitant ? »

Un type en costume se penche vers le Président et lui murmure quelque chose à l'oreille, et le Président rectifie soudain : « Euh, je, en fait, je voulais dire : que c'est formidable que vous ayez pu échapper à cette terrible épreuve dans la jungle. »

Le zozo en costume chuchote un autre truc au Président, et il me dit : « Euh, et votre compagne ?

– Sue ? je demande.

– Comment s'appelait-elle ? » Il regarde une petite fiche dans sa main. « Il y a marqué là qu'elle s'appelle major Fritch, et qu'au moment où on est venu à votre rescousse, elle a été emportée dans la jungle par un cannibale.

– C'est marqué où donc ? j'ai demandé.

– Là-dessus, a fait le Président.

– C'est pas vrai, j'ai dit.

– Vous insinuez que je suis un menteur ?

– Je dis juste que c'est pas vrai.

– Écoutez bien, fait le Président. Je suis votre commandant en chef, je ne suis pas un filou. Je ne mens pas !

– Je suis vraiment désolé, j'ai fait, mais pour le major Fritch, c'est pas la vérité. Pourtant je vous écoute, vous avez juste ça sur une fiche, tandis que...

– Sur écoute ! a hurlé le Président.

– Hein ? j'ai fait.

– Non, non, a dit le zozo en costume. Il a dit " je vous écoute ", et non pas " sur écoute ", monsieur le Président.

– SUR ÉCOUTE ! a vociféré le Président. Je vous avais demandé de ne plus jamais prononcer ces mots en ma présence ! Vous n'êtes tous qu'un ramassis de porcs communistes infidèles. » Et le Président s'est mis à se frapper le genou à coups de poing.

« Il y en a pas un seul qui a compris. Je ne sais rien sur rien ! Je n'ai jamais rien entendu ! Et si j'ai entendu quelque chose, ou j'ai oublié ou c'est top secret !

– Mais, monsieur le Président, a fait le zozo en costume, il n'a pas dit ça. Il a juste dit…

– Maintenant c'est vous qui me traitez de menteur ! Vous êtes viré !

– Mais vous ne pouvez pas me virer, je suis le vice-président.

– Ah bon, alors excusez-moi d'avoir dit ça, a fait le Président, mais vous ne deviendrez jamais président en traitant votre supérieur de menteur.

– Non, effectivement, il me semble que vous avez raison, a dit le vice-président. Je vous demande pardon.

– Non, c'est moi qui vous demande pardon, a fait le Président.

– Peu importe, a fait le vice-président en se tortillant sur place. Si vous voulez tous bien m'excuser, il faut que j'aille faire pipi.

– Voilà la première idée sensée de la journée », a dit le Président. Puis il s'est retourné vers moi et m'a dit : « C'est pas vous le client qui jouait au ping-pong et qui a sauvé la vie du vieux président Mao ?

– Si », j'ai dit, et le Président a fait : « Pourquoi vous êtes allé faire un truc comme ça ?

– Parce qu'il allait se noyer », et le Président de dire : « Fallait lui tenir la tête sous l'eau, au lieu de lui sauver la vie. Peu importe, c'est de l'Histoire, maintenant – enfin, de l'histoire ancienne – vu que cet enfoiré a crevé pendant que vous étiez dans la jungle.

– Vous avez la télé ? » j'ai demandé.

Le Président m'a regardé d'un drôle d'air. « Ouais, mais je la regarde pas trop, ces temps-ci. Trop de mauvaises nouvelles.

– Vous avez déjà vu "The Beverly Hillbillies"?

– Ça passe plus, maintenant, il a fait.

– Alors il y a quoi, à la place ?

– "L'Heure de vérité" – mais c'est pas terrible – c'est que des conneries. » Puis il me dit : « Bon, j'ai une réunion, je peux vous raccompagner jusqu'à la porte ? »

Une fois sur le perron, le Président chuchote tout doucement : « Écoutez, vous voulez acheter une montre ?

– Hein ? » je fais, et il s'approche de moi, remonte la manche de son costume et – non, sérieux – il devait avoir une vingtaine ou une trentaine de montres au bras.

« J'ai pas un rond », j'ai fait.

Le Président a déroulé sa manche et m'a tapé dans le dos. « Bon, quand vous revenez on se goupille un truc, O.K. ? »

Il m'a serré la main, et une flopée de journalistes sont arrivés pour nous prendre en photo, et puis je me suis cassé. Mais vous voulez que je vous dise un truc ? M'avait l'air d'être un bon bougre, ce président.

N'empêche, je me demande ce qu'ils vont faire de moi, maintenant, mais je me pose pas longtemps la question.

Au bout d'un jour ou deux, les choses se sont tassées, ils m'avaient mis à l'hôtel, mais deux types se pointent un beau jour et me disent : « Écoute, Gump, fini la balade aux frais de la princesse. Le gouvernement arrête de casquer tout ça – maintenant tu te débrouilles tout seul.

– Euh, bah, d'accord, mais vous pourriez peut-être me donner un peu d'argent de poche pour que je rentre chez moi. Je suis un peu à sec, là.

– Bon, d'accord. Tu devrais t'estimer heureux de pas être en taule pour avoir dégommé le secrétaire du Sénat avec ta médaille. On a été gentils avec toi – mais maintenant on veut plus entendre parler de toi, alors tu bouges ton cul d'ici illico. »

Il fallait donc que je quitte l'hôtel. Comme j'avais pas d'affaires, ça a pas été duraille, je suis juste sorti dans la rue. J'ai marché un peu, j'ai passé la Maison-Blanche, où c'est que le Président habite, et à ma grande surprise, il y a plein de gens devant avec des masques en caoutchouc qui représentent la figure du Président, et ils trimballent des pancartes. Je me suis dit qu'il devait être rudement content d'être aussi populaire auprès de tout le monde.

17

Ils ont eu beau me dire qu'ils me donneraient pas de pognon, un des zozos m'a tout de même prêté un dollar avant que je me tire de l'hôtel. À la première occasion, j'ai appelé à la maison de pauvres où ma maman habitait pour lui dire que j'allais bien. Mais une des nonnes a dit : « Il n'y a plus de Mme Gump, ici. »

Quand j'ai demandé où elle était, la nonne a fait : « Sais pas – elle s'est fait la malle avec un protestant. » Je l'ai remerciée et j'ai raccroché. D'un côté j'étais soulagé. Au moins ma maman s'était fait la malle avec *quelqu'un*, et elle était plus dans la maison de pauvres. Je me suis dit, faut que je la retrouve, mais pour être tout à fait franc, je suis pas pressé, vu qu'aussi vrai qu'il va pleuvoir, elle va se mettre à me rouspéter et à m'enguirlander, rapport à ce que j'ai quitté la maison.

Il a plu. Comme vache qui pisse, et je me suis réfugié sous un auvent, jusqu'à ce qu'un gars sorte et me vire de là où j'étais. J'étais trempé jusqu'à l'os et je me caillais, et comme je passais devant un bâtiment du gouvernement à Washington, j'ai vu une bonne vieille bâche de sac-poubelle en plein milieu du trottoir. Quand je me suis approché, le plastoc s'est mis à bouger, comme s'il y avait quelque chose là-dedans.

Je me suis arrêté, je me suis approché du plastique et je l'ai tâté du bout du pied. D'un seul coup, le truc a fait un bond de quatre pas en arrière, et une voix qui venait du dessous a fait : « Tire-toi, m'approche pas !

– Qui est-ce qui est là-dedans ? » j'ai demandé, et la voix a répondu : « C'est *ma* grille – t'as qu'à t'en trouver une.

– De quoi vous causez ? j'ai demandé.

– De ma grille. Tire-toi de ma grille !

– Quelle grille ? » j'ai demandé.

D'un seul coup la bâche s'est relevée et la tête d'un petit gars est apparue, qui m'a dévisagé comme si j'étais une espèce d'idiot ou je sais pas quoi.

« T'es né de la dernière pluie ou quoi ? a fait le gars.

– Si on veut, j'ai répondu. J'essaye juste de pas trop me faire mouiller. »

Le type sous son sac plastique est dans un sale état, la boule à moitié à zéro, pas rasé, les yeux injectés de sang et pratiquement plus de dents.

« Eh ben, qu'il fait, dans ce cas, d'accord, mais pas longtemps... tiens. » Il farfouille et me tend un autre sac-poubelle tout plié.

« Qu'est-ce que je dois faire avec ? je demande.

– Ouvre-le, et fous-toi dedans, espèce d'andouille – t'as bien dit que tu voulais pas trop te mouiller. » Sur ce, il s'est remis sous sa bâche.

Eh ben, j'ai fait ce qu'il a dit, et franchement, c'était pas si mal, vraiment. De l'air chaud venait d'en bas, ce qui fait que le sac était tout chaud et confortable et ça protégeait de la pluie. On était accroupis côte à côte sur la grille avec les sacs au-dessus de nous quand le type m'a dit : « Au fait, comment tu t'appelles ?

– Forrest, j'ai fait.

– Ah ouais ? J'ai connu un type qui s'appelait Forrest. Il y a un bail.

– Et toi, tu t'appelles comment ?

– Dan, il a fait.

– Dan ? Dan ? Hé, attends un peu », j'ai fait. J'ai envoyé valser mon sac-poubelle, j'ai relevé le sien, et c'était lui ! Il avait plus de gambettes, il était sur une petite planche montée sur patins à roulettes. Ça devait remonter à une vingtaine de piges, j'arrivais pas à le reconnaître. Mais c'était lui. Ce vieux lieutenant Dan !

Une fois sorti de l'hôpital militaire, Dan est retourné au Connecticut pour retrouver du boulot comme prof d'histoire. Mais il y avait pas de poste de prof d'histoire, alors ils l'ont nommé prof de math. Il avait horreur des math, et en plus, le cours de math avait lieu au premier étage de l'école, et pour lui qui avait plus de jambes, c'était l'enfer de monter les escaliers. Et aussi, sa femme avait pris la poudre d'escampette avec un producteur de télé qui habitait Nou Yawk et elle lui avait collé un procès pour obtenir le divorce pour cause d'incompatibilité.

Il s'est mis à picoler, il a perdu son boulot et a glandouillé un bout de temps. Des voleurs ont dévalisé sa maison et tout ce qu'il avait, et les jambes artificielles qu'on lui avait données à l'hôpital des Vétérans étaient pas de la bonne taille. Au bout de quelques années, il a baissé les bras, et il s'est mis à vivre comme un clodo. Il a une petite pension chaque mois, mais la plupart du temps, il la distribue aux autres clodos.

« Je sais pas, Forrest, faut croire que j'attends juste la mort, quelque chose dans ce goût. »

Dan m'a tendu quelques biftons et m'a dit d'aller chercher deux bouteilles de vin Red Dagger au coin de la rue. En fait j'en ai acheté qu'une, et avec l'argent qui restait, je me suis acheté un de ces sandwiches tout prêts, vu que j'avais rien graillé de toute la journée.

« Alors, mon pote, a fait Dan après s'être envoyé la moitié de la bouteille derrière la cravate, dis-moi ce qui t'est arrivé depuis la dernière fois qu'on s'est vus. »

Alors je lui ai raconté. Je lui ai parlé de la Chine et du ping-pong, que j'avais retrouvé Jenny, que j'avais joué avec les Œufs Cassés, la manif où j'ai envoyé une médaille qui m'a envoyé en taule.

« Ah ouais, celle-là je m'en souviens bien. Je crois que j'étais encore à l'hosto. J'avais envie d'y aller, mais je crois que j'aurais pas balourdé mes

médailles. Tiens, regarde », qu'il me dit. Il débou-
tonne sa veste, et sur sa chemise, il y a toutes ses
médailles – Purple Heart, Silver Star – il devait y
en avoir dix ou douze.

« Elles me rappellent quelque chose, il a dit. Je
ne suis pas tout à fait sûr de savoir quoi – la
guerre bien sûr, mais il y a autre chose. Je souf-
fre d'un manque, Forrest, bien plus important
que mes jambes. Mon esprit, mon âme, si tu
veux. Il n'y a maintenant plus que du vide – des
médailles à la place de mon âme.

– Mais alors, et les "lois naturelles" qui régis-
sent tout ? je lui ai demandé. Et le "schéma des
choses" dans lequel chacun doit rentrer ?

– Ça fait chier, tout ça. C'était juste de la philo
à la petite semaine.

– Mais depuis que tu m'en as parlé, c'est grâce
à ça que je m'en sors. J'ai laissé la "marée" me
porter et j'ai essayé de faire de mon mieux. Faire
ce qui était bien.

– Ma foi, ça marche peut-être pour toi, Forrest. Je croyais que ça marchait aussi pour moi –
mais regarde-moi. Regarde-moi bien. Qu'est-ce
que je vaux ? Je suis un cul-de-jatte à la noix. Un
clodo. Un ivrogne. Un vagabond de trente-cinq
balais.

– Ça pourrait être pire, j'ai fait.

– Ah ouais ? Comment ? » qu'il a dit, et j'ai dû
admettre que là, il m'avait coincé, alors du coup,
je lui ai raconté la fin de mon histoire – quand je
me suis fait jeter à l'asile, quand on m'a envoyé
en fusée dans l'espace, quand on a atterri chez

les cannibales, le vieux Sue, le major Fritch et les Pygmées.

– Eh ben, nom de Dieu, on peut dire qu'il t'est arrivé des trucs, à toi ! Mais alors comment ça se fait que tu es assis à côté de moi sur les grilles sous ce sac-poubelle ?

– Je sais pas, j'ai dit, mais j'ai pas l'intention de moisir ici.

– Et qu'est-ce t'as prévu ?

– Dès qu'il s'arrête de pleuvoir, je soulève mon gros popotin et je pars à la recherche de Jenny Curran.

– Où est-ce qu'elle est ?

– Ça non plus j'en sais rien, mais je vais trouver.

– On dirait que tu risques d'avoir besoin d'un coup de main. »

J'ai regardé Dan, et ses yeux scintillaient derrière sa barbe. Quelque chose me dit que c'est lui qui a besoin d'un coup de main, mais c'est pas grave.

Ce soir-là, ce vieux Dan et moi, on a fini dans un asile de nuit, rapport à ce que la pluie s'est pas arrêtée, Dan a payé cinquante *cents* par repas et un *quarter* pour les lits. On pouvait manger gratos si on écoutait le sermon ou je sais pas quoi, mais Dan a dit qu'il préférait encore pioncer dehors qu'entendre un emmerdeur avec une bible gâcher notre temps précieux et nous donner son avis sur le monde.

Le lendemain, Dan m'a prêté un dollar, j'ai trouvé une cabine et j'ai appelé le vieux Mose à Boston, celui qui était à la batterie dans les Œufs Cassés. Il habitait encore là, et il était rudement étonné de m'entendre.

« Forrest... j'y crois pas ! a dit Mose. On croyait que t'avais disparu ! »

Il me dit que les Œufs Cassés se sont séparés. Tout l'argent que Mister Feeblestein leur avait promis a été bouffé par les frais ou je sais pas quoi, et après le deuxième disque, ils ont plus appelé. Mose dit que les gens écoutent maintenant un autre genre de musique – Rollin Stoned ou i-gueule ou je sais pas quoi – et la plupart des gars des Œufs Cassés sont ailleurs et ils ont trouvé un vrai boulot.

Mose dit qu'il a pas eu de nouvelles de Jenny depuis une paye. Après la manif à Washington où elle a été arrêtée, elle est revenue avec les Œufs Cassés pour quelques mois. Mais d'après Mose, il y avait un truc en elle qui était plus pareil. Il dit qu'une fois elle s'est mise à chialer sur scène et qu'il a fallu qu'ils fassent un instrumental jusqu'à la fin du set. Puis elle s'est mise à picoler de la vodka et à se pointer en retard aux concerts, et ils étaient sur le point de lui en toucher deux mots quand elle a mis les bouts.

Mose dit que personnellement il pense que son comportement avait un rapport avec moi. Elle a quitté Boston deux semaines plus tard en disant qu'elle partait pour Chicago, c'était il y a cinq ans, il l'a pas revue depuis.

Je lui ai demandé s'il savait comment je pouvais la joindre, et il m'a dit qu'il avait peut-être un ancien numéro qu'elle lui avait donné avant de partir. Il pose le téléphone et revient quelques minutes plus tard me donner le numéro. À part ça : « J'ai aucune idée », il me dit.

Je lui dis salut, et que si jamais je passe par Boston, je viendrai le voir.

« Tu joues toujours de l'harmonica ? m'a demandé Mose.

– Ouais, des fois », j'ai fait.

J'ai emprunté un autre dollar à Dan et j'ai appelé le numéro à Chicago.

« Jenny Curran… Jenny ? a fait une voix masculine. Ah ouais, je me souviens d'elle. Joli petit cul. Ça fait un bail.

– Vous savez où elle est ?

– Quand elle s'est barrée, elle a dit qu'elle partait pour Indianapolis. Qui sait ? Se dégoter un boulot chez Temperer.

– Chez qui ?

– Temperer – l'usine de pneus. Vous savez, ils font des pneus – pour les voitures. »

J'ai remercié le type et je suis retourné raconter ça à Dan.

« Bon, il a dit, moi j'ai jamais mis les pieds à Indianapolis. J'ai entendu dire que c'est chouette, là-bas, en automne. »

On a essayé de sortir de Washington en stop, mais on pas eu de pot, comme on dit. Un mec nous a emmenés jusqu'au bout de la ville à l'arrière d'un camion qui transportait des briques, mais après ça, personne a voulu nous prendre. Je suppose que c'est parce qu'on avait une drôle de dégaine ou je sais pas – Dan assis sur son petit chariot et mon gros popotin debout à côté. N'empêche, Dan a dit pourquoi est-ce qu'on prenait pas le bus, vu qu'il avait assez d'argent pour ça. Pour être honnête, j'étais pas très à l'aise de taper dans son pognon, mais je me suis dit que d'une certaine façon il avait envie de venir, et que ça lui ferait du bien de sortir de Washington.

Alors on est montés dans un bus pour Indianapolis, et j'ai installé Dan sur le siège à côté de moi, et j'ai rangé son cart au-dessus, sur le porte-bagages. Pendant tout le trajet, il a éclusé du vin Red Dagger en disant que le monde, c'était vraiment un endroit merdique. Peut-être bien qu'il a raison. Je sais pas. Moi je suis qu'un idiot, après tout.

Le bus nous a déposés dans le centre d'Indianapolis, Dan et moi on s'est retrouvés dans la rue à se demander ce qu'on allait fabriquer quand un policier est arrivé et nous a dit : « Il est interdit de traîner dans la rue », alors on s'est éloignés. Dan a demandé à un gars où se trouvait la société de pneus Temperer, et c'est rudement loin à l'extérieur de la ville, alors on a commencé à marcher dans cette direction. Au bout d'un moment, il y a plus de trottoir, et Dan peut plus faire avancer son chariot, alors je le ramasse, lui sous un bras, le cart dans l'autre, et on continue.

Vers midi, on a vu une grande pancarte qui annonçait : « Pneus Temperer » et on s'est dit qu'on était arrivés. Dan a dit qu'il allait rester dehors, alors je suis entré tout seul, et j'ai demandé à cette dame qui était au bureau si je pouvais voir Jenny Curran. La dame a consulté une liste et m'a dit que Jenny travaillait « à la rechape », mais qu'aucune personne étrangère à la société n'avait le droit d'entrer. Bon, bah, je suis resté planté là, à essayer de décider quoi faire, et la dame me dit : « Écoute, mon grand, ils ont leur pause du déjeuner d'ici une ou deux minutes, t'as qu'à aller voir sur le côté du bâtiment. Elle va sûrement sortir », et c'est ce que j'ai fait.

Plein de gens sortaient, et j'ai soudain vu Jenny passer la porte, toute seule, s'installer sous un arbre et déballer un sandwich. Je me suis approché, je me suis plus ou moins glissé derrière elle, et j'ai fait : « Sûr qu'il a l'air bon, ce sandwich. » Elle a pas levé la tête. Elle a continué à regarder droit devant elle, et elle a dit : « Forrest, c'est toi. »

18

Bon, que je vous dise : ça a été les plus belles retrouvailles de ma vie. Jenny pleure et me serre dans ses bras, et moi je fais pareil, et tous ceux de « la rechape » se demandent ce qui se passe. Jenny me dit qu'elle sort du boulot dans trois heures, et que Dan et moi on a qu'à l'attendre et boire une bière ou autre à la petite buvette de l'autre côté de la rue. Puis on ira chez elle.

On va à la buvette, Dan s'enfile du vin Ripple, rapport à ce qu'il y a pas de Red Dagger, mais il dit que le Ripple est meilleur de toute façon parce qu'il a un meilleur « bouquet ».

Il y a aussi un paquet d'autres types, qui jouent aux fléchettes, s'enfilent des verres et font des bras de fer sur une table. Un bon gros gaillard a l'air d'être le meilleur de la buvette au bras de fer, et il y a régulièrement des types qui viennent se mesurer à lui, mais ils y arrivent pas. Ils parient là-dessus, cinq ou dix dollars.

Au bout d'un moment, Dan me chuchote : « Forrest, tu crois que tu pourrais battre ce grand Bozo au bras de fer ? » Et je réponds : « Je sais pas », et Dan me fait : « Tiens, Forrest, voilà cinq dollars, je parie que tu vas gagner. »

Alors je me lève et je dis au lascar : « Ça vous ennuierait que je fasse un bras de fer avec vous ? »

Il lève la tête, tout sourires et me dit : « Tant que t'as du pognon, tu peux essayer. »

Donc je m'assois, on s'agrippe par les mains et quelqu'un dit « Go ! » et le combat commence. Le lascar grogne et râle comme un clébard qui essayerait de chier un noyau de pêche, mais il m'a fallu une dizaine de secondes pour lui écraser le bras sur la table et donc lui foutre une branlée au bras de fer. Tous les autres lascars s'étaient regroupés autour de notre table et faisaient des « ooooh » et des « aaaah » et j'entendais le vieux Dan qui hurlait et m'encourageait.

Bon, le lascar avait pas l'air jouasse mais il m'a filé cinq dollars et a quitté la table.

« Mon coude a glissé, il a dit, mais la prochaine fois que t'es dans le patelin, je te prends, tu m'entends ? » J'ai fait oui de la tête et j'ai regagné la table de Dan et je lui ai tendu le pognon.

« Forrest, qu'il me dit, on a trouvé un moyen facile de se faire de la tune. » J'ai demandé à Dan si je pouvais prendre un *quarter* pour me prendre un œuf vinaigrette dans le bocal sur le comptoir, il m'a tendu un dollar et m'a dit : « Tout ce que tu veux, Forrest. On vient de se trouver un moyen de gagner notre vie. »

Après le travail, Jenny nous a rejoints à la buvette et elle nous a emmenés chez elle. Elle vit dans un petit appartement pas très loin de la société de pneus Temperer, et elle a tout bien décoré avec des animaux en peluche et des colliers de perles de toutes les couleurs qui pendent à la porte de la chambre. On est allés dans une épicerie acheter du poulet et Jenny nous a préparé un dîner, à Dan et à moi, et je lui ai raconté tout ce qui s'était passé depuis la dernière fois qu'on s'était vus.

Elle est surtout curieuse du major Fritch, mais quand je lui dis qu'elle s'est enfuie avec un cannibale, Jenny a l'air soulagée. Elle dit que pour elle la vie a pas non plus vraiment été une partie de campagne, ces dernières années.

Après avoir quitté les Œufs Cassés, Jenny est partie pour Chicago avec cette nana qu'elle avait rencontrée dans le mouvement pour la paix. Elles avaient manifesté dans les rues et se sont fait jeter en prison plein de fois, et Jenny dit qu'elle a fini par en avoir marre des tribunaux, sans compter que ça l'inquiétait de se rendre compte qu'elle commençait à avoir un casier judiciaire long comme ça.

N'empêche, elle vit dans cette baraque avec une quinzaine de personnes et elle dit que c'est pas vraiment son genre. Ils se baladent cul nu, personne tire jamais la chasse d'eau. Elle et ce type ont décidé de prendre un appartement ensemble, vu que lui non plus aimait pas l'endroit où ils habitaient, mais ça a pas marché.

« Tu sais, Forrest, elle a fait, j'ai même essayé de tomber amoureuse de lui, mais je pouvais pas parce que je pensais à toi. »

Elle avait écrit à sa mère et lui avait demandé de se mettre en contact avec ma maman, pour essayer de savoir où je me terrais, mais sa maman lui avait répondu que notre baraque avait brûlé et que ma maman habitait désormais dans une maison pour pauvres, mais le temps que la lettre parvienne à Jenny, ma maman s'était déjà carapatée avec le protestant.

En tout cas, Jenny dit qu'elle avait pas d'argent, et elle a entendu dire qu'on engageait du monde dans l'usine de pneus, et elle s'est pointée à Indianapolis pour trouver du boulot. À peu près à cette époque, elle a vu à la télé qu'on allait m'envoyer dans l'espace, mais c'était pas le moment de filer à Houston. Elle a dit qu'elle avait assisté « avec horreur » à l'accident de mon engin spatial, et qu'elle pensait que j'étais mort. Et depuis elle avait consacré tout son temps au rechapage.

Je l'ai prise et je l'ai tenue dans mes bras et on est restés comme ça un bout de temps. Dan est allé aux toilettes en disant qu'il allait faire pipi. Quand il s'est retrouvé dans les cabinets, Jenny m'a demandé comment il allait s'y prendre, est-ce qu'il avait pas besoin d'aide ? et j'ai fait : « Non, je l'ai déjà vu faire. Il y arrive. »

Elle a secoué la tête et a dit : « Voilà où la guerre du Viêt-nam nous a menés. »

Il y avait pas grand-chose à dire à ça. Quel spectacle moche et tristounet, de voir un cul-de-jatte obligé de faire pipi dans ses godasses, puis de verser ça dans les cabinets.

Après, on s'est installés tous les trois dans le petit appartement de Jenny. Jenny a installé un coin pour Dan dans l'angle du séjour, avec un petit matelas, et elle lui laissait un bocal à côté des toilettes pour pas qu'il soit obligé de se servir de ses chaussures. Tous les matins, elle allait à l'usine de pneus, tandis que Dan et moi on restait causer à la maison, puis on allait à la petite buvette près de là où Jenny travaillait jusqu'à ce qu'elle ait fini.

La première semaine, le gars que j'avais battu au bras de fer a voulu prendre sa revanche et récupérer ses cinq billets, alors j'ai dit oui. Il a essayé deux ou trois fois, et il a fini par perdre vingt-cinq dollars et on l'a plus jamais revu. Mais il y a toujours eu un ou deux zozos pour tenter leur chance, et au bout d'un mois ou deux, des types venaient de toute la ville et aussi d'autres petites villes des environs. Dan et moi, on commence à faire rentrer dans les cent cinquante à deux cents dollars la semaine, ce qui était pas mal, j'aime autant vous le dire. Le propriétaire de la buvette dit qu'il va organiser une compétition nationale, qu'il va faire venir la télé et tout ça. Mais avant que ça se produise, un autre truc m'est arrivé qui a changé ma vie.

Un beau jour, un mec a radiné, qui portait un costard blanc et une chemise hawaï, et plein de bijoux en or autour du cou. Il s'est assis au bar pendant que je finissais un type au bras de fer, et ensuite il est venu s'asseoir à notre table.

« Moi c'est Mike, il a dit, et on m'a parlé de toi. »

Dan lui a demandé ce qu'on lui avait raconté, et Mike a fait : « Que ce gars est l'homme le plus fort du monde.

– Et alors ? » a fait Dan, et le type a répondu : « Je crois que j'ai un plan pour vous faire gagner vraiment du pognon, au lieu de ce misérable bricolage à trois sous.

– Et quoi donc ? a fait Dan.

– Le catch, a dit Mike, mais attention, pas le truc pour fillette – je veux dire pour de bon. Sur un ring avec des milliers de clients qui casquent.

– Catcher contre qui ? a demandé Dan.

– Ceux qu'il y a, a fait Mike. Il y a un circuit de catcheurs professionnels – Merveil-le-Masque, L'Incroyable Hulk, George-à-la-Gorge, Porcif-le-Goret – tous ceux-là. Les mecs qui sont au top se font dans les cent à deux cent mille dollars par an. Avec ton gars, on va commencer mollo. Lui apprendre quelques prises, lui montrer les ficelles. Moi je parie qu'il va devenir une star en moins de deux – il va rapporter un max à tout le monde. »

Dan m'a regardé et m'a demandé : « Qu'est-ce t'en penses, Forrest ?

– Je sais pas, j'ai répondu. J'avais plutôt en tête de rentrer au pays et de me lancer dans un petit élevage de crevettes !

– Des crevettes ! a fait Mike. Hé, mon gars, tu peux te faire cinquante fois plus de pognon en faisant ça qu'en faisant pousser des crevettes ! Pas besoin de faire ça toute ta vie – juste quelques années, après ça te fait un sacré matelas, de la fraîche à la banque, un bas de laine.

– Je devrais peut-être demander à Jenny, j'ai fait.

– Écoute, a dit Mike. Je me suis déplacé pour t'offrir la chance de ta vie. Si t'en veux pas, tu me le dis, et je m'en vais.

– Non, non », a fait Dan. Puis il s'est retourné vers moi : « Écoute, Forrest, il y a des trucs qu'il dit qui sont pas faux. Je veux dire, sinon, tu vas te débrouiller comment pour te lancer dans ton bizness de crevettes ?

– Je vais même te dire, a dit Mike, tu peux même emmener ton pote avec toi. Il sera ton manager. Tu pourras arrêter quand tu veux. Qu'est-ce t'en dis ? »

J'y ai réfléchi pendant une bonne minute. Ça avait l'air bonnard, mais d'habitude il y a toujours un hic. Sauf que j'ai ouvert ma grande gueule et j'ai dit le mot fatal : « Oui. »

Bah, voilà comment je suis devenu catcheur professionnel. Mike avait son bureau dans un gymnase du centre d'Indianapolis, et tous les jours, Dan et moi on y allait en bus pour qu'on m'apprenne à catcher correctement.

En bref, voilà le topo : personne doit être blessé, mais faut qu'on ait l'impression du contraire.

Ils m'ont appris plein de trucs – demi-nelsons, l'avion, le crabe de Boston, la sonnette, la clé et tout ça. Et ils ont aussi appris à Dan à gueuler après l'arbitre, pour faire le plus de raffut possible.

Jenny est pas complètement emballée rapport au catch, elle dit que c'est un coup à ce que je me fasse mal, et quand je lui dis que personne ne se fait jamais blesser parce que tout est truqué, elle dit : « Bah, alors quel est l'intérêt ? » C'est une bonne question, j'arrive pas à y répondre comme ça, sauf que j'ai hâte de faire rentrer du fric pour nous.

Un beau jour, on essaye de m'apprendre un truc qui s'appelle « le bide-plané » où je dois voler dans les airs pour atterrir sur le gonze d'en face, mais à la dernière seconde il doit s'écarter. Sauf que je sais pas comment je me débrouille, j'arrête pas de louper, et deux ou trois fois, j'atterris sur le gonze avant qu'il ait eu la moindre chance de s'esquiver. Mike finit par monter sur le ring et me dit : « Forrest, nom d'une pipe, t'es idiot ou quoi ! Tu risques de lui faire mal, un grand costaud comme toi ! »

Et je réponds : « Ouaip – je *suis vraiment* un idiot », et Mike dit : « Qu'est-ce que tu veux dire ? » et Dan demande à Mike de venir voir une seconde, faut qu'il lui explique un truc, et Mike fait : « Nom de Dieu ! Tu déconnes ? » et Dan secoue la tête. Mike me regarde, hausse les épaules et fait : « Bon, bah, faut de tout, hein ? »

Bref, Mike sort de son bureau en courant à peu près une heure plus tard, et déboule sur notre ring.

« Je l'ai ! il hurle.

— Tu as quoi ? demande Dan.

— Son nom ! Il faut donner un nom de catcheur à Forrest. Je viens juste de trouver.

— Et ça serait quoi ? demande Dan.

— Le Cancre ! fait Mike. On va l'habiller avec des couches et un bonnet d'âne sur la tête. Le public va adorer ça ! »

Dan réfléchit une minute. Je sais pas, qu'il fait. J'aime pas trop. On dirait que vous essayez de vous foutre de sa gueule.

— C'est juste pour le public, dit Mike. Il faut lui trouver un truc à lui. Comme toutes les grandes stars. Qu'est-ce qu'il y a de mieux que "le Cancre" !

— Pourquoi pas "l'Homme de l'Espace" ? fait Dan. Ça collerait au poil. Il aurait un casque en plastique et des antennes.

— Il y a déjà quelqu'un qui s'appelle l'Homme de l'Espace.

— N'empêche, j'aime toujours pas », fait Dan. Il s'est retourné vers moi et m'a demandé : « Et toi, Forrest, qu'est-ce t'en penses ?

— Franchement je m'en fiche complètement », j'ai dit.

Bon, bah, c'était comme ça. Après des mois d'entraînement, je vais faire mes débuts sur le ring. La veille du grand match, Mike arrive au gymnase avec un carton, dedans y a un bonnet d'âne et une grande serviette-éponge blanche pour faire une couche. Il me demande d'être au gymnase le lendemain midi, pour qu'on aille à mon premier combat de catch qui aura lieu à Muncie.

Ce soir-là, quand Jenny revient à la maison, je suis allé aux cabinets enfiler mes couches et mon bonnet d'âne noir, et j'ai débarqué dans le séjour. Dan est sur son cart et regarde la télé, et Jenny est en train de lire un livre. Les deux lèvent la tête au moment où j'arrive.

« Forrest, qu'est-ce que c'est que ça ? dit Jenny.

– C'est son déguisement, dit Dan.

– Ça le ridiculise complètement, fait Jenny.

– Faut pas voir ça comme ça, dit Dan, faut juste voir ça comme un jeu ou un truc comme ça.

– N'empêche qu'il passe toujours pour un débile, fait Jenny. J'y crois pas ! Tu les as laissés l'attifer comme ça pour qu'il se montre en public ?

– C'est juste pour le pognon, dit Dan. Ils ont un jules qui s'appelle "le Légume", et qui porte des navets en guise de caleçon, et une pastèque creuse sur la tête, avec des petits trous pour les yeux. Il y en a un autre qui s'appelle "la Fée", et il a des ailes dans le dos et une baguette magique. L'enfoiré pèse dans les cent cinquante kilos – tu devrais voir le morcif.

– Je me fous de savoir ce que font les autres, a dit Jenny. J'aime pas du tout ça, mais alors pas du tout. Forrest, enlève-moi ça tout de suite. »

Je suis retourné me changer dans les cabinets. Jenny a peut-être raison, je me dis – mais faut bien gagner sa vie. En tout cas, c'est toujours mieux que le gars contre qui je dois me battre demain à Muncie. Il se fait appeler « l'Étron », et tout son corps est dans un bas peint de la couleur de la merde. À mon avis, il doit pas sentir la rose.

19

Voilà ce qui est prévu à Muncie : je dois me faire battre par l'Étron.

Mike me dit ça pendant le trajet. Apparemment l'Étron a plus d'ancienneté que moi, c'est pour ça qu'il doit gagner, comme c'est ma première apparition, c'est normal que je sois en bout de chaîne. Mike dit qu'il veut d'emblée me dire comment c'est, pour pas que je le prenne mal.

« C'est ridicule, dit Jenny, quelqu'un qui se fait appeler l'Étron.

— Sûrement que c'en est un, fait Dan pour essayer de la faire sourire.

— Souviens-toi juste d'un truc, fait Mike, tout ça c'est du spectacle. Faut pas que t'emportes. Personne doit se faire blesser. L'Étron doit gagner. »

Bon, on arrive à Muncie, et il y a un énorme auditorium où les combats ont lieu. Il y a déjà une rixe en cours – le Légume contre un gus qui se fait appeler l'Animal.

L'Animal est poilu comme un singe, et il porte un masque noir sur la tête, et, premier truc, il fait valser la pastèque creuse que le Légume a sur la cafetière et d'un coup de pied le balance dans les gradins du haut. Juste après, il attrape la tête du Légume et la cogne contre le poteau du ring. Le pauvre Légume me faisait de la peine, mais lui aussi avait plus d'un tour dans sa manche – par exemple, il a plongé la main dans les feuilles vertes qui lui servent de calçon et en a sorti une sorte de merdouille qu'il a écrasée dans les yeux de l'Animal.

L'Animal rugit et vacille sur le ring en se frottant les yeux pour essayer d'enlever le truc qu'il lui a mis, et le Légume arrive par-derrière et lui ba'lourde un coup de saton au derche. Ensuite il envoie l'Animal dans les cordes, et il le ligote avec pour qu'il puisse plus bouger, et il lui colle une raclée monumentale. Le public se met à huer le Légume, à lui jeter des gobelets en plastique et des trucs comme ça, et en guise de réponse, le Légume leur fait un doigt. J'ai commencé à me piquer au jeu en me demandant qui allait gagner, mais c'est à ce moment-là que Mike nous a rejoints, Dan et moi, pour me dire d'aller au vestiaire et d'enfiler mon déguisement parce que juste après, c'était moi contre l'Étron.

Quand j'ai enfilé mes couches et mon bonnet d'âne, quelqu'un a frappé à la porte en demandant : « Est-ce que le Cancre est là ? » et Dan a fait : « Oui », et le gars a dit : « C'est à vous, allez c'est parti », et c'est parti mon kiki.

L'Étron est déjà sur le ring au moment où j'arrive dans la travée, suivi de Dan. Il fait des tours de ring, il fait des grimaces au public, et bon sang, c'est vrai qu'il ressemble à un étron dans un bas. Bon, je suis monté sur le ring, et l'arbitre nous a rapprochés en disant : « O.K., les gars, je veux un bon match réglo – pas les yeux, pas de coup sous la ceinture, on mord pas, on griffe pas, pas de trucs comme ça. » J'ai fait oui de la tête et l'Étron m'a dévisagé comme un sauvage.

Quand la sonnette a retenti, l'Étron et moi on a commencé à tourner face à face, il a tendu le pied pour me faire trébucher, mais il a loupé son coup, et je l'ai chopé par les épaules et je l'ai balancé dans les cordes. C'est là que je me suis rendu compte qu'il s'était graissé avec une es-pèce de caca glissant, alors c'était dur de l'em-poigner. J'ai essayé de l'attraper par la taille mais il m'a glissé des mains comme une anguille. Je l'ai pris par le bras, mais là aussi il s'est esquivé, en se marrant et en se fichant de moi.

Puis il m'a foncé dessus tête la première pour m'exploser le bide, mais j'ai fait un pas de côté, et il a traversé les cordes et est allé se ramasser dans le premier rang. Tout le monde s'est fichu de lui et l'a traité de tous les noms, mais il est remonté sur le ring, et il a apporté une chaise pliante. Il s'est mis à me pourchasser avec son siège, et comme moi j'avais rien pour me défendre, j'ai pris mes jambes à mon cou. Mais l'Étron m'a frappé avec sa chaise en plein dos, et j'aime autant vous dire, ça fait pas du bien. J'ai essayé de lui prendre sa chaise, mais il m'a cogné sur la tête avec, j'étais dans le coin, je pouvais me cacher nulle part. Là il m'a balancé un coup de pied dans le tibia, et quand je me suis penché pour prendre mon tibia dans les mains, il m'a balancé un coup de saton dans l'autre tibia.

Dan assis sur le bord s'en prend à l'arbitre pour que l'Étron pose sa chaise, mais ça marche pas. L'Étron m'a frappé cinq ou six fois à coups de chaise, puis il m'est monté dessus, m'a pris par les cheveux et a commencé à me cogner la caboche par terre. Ensuite il m'a chopé le bras et s'est mis à me tordre les doigts. J'ai jeté un œil à Dan et j'ai fait : « Bordel qu'est-ce que c'est que ça ? » et Dan a essayé de passer entre les cordes, mais Mike s'est interposé et a remis Dan à sa place en le prenant par le colback. D'un seul coup on a entendu la sonnette, et je suis retourné dans mon coin.

« Écoutez, j'ai fait, cet enfoiré essaye de m'assassiner, à me cogner sur la tronche et tout ça. Va falloir que je fasse quelque chose.

– Ce que tu vas faire, c'est perdre, a dit Mike. Il essaye pas de te faire du mal – il fait juste semblant.

– Bah, en tout cas, ça fait pas du bien, j'ai dit.

– Reste encore là quelques minutes et ensuite laisse-le te clouer au sol, Mike a dit. Souviens-toi que tu empoches cinq cents dollars juste pour te pointer et perdre – pas pour gagner.

– Si il me tabasse encore une fois avec sa chaise, je sais pas ce que je fais », je lui dis. Je regarde dans le public, Jenny est là, elle a l'air en colère et gênée. Et je commence à me dire que c'est peut-être pas le bon truc à faire.

En tout cas la cloche sonne et j'y retourne. L'Étron essaye de me choper par la tignasse, mais je le lourde, et il part valser dans les cordes comme une toupie. Et puis je l'attrape par la taille et je le soulève, mais il me glisse entre les doigts et se retrouve le cul par terre à grogner et à ronchonner en se frottant le cul, et voilà-t'y pas que son manager lui donne un de ces « trucs de plombier » avec le caoutchouc au bout, et il commence à me bourriner la tête avec ça. Bon, je lui ai retiré des mains et je l'ai brisé en deux sur mon genou, et je commence à lui courir après, mais là je vois Mike qui secoue la tête, alors je laisse l'Étron venir sur moi, m'attraper le bras et me faire une clé.

L'enfoiré a failli me casser le bras. Ensuite il m'a poussé au sol et a commencé à me taper derrière la tête à coups de coude. J'apercevais Mike qui approuvait et souriait. L'Étron s'est relevé et a commencé à me filer des coups de tatane dans les côtes et dans le bide, ensuite il est retourné chercher sa chaise et m'a cogné sur la tête huit ou neuf fois, jusqu'à ce qu'il me bloque avec son genou sur mon dos, et là je pouvais vraiment rien y faire.

Je suis juste resté vautré, et il s'est assis sur ma tête, l'arbitre a compté jusqu'à trois et normalement c'était fini. L'Étron s'est relevé et il m'a carché à la figure. C'était dégoûtant, je savais pas quoi faire d'autre, j'ai pas pu m'en empêcher, je me suis mis à chialer.

L'Étron a fait le beau sur le ring, pendant que Dan arrivait sur ses roulettes, et il a commencé à m'essuyer la figure avec une serviette, et voilà-t'y pas que Jenny aussi a radiné sur le ring, elle m'a serré dans ses bras et a chialé elle aussi, et le public hurlait, gueulait et balançait des trucs sur le ring.

« Viens, on se casse d'ici », a fait Dan, je me suis rétabli sur mes pieds et l'Étron me tirait la langue et me faisait des grimaces.

« Vous méritez bien votre nom, tiens ! a lancé Jenny à l'Étron quand on a quitté le ring. C'était bien vilain. »

Elle aurait pu en dire autant de nous deux. Je me suis jamais senti aussi humilié de ma vie.

Le retour à Indianapolis a été assez embarrassant. Dan et Jenny disaient pas un mot, et moi j'étais sur la banquette arrière tout courbatu et amoché.

« Tu nous as sorti le grand show, Forrest, a fait Mike, surtout quand t'as chialé à la fin – le public a adoré ça !

– Il faisait pas semblant, a fait Dan.

– Ah mince, a dit Mike. Remarque – faut bien qu'il y ait un perdant. Je vais vous dire un truc –

la prochaine fois, je veillerai à ce que Forrest gagne. Qu'est-ce que vous en dites ?

– Devrait pas y avoir de prochaine fois, a dit Jenny.

– Il a quand même ramassé du bon pognon, ce soir, non ? a dit Mike.

– Cinq cents dollars pour se prendre une raclée, c'est pas terrible, a fait Jenny.

– C'était son premier combat. Je vais vous dire un truc – au prochain il empochera six cents.

– Si on disait douze cents ? a dit Dan.

– Neuf cents, a fait Mike.

– Et si il portait un maillot de bain à la place des couches ? a dit Jenny.

– Ils ont adoré ça, a fait Mike. Ça fait partie du truc.

– Et vous ça vous plairait de vous fringuer comme ça ? a fait Dan.

– Moi je suis pas idiot, a dit Mike.

– Fermez votre grande gueule », lui a dit Dan.

Bon, Mike a tenu parole. Le prochain combat, ça a été contre un gars qui s'appelait la Mouche Humaine. Son déguisement, c'était un grand groin pointu comme celui d'une mouche, et un masque avec des grands yeux des familles qui ressortaient. Il a fallu que je le fasse valdinguer sur tout le ring, et puis j'ai fini par m'asseoir sur sa tête et j'ai touché mes neuf cents dollars. En plus, dans le public, ils criaient tous comme des fous et m'encourageaient à fond : « On veut le Cancre ! On veut le Cancre ! » C'était pas si mal.

Ensuite il fallait que je catche contre la Fée, et on m'a même laissé lui casser sa baguette magique sur la tête. Ensuite j'ai rencontré tout un tas de mecs, et Dan a réussi à mettre de côté à peu près cinq mille dollars pour notre élevage de crevettes. Mais aussi, que je vous dise : je commençais à être rudement populaire auprès du public. Les femmes m'envoyaient des lettres, et ils ont même commencé à vendre des bonnets d'âne comme le mien en souvenir. Parfois j'arrivais sur le ring, et il y avait cinquante ou cent personnes qui portaient des bonnets d'âne, à applaudir, à lancer des hourras et à crier mon nom. Ça me faisait plaisir, vous savez ?

Entre-temps, Jenny et moi, ça marchait rudement bien, sauf à propos de ma carrière de catcheur. Chaque soir, quand elle revenait du boulot, on se préparait un dîner, puis Dan, elle et moi on s'asseyait dans le séjour et on faisait des projets pour notre élevage de crevettes. Voilà comment on voyait le truc, descendre à Bayou La Batre, là d'où vient ce pauvre vieux Bubba, et se dégoter un marais du côté du golfe du Mexique. Faudrait qu'on s'achète des épuisettes, des filets et un petit bateau à rames et un truc pour nourrir les crevettes pendant qu'elles grandissent, et d'autres trucs encore. Dan dit aussi qu'il faut qu'on se trouve un endroit pour vivre, avec de quoi s'acheter des produits frais et tout ça en attendant nos premiers bénéfs, et aussi trouver un moyen de les apporter au marché. Tout compris, il pense que ça va taper dans les cinq mille dollars pour tout mettre en place la première année – après ça, on sera autonomes.

Là où ça coince, c'est avec Jenny. Elle dit que les cinq mille, on les a déjà, alors pourquoi est-ce qu'on fait pas nos valises tout de suite ? Euh, là elle a pas tort, mais pour être honnête, je suis pas tout à fait prêt à laisser tomber.

Vous voyez, depuis qu'on a joué contre ces couillons de Quenouilles-de-maïs du Nebraska à l'Orange Bowl, ça faisait un bout de temps que j'avais pas eu la sensation d'accomplir quelque chose. Peut-être un bref moment pendant les matches de ping-pong en Chine rouge, mais ça a duré juste quelques semaines. Désormais, vous voyez, tous les samedis, je vais là-bas et je les entends m'encourager. Et – idiot ou pas – c'est moi qu'ils acclament.

Vous les auriez entendus m'encourager quand j'ai mis la pâtée à Grosse Pointe Méga-Broyeur, qui se ramène sur le ring avec des billets de cent dollars collés à la peau. Ensuite il y a eu Al le Colossal d'Almarillo, à qui j'ai fait une pince de crabe Boston, si bien que j'ai remporté les championnats de la ligue Est. Ensuite j'ai combattu Juno le Géant, qui pesait deux cents kilos, peau de léopard et matraque en papier mâché.

Mais un beau jour, Jenny est revenue du boulot et m'a dit : « Forrest, faut qu'on cause, toi et moi. »

On est sortis, et on est allés se promener près d'un petit ruisseau, Jenny a trouvé un endroit pour s'asseoir et m'a dit : « Forrest, je crois que tes histoires de catch, ça suffit bien maintenant.

– Qu'est-ce que tu veux dire ? j'ai demandé, même si je m'en doutais un peu.

– Je veux dire qu'on a maintenant presque dix mille dollars, ce qui fait deux fois plus que la somme nécessaire, selon Dan, pour se lancer dans notre élevage de crevettes. Et je commence à me demander pourquoi tu continues à te ridiculiser tous les samedis soir.

– Je me ridiculise pas, j'ai fait, faut que je pense à mes fans. Je suis rudement populaire. Je peux pas m'arrêter comme ça du jour au lendemain.

– Arrête tes conneries, a fait Jenny. Qu'est-ce que tu appelles un " fan " et qu'est-ce que tu entends par " populaire " ? Tous ces gens, faut vraiment qu'ils soient crétins pour payer pour voir ces foutaises. Des adultes en calbute qui font semblant de se faire bobo. Et d'abord, qu'est-ce que c'est que ces abrutis qui se font appeler le Légume ou l'Étron, et autres sornettes – et toi, qui te fais appeler le Cancre !

– Bah, et alors ?

– Et qu'est-ce que tu crois que ça me fait, que le type que j'aime se fasse appeler le Cancre par monts et par vaux, et se donne en spectacle toutes les semaines – et aussi à la télévision !

– On gagne de l'argent en plus avec la télé.

– Fait chier, l'argent en plus, a dit Jenny. On a pas besoin d'argent en plus !

– Tu as déjà entendu parler de quelqu'un qui a pas besoin d'argent en plus ?

– On en a pas tant besoin que ça, a dit Jenny. Je veux dire, ce que je veux, c'est nous dénicher un petit coin peinard pour nous deux, un boulot respectable pour toi, comme l'élevage de crevettes – avoir une petite bicoque, peut-être avec un jardin, peut-être avec un chien ou autre chose – peut-être même des enfants. J'ai eu mon content de gloire avec les Œufs Cassés, et ça m'a conduite nulle part. J'étais pas heureuse. J'ai bientôt trente-cinq ans, nom d'une pipe. Je veux m'installer.

– Écoute, j'ai fait, il me semble que c'est à moi de décider si je dois arrêter ou pas. Je ne ferai pas ça toute ma vie – juste encore un peu.

– Bon, eh bien moi je ne vais pas t'attendre éternellement », a dit Jenny, mais j'ai pas cru qu'elle le pensait vraiment.

20

Après ça j'ai fait un ou deux combats, que j'ai gagnés, naturellement, puis Mike nous a convoqués dans son bureau, Dan et moi, et nous a dit : « Écoutez, cette semaine vous allez vous battre contre le Professeur.

– C'est qui ? a demandé Dan

– Il vient de Californie, a fait Mike, et il a une sacré cote, par là-bas. C'est le deuxième de la ligue Ouest.

– Ça me fait pas peur, j'ai fait.

– Mais il y a une chose, a dit Mike. Cette fois, Forrest, faut que tu perdes.

– Perdre ? j'ai fait.

– Perdre, a dit Mike. Écoute, ça fait des mois et des mois que tu gagnes. Tu vois pas qu'il faut perdre une ou deux fois pour que ta popularité remonte ?

– Ah bon, et pourquoi ?

– Simple. Les gens sont toujours pour l'opprimé. La fois d'après, c'est mieux pour toi.

– J'aime pas ça, j'ai fait.

– Combien vous payez ?

– Deux mille.

– J'aime pas ça, j'ai répété.

– Deux mille, ça fait beaucoup de pognon, a dit Dan.

– N'empêche, j'aime pas ça », j'ai redit.

Mais j'ai accepté le marché.

Jenny a un drôle de comportement, ces temps-ci, mais je mets ça sur le compte des nerfs. Et puis un beau jour elle me dit : « Forrest, ma patience a des limites. Je t'en prie, n'y va plus.

– Faut que j'y aille, je lui dis. De toute façon, je vais perdre.

– Perdre ? » elle fait. Je lui explique exactement comme Mike me l'a expliqué et elle fait : « Oh et puis merde, Forrest, c'en est trop.

– C'est ma vie », j'ai dit – quant à savoir ce que ça voulait dire...

En tout cas, un ou deux jours plus tard, Dan revient de je ne sais où et me dit qu'il faut qu'on cause.

« Forrest, je crois que j'ai la solution à nos problèmes. »

Je lui ai demandé cc que c'était.

« Je crois, a dit Dan, qu'on devrait assez vite se tirer de ce bizness. Je sais que Jenny en raffole pas, et si on veut se lancer dans notre commerce de crevettes, on ferait mieux de s'y mettre. Je crois que j'ai trouvé un moyen de se tirer en beauté.

– Ah ouais, et comment ?

– J'ai bavardé avec un type, en ville. Il prend des paris à droite à gauche, et l'info circule que tu vas paumer samedi face au Professeur.

– Et alors ? j'ai fait.

– Et si tu gagnais ?

– Gagner ?

– Si tu lui bottais le cul ?

– J'aurais des pépins avec Mike.

– Mike ? On s'en fout, Dan a dit. Écoute, voilà le deal. Imagine qu'on place les dix mille qu'on a et qu'on parie que tu gagnes ? Ta cote est à deux contre un. Ensuite tu lui fiches sa branlée et on se retrouve avec vingt mille.

– Mais je vais avoir plein d'emmerdes.

– On empoche les vingt mille et on remet plus jamais les pieds dans ce bled. Tu sais ce qu'on peut faire avec vingt mille dollars ? On peut se lancer dans un putain d'élevage de crevettes, avec un joli pactole de côté pour nous. Je me disais que de toute façon il était temps de se retirer de ce bizness. »

Bon, moi je me dis que c'est Dan le manager, et que Jenny m'a dit aussi qu'elle voulait que j'en finisse avec le catch, et je vais pas cracher sur vingt mille dollars.

« Qu'est-ce t'en dis ? me demande Dan.

– D'accord, je dis. D'accord. »

Le jour du combat contre le Professeur arrive. C'est à Fort Wayne, et Mike passe nous chercher et klaxonne dehors, alors je demande à Jenny si elle est prête.

« Je viens pas, qu'elle fait comme ça. Je regarderai à la télé.

– Mais faut que tu viennes » ; et ensuite j'ai demandé à Dan de lui expliquer pourquoi.

Dan a expliqué notre stratagème à Jenny, et donc fallait qu'elle vienne, rapport à ce qu'on avait besoin de quelqu'un pour nous conduire à Indianapolis une fois que j'aurais mis sa pâtée au Professeur.

« Ni l'un ni l'autre peut conduire, il a dit, et faut une bagnole rapide juste à la sortie de l'arène, pour nous ramener à fond à Indianapolis, histoire de récupérer le pognon du book et ensuite on remet plus les pieds dans ce bled.

– Bof, moi j'ai rien à voir avec vos histoires, Jenny a fait.

– Mais ça fait vingt mille dollars, j'ai dit.

– Ouais, et malhonnêtes, aussi, elle a fait.

– Mais enfin, tout ce qu'il a fait depuis le début est malhonnête, a dit Dan, qu'il gagne ou qu'il perde, c'est toujours prévu d'avance.

– Moi je fais pas ça », a dit Jenny, et Mike klaxonnait, alors Dan a dit : « Bon, faut y aller. On se revoit ici, plus tard, une fois que ça se sera tassé – d'une manière ou d'une autre.

– Vous devriez avoir honte de vous, les gars, a dit Jenny.

– Tu feras moins ta maligne quand on va revenir au bercail avec vingt mille dollars in the pocket », a fait Dan.

En tout cas, c'était parti mon kiki.

Sur la route de Fort Wayne, je la ramène pas trop, rapport à ce que je suis en train de goupiller contre ce pauvre vieux Mike. Il m'a pas si mal traité, mais d'un autre côté, comme a expliqué Dan, je lui ai fait gagner aussi beaucoup de pognon, ce qui fait qu'on sera quittes.

Quand on arrive à l'arène, le premier combat a déjà commencé – Juno le Géant est en train de prendre sa raclée face à la Fée. Ensuite il y a du catch à quatre entre naines. On file aux vestiaires et j'enfile mes couches et mon bonnet d'âne. Dan, lui, trouve quelqu'un pour appeler un taxi et s'assurer qu'il y en aura un à la sortie du match, moteur allumé.

On frappe à ma porte, c'est le moment d'y aller. Le combat le plus attendu de la soirée, c'est moi contre le Professeur.

Il est déjà sur le ring au moment où j'arrive. Le Professeur est un petit nerveux qui porte la barbe et des binocles, il a aussi une toge noire et est coiffé d'un mortier. Il a vraiment une dégaine de prof. J'ai décidé illico de lui faire bouffer son chapeau.

Bon, je monte sur le ring et le présentateur fait : « Mesdames messieurs. » Ce qui déclenche plein de « hou » puis il fait : « L'Association de Catch Professionnel Nord-Américaine est fière ce soir de vous présenter un combat entre deux des meilleurs catcheurs du pays – le Professeur contre le Cancre ! »

À ce moment-là, il y a tellement de « hou » et de « hourras » que c'est impossible de dire si le public est content ou en colère. Ça a pas d'importance, de toute façon, vu que la cloche sonne et que le match commence.

Le Professeur a enlevé sa toge, ses lunettes et son mortier, et il me tourne autour, me menaçant du doigt comme s'il me passait un savon. Moi j'ai essayé de l'attraper, mais à chaque fois il s'est esquivé tout en continuant à agiter son doigt. Ça a duré une ou deux minutes et il a fait une erreur. Il me tourne autour et essaye de me donner un coup de pied au cul, mais j'arrive à lui attraper le bras et à le coincer dans les cordes. Il rebondit dans les cordes comme un lance-pierre, repasse devant moi, mais je le fais trébucher au passage, et je m'apprête à lui tomber dessus bide en avant, mais il déguerpit, et au moment où je lève la tête, il a une grande règle à la main.

Il fait claquer la règle dans sa paume comme s'il allait me donner une fessée avec, mais au lieu de ça, au moment où je je l'attrape, il me balance la règle dans la figure comme pour m'arracher l'œil. Je vais vous dire un truc – ça fait mal, je vacille en essayant de retrouver la vue, lorsqu'il me saute dessus par-derrière et me jette des trucs dans la culotte. J'ai pas mis longtemps à piger ce que c'était – des fourmis ! Où il les a dégotées, ça j'en sais rien, mais les fourmis commencent à me piquer et c'est vraiment horrible.

Dan est là, il me hurle de l'achever, mais c'est pas si fastoche avec des fourmis dans le falzar.

En tout cas, la cloche retentit, c'est la fin du round, alors je retourne dans mon coin et Dan essaye d'ôter les fourmis.

« C'était un coup vicelard, ça, j'ai fait.

– Achève-le, m'a dit Dan, on peut pas se permettre de foirer. »

Le Professeur se pointe pour le deuxième round et me fait des grimaces. Ensuite il s'approche assez pour que je l'alpague, et je l'ai soulevé au-dessus de ma tête et j'ai commencé à faire l'avion.

Je l'ai fait tournoyer quarante ou cinquante fois, jusqu'à être à peu près sûr qu'il avait le tournis et ensuite je l'ai lourdé le plus fort possible par-dessus les cordes dans le public. Il a atterri à peu près au cinquième rang sur les genoux d'une vieille femme qui tricotait un pull, et elle s'est mise à lui taper dessus à coups de pébroc.

Le hic, c'est que l'avion m'a aussi fait de l'effet. Tout tourne, mais je me dis que c'est pas très grave, parce que ça va bientôt s'arrêter, et de toute façon, le Professeur est aux fraises. C'est là que je me goure.

Je suis presque remis de mon tournis quand d'un coup quelque chose m'agrippe les chevilles. Je baisse les yeux, bon sang, le Professeur a regrimpé sur le ring et il a rapporté la pelote de la vieille dame qui tricotait, et maintenant il est en train de me ficeler les pieds.

J'ai commencé à me dépêtrer, mais le Professeur faisait des tours autour de moi avec la pelote, il me saucissonnait comme une momie. Je suis vite ficelé pieds et poings et je peux plus bouger. Le Professeur s'arrête, termine son ouvrage par un petit nœud fantaisie, puis il se place devant moi et se fend d'une courbette – comme un magicien qui aurait réalisé un tour ou je sais pas quoi.

Puis il est retourné dans son coin en faisant le beau et il est allé chercher un gros livre – on aurait dit un dictionnaire –, il revient et y va d'une deuxième courbette. Là-dessus, il me tape sur la tête avec le bouquin. Je peux rien faire. Il a dû cogner dix ou quinze fois avant que je m'écroule. Je peux pas bouger, et j'entends le public l'acclamer au moment où le Professeur s'assoit sur mes épaules et m'immobilise – et remporte le combat.

Mike et Dan déboulent sur le ring, me délivrent et m'aident à me relever.

« Formidable ! fait Mike. Formide ! J'aurais pas pu prévoir mieux !

– Oh, bouclez-la », fait Dan. Puis il se retourne vers moi : « Bien, dit-il, nous voilà bien – on s'est fait blouser par le Professeur. »

Moi je bronche pas. Je suis au trente-sixième dessous. Tout est perdu, et une chose est certaine, c'est que pour moi, le catch, c'est fini.

On a pas eu besoin du taxi pour s'enfuir, si bien qu'on est rentrés à Indianapolis avec Mike, Dan et moi. Pendant tout le retour, il a pas arrêté de dire que c'était grandiose que j'aie paumé contre le Professeur de cette manière, et qu'à la prochaine je vais faire gagner mille dollars à chacun.

Mike s'arrête devant la baraque, il tend à Dan une enveloppe de deux mille dollars pour le match.

« La prends pas, j'ai dit.

– Quoi ? a fait Mike.

– Écoutez, j'ai dit. Faut que je vous dise un truc. »

Dan m'a coupé : « Ce qu'il veut vous dire, c'est qu'il arrête le catch.

– Vous plaisantez ? fait Mike.

– C'est pas des conneries, fait Dan.

– Mais comment ça se fait ? a demandé Mike. Qu'est-ce qui va pas, Forrest ? »

Avant que je puisse en placer une, Dan fait : « Il veut pas en causer maintenant.

– Bien, fait Mike, je comprends, enfin je crois. Passez une bonne nuit. Je repasse demain matin et on rediscute de tout ça, d'accord ?

– D'accord », dit Dan, et on sort de la voiture. Une fois Mike parti, je lui dis : « Tu aurais pas dû prendre le pognon.

– Bon sang, il nous reste plus que ça, maintenant, il a dit. Il y a plus rien d'autre. » Il m'a fallu plusieurs minutes pour réaliser combien il avait raison.

On est entrés dans l'appartement et – non, sérieux – Jenny aussi a disparu. Toutes ses affaires ont disparu, sauf qu'elle nous a laissé des draps propres, des serviettes, des casseroles et des trucs comme ça. Il y a un mot sur la table du séjour. Dan l'a trouvé en premier et il me l'a lu à voix haute.

Cher Forrest (c'est ce qui était écrit),

Je ne peux tout simplement plus supporter ça. J'ai essayé de te dire ce que je ressentais, et apparemment tu t'en fiches. Il y a quelque chose de particulièrement vilain dans ce que vous allez faire ce soir, c'est malhonnête et je ne peux plus continuer avec toi.

C'est peut-être de ma faute, en partie, parce que je suis arrivée à un âge où j'ai besoin de me poser. J'ai envie d'avoir une maison et une famille, d'aller à l'église, des choses comme ça. Je te connais depuis le cépé – ça fait presque trente ans – et je t'ai vu grandir, t'épanouir, devenir quelqu'un de fort et chouette. Et quand je me suis rendu compte à quel point je tenais à toi – quand tu es venu à Boston – j'ai été la fille la plus heureuse au monde.

Et puis tu t'es mis à fumer trop de drogue, et tu as batifolé avec ces nanas à Provincetown, et après ça, tu m'as manqué, et j'étais contente que tu reviennes à la manif de Washington.

Mais quand tu as été envoyé dans l'espace, et quand tu t'es perdu dans la jungle pendant presque quatre ans, je me suis dit que peut-être j'avais changé. J'ai moins d'espoir qu'avant, et je crois que je me contenterais d'une vie simple quelque part. Alors il faut maintenant que je m'en aille pour la trouver.

Quelque chose a aussi changé en toi, mon cher Forrest. Je ne pense pas vraiment que tu y puisses quoi que ce soit, car tu as toujours été quelqu'un de spécial, mais on dirait qu'on est plus sur la même longueur d'onde.

Je suis en pleurs en écrivant ça, mais il faut maintenant qu'on se sépare. Je t'en prie, n'essaye pas de me retrouver. J'espère que tout ira bien pour toi, mon chéri. Au revoir.

Jenny

Dan m'a tendu le message mais je l'ai laissé tomber par terre et je suis resté planté là, en réalisant pour la première fois de ma vie ce que c'est vraiment d'être un idiot.

21

Bon, après ça j'ai plus été qu'un couillon lamentable.

Dan et moi on est restés à l'appartement ce soir-là, mais le lendemain matin on a commencé à faire nos valoches, vu qu'il y avait plus une seule raison de rester à Indianapolis. Dan est venu vers moi et m'a dit : « Tiens, Forrest, prends ce pognon », et il m'a tendu les deux mille dollars que Mike nous avait donnés pour le combat contre le Professeur.

« J'en veux pas, j'ai fait.

– Écoute, tu ferais mieux de le prendre, Dan a dit, vu qu'on a que ça.

– Garde-le, toi.

– Prends au moins la moitié. Regarde, ça te fera un peu d'argent pour le voyage. Tu pourras aller là où tu veux.

– Tu viens pas avec moi ? je lui ai demandé.

– J'ai bien peur que non, Forrest. Je crois que j'ai assez fait de dégâts. J'ai pas fermé l'œil de la nuit. J'ai repensé à comment je t'avais convaincu de parier tout ton argent, et j'ai insisté pour que tu continues le catch, alors qu'il était clair que Jenny en aurait marre. Et c'est pas de ta faute si tu t'es fait battre par le Professeur. Tu as fait de ton mieux. C'est moi le fautif. Je suis qu'un bon à rien.

– Oh, Dan, c'était pas non plus de ta faute. Si j'avais pas pris la grosse tête en devenant le Cancre, et pas commencé à croire toutes les conneries qu'on disait sur moi, je me serais pas laissé embobiner.

– Peu importe, je me sens pas de suivre le mouvement une fois de plus. Tu as d'autres chats à fouetter. Faut les fouetter. Oublie-moi. Je vaux rien. »

Bon, lui et moi on a discuté longtemps, mais il y avait pas moyen de le convaincre, et au bout d'un moment, il a fait ses affaires, et je l'ai aidé à descendre les escaliers, et quand je l'ai vu pour la dernière fois, il faisait avancer sa petite carriole en poussant avec les mains, avec toutes ses affaires empilées sur ses moignons.

Je suis allé à la gare routière et j'ai acheté un billet pour Mobile. C'était un voyage de deux jours et deux nuits, le bus passait par Louisville, Nashville, Birmingham, puis enfin Mobile, et moi j'étais qu'un lamentable idiot assis sur son siège pendant que le bus roulait.

On a traversé Louisville en pleine nuit, le lendemain on s'est arrêtés à Nashville pour changer de bus. Comme il y avait à peu près trois heures d'attente, j'ai décidé d'aller faire un tour en ville. Je me suis pris un sandwich et un verre de thé glacé, et je me baladais dans la rue quand j'ai aperçu sur la façade d'un hôtel : « Bienvenue au tournoi d'échecs des grands maîtres. Sur invitation. »

Ça a un peu piqué ma curiosité, vu que j'avais joué aux échecs dans la jungle avec Big Sam, et du coup, je suis entré dans l'hôtel. On jouait aux échecs dans la salle de bal et il y avait toute une foule de spectateurs, mais une pancarte disait : « Entrée cinq dollars », et je voulais pas dépenser mon argent, mais j'ai regardé un moment par la porte entrouverte, puis je suis allé m'asseoir tout seul dans le couloir.

En face de moi, il y avait un siège avec un vieux monsieur assis dessus. Il était tout ratatiné et il avait l'air grognon, il portait un costume noir, des chaussures brillantes et un nœud papillon, et il y avait un échiquier posé devant lui sur la table.

Je suis resté assis, il bougeait parfois une pièce, et je me suis dit qu'il devait être lui aussi en train de jouer aux échecs. Je me suis dit que je devais avoir encore devant moi une bonne heure, alors je lui ai demandé s'il cherchait un partenaire. Il a levé la tête, puis a baissé à nouveau les yeux sans dire un mot.

Peu après, ce brave gars était en train d'étudier l'échiquier depuis presque une demi-heure, et il a bougé son fou blanc sur la case noire numéro sept, et il était sur le point d'enlever sa main au moment où je lui ai dit : « S'cusez-moi. »

Le gus a bondi comme s'il venait de s'asseoir sur une punaise, et il m'a regardé, les yeux écarquillés.

« Si vous faites ça, vous protégez plus l'autre côté et vous perdez votre cavalier puis votre reine et vous êtes cuit. »

Il a regardé l'échiquier sans lâcher son fou, puis il l'a remis à sa place en disant : « Vous avez peut-être raison. »

Bon, il se remet à étudier l'échiquier, et je me dis qu'il est temps de retourner à la gare routière, je fais mine de déguerpir et le vieux me dit : «Pardonnez-moi, mais votre observation était particulièrement pertinente. »

J'ai fait oui de la tête et il a dit : « Écoutez, à l'évidence vous avez déjà joué, vous ne voulez pas vous asseoir et finir cette partie avec moi ? Prenez donc les blancs.

– Je peux pas », je lui dis, parce que faut que je prenne mon bus et tout ça. Il a juste hoché la tête, m'a adressé un petit salut de la main et je suis retourné à la station de bus.

Le temps que j'arrive, putain, le bus était reparti, et il y en a pas d'autre avant demain. Je suis vraiment incapable de faire quoi que ce soit correctement. Bon, bah, j'ai une journée à tuer, alors je retourne à l'hôtel, et le petit vieux est toujours là, à jouer contre lui-même, et apparemment il est en train de gagner. Je suis allé le voir, il a levé la tête et m'a fait signe de m'asseoir.

Je suis dans une vilaine posture – la moitié de mes pions ont disparu, j'ai plus qu'un fou et plus de tour, et ma reine est sur le point de se faire manger.

Ça m'a pris presque une heure pour me remettre à peu près à égalité, et le vieux se met à grogner et à secouer la tête à chaque fois que je reviens dans le match. Je finis par placer un gambit ; il me prend mon pion, et je le mets ensuite échec en trois coups.

« C'est pas possible, il fait. Mais d'abord, qui êtes-vous ? »

Je lui ai dit mon nom, et il a fait : « Non, je veux dire, où est-ce que vous avez joué ? Je ne vous reconnais même pas. »

Quand je lui ai dit que j'avais joué en Nouvelle-Guinée, il a dit : « Grands dieux ! Vous voulez dire que vous n'avez même pas fait les compétitions régionales ? »

J'ai fait non de la tête et il a fait : « Ma foi, pour votre gouverne, je suis un ancien grand maître international, et vous avez repris une partie que vous ne pouviez pas remporter, et vous m'avez totalement annihilé ! »

Je lui ai demandé comment ça se faisait qu'il jouait pas dans l'autre pièce, et il a dit : « Oh, j'y ai joué jadis. J'ai bientôt quatre-vingts ans, et il y a une espèce de tournoi senior. La vraie gloire est pour les jeunes gens – ils ont l'esprit plus vif. »

J'ai hoché la tête, je l'ai remercié pour la partie et je me suis levé pour partir, mais il m'a dit : « Écoutez, vous avez dîné ? »

Je lui ai dit que j'avais mangé un sandwich quelques heures plus tôt, et il a fait : « Eh bien je vous paye un repas, ça vous va ? Après tout, vous m'avez offert une partie magnifique. »

Je lui ai dit que c'était d'accord, et on est entrés dans la salle à manger de l'hôtel. C'était un type gentil. Il s'appelait Mister Tribble.

« Écoutez, me fait Mister Tribble pendant le repas, il faudrait que je refasse quelques parties avec vous pour être sûr, mais sauf si ce que vous avez fait tout à l'heure était un coup de veine extraordinaire, vous êtes peut-être un des génies méconnus les plus brillants des échecs. J'aimerais vous parrainer dans un ou deux tournois pour voir comment ça se passe. »

Je lui ai dit que je rentrais à la maison, et que j'allais me lancer dans l'élevage de crevettes et tout ça, mais il m'a dit : « Disons que pour vous, Forrest, c'est peut-être la chance de votre vie. Vous pourriez gagner beaucoup d'argent avec ce jeu, vous savez. » Il m'a dit d'y penser pendant la nuit et de lui donner ma réponse le lendemain matin. Mister Tribble et moi, on s'est serré la main et je suis sorti dans la rue.

Je me suis baladé un peu, mais il y a pas grand-chose à voir à Nashville, et j'ai fini par échouer dans un parc sur un banc. J'ai essayé de réfléchir – ce qui pour moi est jamais une mince affaire – sur ce que j'allais faire maintenant. J'ai surtout pensé à Jenny, je me suis demandé où elle pouvait bien être. Elle m'avait dit de pas essayer de la retrouver, mais j'ai le sentiment au fond de moi qu'elle m'a pas oublié. Je me suis ridiculisé à Indianapolis et je le sais. Je crois que c'est parce que j'ai pas essayé de faire ce qui fallait. Et maintenant, je sais pas trop ce qui est bien. Je veux dire, je suis là, j'ai pour ainsi dire pas un rond, et il m'en faut pour me lancer dans l'élevage de crevettes, et Mister Tribble dit qu'on peut ramasser le paquet sur le circuit des échecs. Mais on dirait que dès que je tente un truc – à part rentrer au bercail pour me lancer dans la crevette –, je me retrouve dans un panier de crabes, et me voilà une fois de plus à me demander ce que je dois faire.

J'ai pas gambergé longtemps qu'un policier a radiné et m'a demandé ce que je faisais là.

Je lui ai dit que j'étais assis pour réfléchir, et il m'a dit qu'il était interdit de s'asseoir pour réfléchir dans le parc, la nuit, et il m'a demandé de circuler. Je suis retourné dans la rue, et le policier m'a suivi. Je savais pas trop où aller, alors au bout d'un moment, j'ai vu une ruelle, j'y suis allé et j'ai trouvé un endroit pour m'asseoir et me reposer les pieds. Je suis pas resté assis plus d'une minute que le même policier est passé et m'a vu.

« Très bien, il a fait, sors de là. » Quand je me suis retrouvé dans la rue, il m'a demandé : « Qu'est-ce tu fais là ?

– Rien », j'ai dit. Et il a fait : « C'est exactement ce que je pensais – je t'arrête pour vagabondage. »

Bon, bah, il m'a bouclé, et le lendemain matin, on m'a dit que je pouvais passer un coup de fil à qui je voulais. Évidemment, je savais pas qui appeler à part Mister Tribble, donc c'est ce que j'ai fait. Il s'est pointé au commissariat à peu près une demi-heure plus tard et m'a fait sortir de taule.

Ensuite il m'a payé un bon gros petit déjeuner à l'hôtel et m'a dit : « Écoutez, pourquoi ne me laissez-vous pas vous inscrire aux championnats interzone de Los Angeles qui ont lieu la semaine prochaine ? Le premier prix s'élève à dix mille dollars. Je prends en charge tous vos frais et on partage en deux tout l'argent que vous gagnez. On dirait qu'il vous faut une sorte d'enjeu, et à vrai dire, ce serait un immense plaisir. Je serai votre entraîneur et votre conseiller. Qu'en dites-vous ? »

J'avais encore des doutes, mais je me suis dit qu'il y avait pas de mal à essayer. Alors je lui ai dit que je voulais bien essayer un bout de temps. Jusqu'à ce que j'aie assez d'argent pour me lancer dans mon truc de crevettes. Mister Tribble et moi, on s'est serré la main, et c'est comme ça qu'on est devenus associés.

Los Angeles, ça m'a assez impressionné. On y est arrivés une semaine en avance et Mister Tribble m'entraînait pratiquement toute la journée pour affiner mon jeu, mais au bout d'un certain temps, il s'est contenté de secouer la tête et de dire que c'était inutile d'essayer de m'entraîner, vu que je connaissais déjà «tous les coups du répertoire». Donc ce qu'on a fait, c'est qu'on est sortis en ville.

Mister Tribble m'a emmené à Disneyland et m'a laissé faire plusieurs tours, puis il s'est débrouillé pour qu'on visite un plateau de cinéma. Ils tournent plein de films, et les gens se baladent en hurlant : « Première », «Coupez», «Action», et des conneries dans le genre. Un des films qu'ils étaient en train de faire, c'était un western, et on voyait un type se faire éjecter à peu près dix fois par la vitre – jusqu'à ce que ce soit bien.

En tout cas, nous on était juste là à regarder quand un gars s'est approché et a fait : « Je vous demande pardon, vous êtes acteur ?

– Hein ?» j'ai fait, et Mister Tribble a dit : « Non, nous sommes des joueurs d'échecs. »

Et le type de faire comme ça : « Ah, c'est trop bête, parce que le grand balèze, là, il a exactement le physique pour un rôle dans un film que je fais. » Puis il se tourne vers moi, me tâte le bras et me dit : « Hé, hé, mais vous êtes un vrai costaud. Vous êtes sûr de ne pas être acteur ?

– Si, je l'ai été une fois, j'ai dit.

– Vraiment ! Dans quoi ?

– *Le Roi Lear.*

– Merveilleux, baby, c'est tout simplement merveilleux ! Tu as ta carte GAE ?

– Ma quoi ?

– Guilde des Acteurs à l'Écran – oh, peu importe. Écoute, baby, on peut t'avoir ça sans problème. Ce que j'aimerais savoir c'est où t'étais planqué ? Je veux dire, regarde-toi ! Le type parfait du costaud silencieux – un autre John Wayne.

– Ce n'est pas un John Wayne, a fait Mister Tribble sur un ton amer, c'est un joueur d'échecs de classe mondiale.

– Encore mieux, a dit le type, le type parfait du costaud silencieux et intelligent. Tout à fait inhabituel.

– Je suis pas aussi intelligent que j'en ai l'air », j'ai dit pour essayer d'être honnête, mais le type dit que de toute façon ça a pas d'importance, vu que les acteurs sont pas censés être intelligents, ni honnêtes, ni rien de tout ça – on leur demande juste de se pointer et de dire leur texte.

« Je m'appelle Felder, il a dit, et je fais des films. Je voudrais que tu fasses un bout d'essai.

– Il doit jouer demain dans un tournoi d'échecs, a dit Mister Tribble. Il a pas le temps de faire l'acteur ou de faire des bouts d'essai.

– Vous aussi vous pourriez vous immiscer làdedans, non ? Ça pourrait être l'occasion de passer à autre chose. Pourquoi vous venez pas aussi, Tribble, on vous fera faire aussi un bout d'essai.

– On va essayer, a fait Mister Tribble. Maintenant, venez, Forrest, il faut encore qu'on travaille un peu.

– Ciao ciao, baby, a fait M. Felder, vous n'oubliez pas, hein ? »

Et c'est reparti mon kiki.

22

C'est le lendemain matin que le tournoi d'échecs a lieu au Beverly Hills Hotel. Mister Tribble et moi on arrive en avance, il m'inscrit à des matches pour toute la journée.

En gros, c'est pas la mer à boire. Ça m'a pris sept minutes pour écraser le premier, un champion régional également prof quelque part dans un collège, ce qui m'a secrètement fait plaisir. J'ai fini par battre un professeur, après tout.

Ensuite c'était un gamin qui devait avoir dans les dix-sept ans, que j'ai écrasé en moins d'une demi-heure. Il a piqué sa crise et il s'est mis à brailler et à pleurnicher, et il a fallu que sa maman vienne le sortir.

J'ai joué contre toutes sortes de gens, ce jour-là et le suivant, mais je les ai tous battus assez vite, ce qui m'a soulagé, parce que quand je jouais contre Big Sam, fallait que je reste assis, je pouvais pas aller aux cabinets ni rien, parce que si je tournais le dos, il aurait triché en déplaçant les pièces.

En tout cas, je me suis retrouvé en finale, et il y avait une journée de repos entre les deux. Je suis retourné à l'hôtel avec Mister Tribble, et il y avait un message pour nous de la part de M. Felder, le gars du cinéma : « Veuillez appeler mon bureau pour convenir d'un essai à l'écran demain matin », et il y avait un numéro de téléphone à appeler.

« Eh bien, Forrest, a fait Mister Tribble, je ne sais qu'en penser. Et vous, qu'est-ce que vous en dites ?

– Moi non plus, je sais pas, mais pour être franc, c'est assez excitant d'être dans des films et tout ça. Je vais peut-être même rencontrer Raquel Welch ou quelqu'un.

« Oh, à mon avis il n'y a pas de mal, a fait Mister Tribble. Bon, je crois que je vais appeler pour fixer un rendez-vous. » Donc il appelle le bureau de M. Felder, pour savoir où on doit aller et quand, et d'un seul coup, il met la main sur l'appareil et me fait : « Forrest, vous savez nager ? » et je réponds : « Ouaip », et il dit au téléphone : « Oui, il sait nager. »

Une fois qu'il a raccroché, je lui demande pourquoi ils voulaient savoir si je savais nager, et Mister Tribble me dit qu'il sait pas, mais il pense qu'on verra bien en y allant.

Le plateau de ciné où on va est pas au même endroit que l'autre, un gardien nous accueille à l'entrée et nous emmène là où a lieu l'essai à l'écran. M. Felder est là à se disputer avec une dame qui ressemble effectivement à Raquel Welch, mais c'est alors qu'il m'aperçoit, et il devient tout sourires.

« Ah, Forrest, qu'il fait, formidable que tu sois venu. Maintenant, ce que je veux, c'est que tu passes la porte Maquillage et Costumes, et ils te feront sortir une fois que ce sera terminé. »

Bon alors j'ai poussé cette porte, il y avait deux dames, et il y en a une qui dit : « Bien, déshabille-toi. » Ça me rappelle quelque chose, mais j'obéis. Une fois que j'ai ôté mes vêtements, l'autre dame me tend un gros tas de vêtements qu'on dirait en caoutchouc avec des écailles et des conneries dans le genre partout sur le dessus, et des drôles de pieds et de mains palmés. Elle me dit de mettre ça. On est obligés de s'y mettre à trois pour que j'enfile ce truc, mais on finit par y arriver au bout d'une heure. Ensuite elles me montrent où se trouve le Maquillage, et je m'assois sur une chaise tandis qu'une dame et un gonze se mettent à m'enfoncer sur la cafetière ce masque en caoutchouc qui va avec le déguisement, et ils commencent à peindre sur les traits qui étaient marqués dessus. Quand c'est fini, ils me disent de retourner sur le plateau de cinéma.

Je peux à peine marcher, à cause des pieds palmés et c'est dur d'ouvrir une porte avec des mains palmées, mais je finis par y arriver, et je me trouve d'un seul coup dehors, il y a un grand lac et plein d'arbres, genre bananiers, et d'autres conneries d'allure tropicale. M. Felder est là, et dès qu'il m'aperçoit, il fait un bond en arrière et il me dit : « Formidable, baby ! Tu es parfait pour le rôle !

– Quel rôle ? » je demande, et il me répond : « Oh, je t'ai pas dit ? Je fais un remake du *Monstre du Lagon Noir*. »

Même un idiot comme moi était capable de deviner le rôle qu'il me réservait.

M. Felder s'approche de la dame avec qui il se disputait, et il me dit : « Forrest, je te présente Raquel Welch. »

Là, vous m'auriez fait tomber à la renverse d'un coup de plume ! Elle était là, dans une robe courte et tout ça. « Content de vous rencontrer », que j'ai fait à travers mon masque, mais Raquel Welch s'est retournée vers M. Felder, elle avait l'air furax comme un frelon.

« Qu'est-ce qu'il a dit ? Un truc sur mes nénés, non ?

– Non, baby, non, a fait M. Felder. Il a juste dit qu'il était content de te rencontrer. Tu peux pas bien entendre ce qu'il dit à cause du masque qu'il a sur la figure. »

Je lui ai tendu ma paluche palmée pour serrer la sienne, mais elle a reculé d'un pas et elle a fait : « Berk ! Qu'on en finisse avec cette histoire dégoûtante. »

En tout cas, voilà ce que m'explique M. Felder : Raquel Welch doit barboter dans l'eau, et elle s'évanouit, et moi j'arrive par en dessous, je la prends et je la ramène hors de l'eau. Mais quand elle revient à elle, elle me regarde et comme elle a la trouille, elle se met à brailler : « Posez-moi par terre ! Au secours ! Au viol ! » et des conneries dans le genre.

Mais, me dit M. Felder, je ne dois pas la poser à terre, vu que des méchants sont à nos trousses ; au lieu de ça, je dois la sortir de la jungle.

Bon, on a essayé la scène, et au premier coup, j'ai trouvé que ça rendait pas mal, et c'est vraiment excitant de tenir Raquel Welch dans mes bras pour de bon, même si elle est en train de braire : « Posez-moi par terre ! Au secours ! Police ! », etc.

Mais M. Felder dit que c'est pas assez bien, faut qu'on recommence. Mais c'était pas bon non plus, alors il a fallu refaire la scène à peu près dix ou quinze fois. Entre les scènes, Raquel Welch rouspète, piaffe et s'en prend à M. Felder, mais lui il se contente de répéter : « Magnifique, baby, magnifique ! », enfin ce genre de trucs.

Moi, n'empêche, je commence à avoir un vrai problème. Rapport à ce que ça fait pratiquement cinq heures que je suis dans cette combinaison, il y a pas de fermeture Éclair ni rien pour faire pipi, et moi je suis sur le point d'exploser. Mais je veux pas en parler, vu que c'est un film pour de vrai et tout ça, et je veux enquiquiner personne.

Mais faut que je fasse quelque chose, alors je décide que la prochaine fois que je vais dans l'eau, je ferai pipi dans ma combinaison, et ça s'écoulera le long de ma jambe dans le lagon. Bon, M. Felder fait : « Action ! » et je vais dans l'eau et je commence à faire pipi. Raquel Welch barbote un peu et s'évanouit, et moi je plonge en dessous, je l'attrape et je la ramène sur le bord.

Elle revient à elle et se met à me cogner dessus en braillant : « Au secours ! On m'assassine ! Posez-moi par terre ! » et tout ça, et puis elle s'interrompt d'un seul coup et elle fait : « Hé, toi, là – je sais pas qui tu es –, tu as fait ta petite commission ? »

J'étais tellement gêné que je savais pas quoi faire. Je suis juste resté planté là pendant une seconde à la tenir dans mes bras, et puis j'ai secoué la tête en disant : « Nan, nan. »

Première fois de ma vie que j'ai dit un bobard.

« En tout cas, c'est sûr que quelqu'un s'est laissé aller, elle a fait, parce que l'odeur du pipi, je sais la reconnaître ! Et c'était pas moi ! Alors c'est obligatoirement toi ! Comment as-tu osé me faire pipi dessus, espèce de gros balourd ! » Et elle s'est mise à me taper dessus à coups de poing et à braire : « Pose-moi par terre ! » et : « Va-t'en ! » et tout ça et je me suis dit qu'on reprenait la scène.

M. Felder a crié : « Action ! » Les caméras se sont mises à tourner de nouveau, et Raquel Welch me tape, me griffe et beugle comme jamais. « C'est ça, baby – sublime ! Continue comme ça ! » Je voyais aussi Mister Tribble assis là-bas, qui hochait la tête en essayant de regarder ailleurs.

Bon, une fois en pleine jungle, je m'arrête, je me retourne pour voir si M. Felder va crier

« Coupez ! » comme les fois précédentes, mais il saute sur place comme un fou et me fait signe de continuer en s'écriant : « Parfait, baby ! C'est ce que je veux ! Emmène-la loin dans la jungle ! »

Raquel Welch est toujours en train de bramer, de me griffer et de s'agiter dans tous les sens : « Lâche-moi, espèce de vulgaire bestiau ! » et des trucs dans ce goût, mais je continue à foncer comme on m'a dit.

D'un seul coup elle couine : « Ô mon Dieu ! Ma robe ! »

J'avais pas remarqué, mais je baisse les yeux, et sa robe est accrochée là-bas à un buisson, et elle est entièrement nue. Raquel Welch, cul nu dans mes bras !

Je me suis arrêté et j'ai fait : « Oh, oh », et j'ai commencé à faire demi-tour pour la ramener mais elle s'est mise à pousser des cris perçants : « Non, non, idiot, je peux pas retourner là-bas comme ça ! »

Je lui ai demandé ce qu'elle voulait que je fasse, et elle m'a dit qu'il fallait trouver un endroit pour se cacher jusqu'à ce qu'elle trouve une solution. Alors j'ai continué à m'enfoncer dans la jungle, et là, un gros machin a déboulé, venu de nulle part, se balançant de liane en liane. Le machin est passé, et j'ai vu que c'était un singe, puis il est repassé et a lâché sa liane pour atterrir à nos pieds. J'ai failli tomber dans les pommes. C'était ce vieux Sue, en personne !

Raquel Welch s'est remise à s'égosiller et à piailler, et Sue m'a pris les jambes et m'a serré. Je sais pas comment il m'a reconnu dans ma combinaison de monstre, à moins qu'il ait senti quelque chose. En tout cas, Raquel Welch finit par dire : « Tu connais ce putain de babouin ?

– C'est pas un babouin, j'ai fait. C'est un orang-outang. S'appelle Sue. »

Elle me regarde d'un drôle d'air et me fait : « Si c'est un mâle, comment se fait-il qu'il s'appelle Sue ?

– C'est une longue histoire. »

En tout cas, Raquel Welch essaye de se cacher avec les mains, mais le vieux Sue sait quoi faire, lui. Il lui attrape deux grandes feuilles d'un de ces arbres genre bananier et lui tend, si bien que la voilà en partie couverte.

Je m'aperçois ensuite qu'on a dépassé la limite de notre parcelle de jungle, et qu'on a débarqué dans une autre jungle où ils tournent un film de Tarzan, où Sue est figurant. Peu de temps après que j'ai été sauvé des Pygmées en Nouvelle-Guinée, Sue a été capturé par des chasseurs blancs qui l'ont envoyé à un dresseur à Los Angeles. Et depuis, ils se servent de lui dans des films.

Bon, en tout cas, on a plus le temps de tergiverser, maintenant, vu que Raquel Welch se remet à hurler et à faire sa chieuse : « Faut que vous m'emmeniez à un endroit où je pourrai m'acheter des fringues ! » Bon, moi je sais pas trop à quel endroit on peut trouver des nippes dans la jungle, même si on est sur un plateau de cinéma, alors on a continué, en espérant qu'il allait se passer quelque chose.

On a pas été déçus. On est soudain arrivés à une grande palissade, et je me suis dit qu'il devait bien y avoir un endroit de l'autre côté où on pourrait acheter des fringues. Sue a dégoté une planche qui tenait pas bien et l'a soulevée pour qu'on puisse franchir la barrière, mais dès qu'on s'est retrouvés de l'autre côté, il y avait plus rien pour marcher dessus, et Raquel et moi, on s'est cassé la binette cul par-dessus tête, et on a dévalé un flanc de colline. On a roulé jusqu'en bas et quand j'ai regardé autour, je rêvais pas, on était au bord d'une bonne grosse route des familles.

« Oh, c'est pas vrai ! s'est écriée Raquel Welch. On est sur l'autoroute de Santa Monica ! »

J'ai levé le nez, et voilà-t'y pas que ce vieux Sue déboule la pente en bondissant. Il nous rejoint, et on se retrouve là tous les trois. Raquel Welch arrête pas de déplacer les feuilles de bananier en haut et en bas pour se cacher.

« Qu'est-ce qu'on va faire ? » que je demande comme ça. Les voitures passent à toute berzingue, et on a beau avoir une sacrée dégaine, pas un qui nous accorde la moindre attention.

« Faut m'emmener quelque part ! elle s'écrie. Il me faut des fringues.

– Où ? je demande.

– N'importe où ! » elle braille, et on a commencé à marcher le long de l'autoroute de Santa Monica.

Au bout d'une trotte, au loin, on a repéré un grand panneau blanc qui indiquait « HOLLYWOOD » dans les collines et Raquel Welch a dit : « Faut quitter cette saloperie d'autoroute et arriver à Rodeo Drive, je pourrai m'acheter des frusques. » Elle a pas le temps de s'ennuyer, vu qu'elle arrête pas d'essayer de se dissimuler – à chaque fois qu'une voiture arrive devant nous, elle met les feuilles de bananier devant, et quand une voiture arrive de derrière, elle se les colle derrière pour se couvrir le derche. Quand il y a de la circulation dans les deux sens, ça fait un chouette de spectacle – on dirait une de ces danseuses avec les éventails, vous voyez ?

Donc on a quitté l'autoroute et on a traversé un grand champ. « Faut vraiment que ce putain de singe nous suive ? a fait Raquel Welch. On a l'air bien assez ridicules comme ça ! » Moi je bronche pas, je jette un œil derrière, et je vois que ce vieux Sue a l'air malheureux. Lui non plus avait encore jamais rencontré Raquel Welch, et je crois qu'elle lui a fait de la peine.

En tout cas on continue et toujours personne pour nous accorder la moindre attention. On arrive enfin à une bonne vieille rue des familles avec plein d'animation et Raquel Welch fait : « Doux Jésus Seigneur Dieu – on est sur Sunset Boulevard ! Comment je vais pouvoir expliquer que je traverse Sunset Boulevard le derrière à l'air en plein jour ! » Là, j'ai tendance à piger son problème, et je suis pas mécontent d'avoir mon accoutrement de monstre, comme ça personne me reconnaîtra, pourtant, je *suis* avec Raquel Welch.

On arrive à un feu, et au moment où ça passe au vert, on traverse tous les trois la rue, Raquel Welch fait toujours sa danse de l'éventail, à fond les ballons, elle sourit aux gens dans les voitures et des trucs dans ce style, comme si elle était sur scène. « Je suis totalement humiliée, elle siffle entre ses dents. C'est du viol ! Attends un peu qu'on soit sortis d'ici. Je vais m'occuper de ton gros cul, espèce d'idiot à la manque ! »

Il y a des gens dans leur voiture qui attendent au feu et commencent à klaxonner et à faire des signes, rapport à ce qu'ils ont dû reconnaître Raquel Welch, et au moment où on traverse la rue, quelques voitures se mettent à nous suivre. Le temps d'arriver Wilshire Boulevard, on a déjà rameuté une bonne cohue ; les gens sortent de leurs maisons et de leurs magasins pour nous suivre – on dirait le Joueur de flûte ou je sais pas quoi – et Raquel Welch est rouge comme une betterave.

« Tu es pas près de retravailler dans ce bled ! » qu'elle me fait, tout en souriant à pleines dents pour la foule, mais elle a la mâchoire crispée.

On avance encore un peu, et elle dit : « Ah – pas trop tôt – nous voilà enfin à Rodeo Drive. » Je regarde au coin de la rue, et c'est vrai, il y a un magasin de vêtements pour femmes. Je lui tapote sur l'épaule et lui montre du doigt, mais Raquel Welch dit : « Berk – c'est chez Popagallo.

Ces jours-ci, personne n'aimerait être surpris, même mort, avec une robe de chez Popagallo. »

On continue un peu et elle fait : « Voilà – Chez Giani – ils ont de jolies choses là-dedans », alors on entre là-dedans.

Il y a un vendeur à l'entrée avec une petite moustache, un costume blanc et un mouchoir qui sort de la poche, et il nous dévisage méticuleusement au moment où on passe la porte.

« Puis-je vous aider, madame ? il demande.

– Je veux acheter une robe, dit Raquel Welch.

– Vous avez une idée de ce qui vous ferait plaisir ?

– N'importe quoi, espèce de débile – vous voyez donc pas ce qui se passe ? »

Bon, le vendeur lui montre plusieurs portants en lui disant qu'elle devrait y trouver sa taille, Raquel Welch s'approche et commence à regarder les robes.

« Et puis-je faire quelque chose pour vous, messieurs ? nous demande-t-il à Sue et à moi.

– On est avec elle », je fais. Dehors, c'est la cohue, les nez s'agglutinent à la vitrine.

Raquel Welch a dû prendre huit ou neuf robes et elle est allée au fond pour les essayer. Elle sort au bout d'un moment et demande : « Qu'est-ce que vous pensez de celle-là ? » C'est une espèce de robe marron avec plein de ceintures et de boucles et un grand décolleté.

« Oh, je ne suis pas sûr, ma chère, fait le vendeur. Quelque part, ce n'est tout simplement pas vous. » Alors elle retourne et en essaye une autre et le vendeur de dire : « Oh, magnifique ! vous avez l'air absolument délicieux.

– Je la prends », elle fait, et le vendeur lui dit : « Très bien – comment comptez-vous payer ?

– Qu'est-ce que vous voulez dire par là ? elle demande.

– Eh bien, en liquide, par chèque, carte de crédit ? qu'il fait.

– Dis donc, Bozo, tu vois pas que j'ai rien de tout ça sur moi ? Où est-ce que tu crois que je me fourrerais tout ça ?

– Je vous en prie, madame, pas de vulgarité, fait le vendeur.

– Je suis Raquel Welch, elle dit au type. J'enverrai quelqu'un vous payer plus tard.

– Je suis terriblement navré, madame, mais ce n'est pas ainsi que nous travaillons.

– Mais moi je suis Raquel Welch ! elle hurle. Vous ne me reconnaissez pas ?

– Écoutez, madame, fait le type. La moitié des gens qui viennent ici prétendent être Raquel Welch, Farrah Fawcett, Sophia Loren ou quelqu'un d'autre. Vous avez une pièce d'identité ?

– Une pièce d'identité ! s'écrie-t-elle. Où est-ce que vous croyez que je mettrais une pièce d'identité ?

– Pas de pièce d'identité, pas de crédit ; pas d'argent, pas de robe, fait le vendeur.

– Je vais prouver qui je suis », fait Raquel Welch, et d'un seul coup elle laisse tomber le haut de sa robe. « Vous en connaissez beaucoup qui ont des nénés comme ceux-là, dans cette ville de péquenauds ? » qu'elle braille. Dehors, la foule tape sur la vitrine, brame et l'encourage. Mais le vendeur, lui, il a appuyé sur un petit bouton et un grand balèze de la sécurité arrive, s'approche et dit : « O.K., vous êtes en état d'arrestation. Suivez-moi calmement et tout va bien se passer. »

23

Je me retrouve donc en taule.

Une fois que le balèze de la sécurité nous a enfermés à clé chez Giani, deux fourgons de flics ont radiné à toute berzingue, et un des flics s'est approché du vendeur : « Bien, alors qu'est-ce qui se passe, ici ?

– Celle-là dit qu'elle est Raquel Welch. Elle a débarqué avec plein de feuilles de bananier et a pas voulu payer sa robe. Ces deux-là, j'en sais rien, mais ils m'ont pas l'air clair.

– Mais je suis Raquel Welch, s'écrie-t-elle.

– C'est ça, madame, fait le flic. Et moi je suis Clint Eastwood. Suivez plutôt ces deux gentils gars, là. » Il lui montre deux autres flics.

« Bon et maintenant, fait le patron des flics en nous dévisageant, Sue et moi. Qu'est-ce que vous racontez ?

– On était dans un film, j'ai fait.

– C'est pour ça que vous vous trimballez avec cette tenue de monstre ?

– Ouaip, je dis.

– Et lui ? il demande en montrant Sue. Voilà un déguisement drôlement réussi, si je puis dire.

– C'est pas un déguisement, j'ai dit, c'est un orang-outang pure race.

– Ah vraiment ? fait le flic. Bon, je vais vous dire un truc. Nous aussi on a un gars au poste qui fait de la photo, et ça lui ferait très plaisir d'en prendre une ou deux de vous. Alors vous allez nous suivre – et pas de mouvement brusque. »

Bon, il a fallu que Mister Tribble revienne payer la caution. Et M. Felder a rappliqué avec une armada d'avocats pour faire sortir Raquel Welch, qui entre-temps était devenue complètement hystérique.

« Toi attends un peu ! elle m'a crié dès qu'ils l'ont lâchée. Quand je me serai occupée de toi, tu pourras même plus trouver un job de porteur de lances dans un cauchemar ! »

Là, elle a sûrement raison. On dirait que ma carrière dans le cinéma est terminée.

« C'est la vie, baby – mais je t'appelle un de ces jours et on déjeune, m'a dit M. Felder en partant. Quelqu'un passera prendre la combinaison de monstre.

– Vous venez, Forrest ? a dit Mister Tribble. Vous et moi, on a d'autres chats à fouetter. »

De retour à l'hôtel, Mister Tribble, Sue et moi, on tient une conférence dans la chambre.

« Ça va poser un problème, avec Sue ici, fait Mister Tribble. Je veux dire, regarde comme il a fallu lui faire monter les escaliers en cachette et tout ça. C'est très difficile de voyager avec un orang-outang, faut bien le reconnaître. »

Je lui ai dit que Sue comptait beaucoup pour moi, qu'il m'avait plus d'une fois sauvé la couenne dans la jungle et tout ça.

« Eh bien, je crois comprendre ce que vous ressentez, il a dit. Et je suis prêt à essayer. Mais il va falloir qu'il se tienne à carreau, sinon on va être dans la panade, ça c'est sûr.

– Il va bien se tenir », j'ai fait, et le vieux Sue hochait la tête et souriait comme un singe.

N'empêche, le lendemain, c'était le grand match d'échecs entre moi et le grand maître Ivan Petrokivitch, également connu comme Ivan Le Franc. Mister Tribble m'a emmené dans un magasin de nippes et m'a loué un costume, rapport à ce que ça va être classieux et qu'il va y avoir du beau linge. D'autre part, le vainqueur touche dix mille dollars, et la moitié devrait suffire pour que je commence mon élevage de crevettes, donc je peux pas me permettre d'erreur.

Bon, on arrive dans le hall où se tient le tournoi d'échecs et il y a à peu près un millier de personnes tout autour, Ivan Le Franc est déjà assis à la table, et me regarde en se prenant pour Muhammad Ali ou je sais pas quoi.

Ivan Le Franc est un bon grand gaillard russe avec un front très haut, comme le monstre de Frankenstein, et de longs cheveux noirs bouclés de violoniste. J'arrive, je m'assois et il me grogne un truc, puis un autre gus dit alors : « Que le match commence », et voilà.

Ivan Le Franc a les blancs, c'est donc à lui de commencer, il débute par ce truc qu'on appelle l'Ouverture Ponziani.

À moi, je fais une Ouverture Reti, et tout démarre en douceur. On déploie tous les deux quelques pièces, et Ivan Le Franc tente un truc qu'on appelle le Gambit Falkbeer, en déplaçant son cavalier pour voir s'il peut prendre ma tour.

Mais je le vois venir, et je réplique par ce qu'on appelle le Piège de l'Arche de Noé, et à la place c'est moi qui mange son cavalier. Ivan Le Franc a pas l'air content, mais il accepte son sort et prépare le Péril Tarrasch pour menacer mon fou.

Sauf que je le vois venir et je balance la Défense Indienne de la Reine, si bien qu'il est obligé d'utiliser la Variante Schveningen, qui conduit à la Riposte Benoni.

Ivan Le Franc m'a l'air un peu frustré sur les bords, il se tortille les doigts, se mordille la lèvre inférieure, puis il tente un coup désespéré – l'Attaque du Foie Frit – à quoi je réponds par la défense Alekhine, qui lui troue le cul.

Pendant un moment, on dirait bien qu'on s'achemine vers le pat, mais Ivan Le Franc craque et engage la Manœuvre Hoffman ! Je jette un œil à Mister Tribble qui me retourne une espèce de sourire, et fait avec ses lèvres « Maintenant », je sais ce que ça veut dire.

Vous voyez, dans la jungle, Big Sam m'a appris une ou deux astuces qui sont pas dans le manuel et le moment est maintenant venu de les appliquer – à savoir, la Variante de la Marmite, et le Gambit à la Noix de Coco, où je me sers de ma reine comme appât, et je pousse cet enfoiré à perdre son cavalier pour la prendre.

Malheureusement, ça a pas marché. Ivan Le Franc a dû voir venir le coup, et il me torpille ma reine et maintenant j'ai chaud aux fesses ! Je sors alors le Stratagème de la Hutte, où j'isole la tour qu'il me reste pour l'affoler, mais ça l'a pas affolé. Il m'a mangé ma tour et mon autre fou, et il s'apprêtait à m'achever avec l'Échec Petroff, quand j'ai mis en place le Péril Pygmée.

Le Péril Pygmée, c'était une des spécialités de Big Sam, et il me l'avait bien appris. L'effet de surprise compte beaucoup, et il faut savoir se servir d'autres pièces comme appât, mais quand un type tombe dans le piège du Péril Pygmée, il peut tout de suite enlever les crampons et retourner aux vestiaires. J'ai espéré et j'ai prié pour que ça marche, vu que sinon, moi j'ai plus d'idée brillante, et je suis fait comme un rat.

Bon, Ivan Le Franc grogne une ou deux fois, et il a dû sentir le roussi, vu qu'il s'est mis à déplacer le même pion du cinq au huit et vice versa neuf ou dix fois, sans jamais lâcher la pièce, ce qui aurait été le mouvement final.

Le public était tellement silencieux qu'on aurait entendu tomber une épingle, et moi je suis tellement nerveux et tellement excité que je suis sur le point d'exploser. Je jette un œil du côté de Mister Tribble, il est en train de rouler les yeux au ciel comme pour prier et le type qui est avec Ivan Le Franc fronce les sourcils et a l'air amer. Ivan Le Franc place deux ou trois fois sa pièce en huit, mais il finit toujours par la remettre en cinq. On dirait qu'il va finir par faire autre chose, mais il soulève alors le pion, et moi je retiens ma respiration, il y a pas un bruit, on se croirait dans une tombe. Ivan Le Franc est encore en train de tergiverser avec son pion, moi j'ai le cœur qui bat comme un tambour, et d'un seul coup il me regarde droit dans les yeux, et je sais pas ce qui s'est passé – je suppose que c'est parce que je suis tout excité – mais d'un coup voilà-t'y pas que je te baloude un giga pet made-in-flageolet, qu'on aurait dit que quelqu'un déchirait un drap en deux !

Ivan Le Franc a eu l'air tout surpris, puis il a lâché sa pièce et a fait des gestes de la main en s'écriant : « Pouah ! » et là il s'est éventé, il a toussé et s'est pincé le pif. Les gens debout autour de nous ont commencé à reculer, à marmotter et à sortir leurs mouchoirs, et moi je suis écarlate comme une tomate.

Une fois que tout est redevenu calme, je regarde l'échiquier et là je vois que Ivan Le Franc a laissé sa pièce en plein sur le huit. Alors je le décanille avec mon cavalier, puis je lui prends deux pions et la reine et pour finir son roi – échec et mat ! J'ai gagné le match, et les dix mille dollars ! Une fois de plus grâce au Péril Pygmée.

Pendant tout ce temps, Ivan Le Franc et le type qui l'accompagne ont fait de grands gestes de protestation, et ils se mettent immédiatement à remplir un dossier de réclamation.

Le responsable du tournoi feuillette son règlement jusqu'à ce passage : « Le joueur n'est pas autorisé à se comporter de manière à perturber son adversaire tant que la partie ne sera pas achevée. »

Mister Tribble se lève et dit : « Ma foi, je ne crois pas que vous soyez en mesure de prouver que mon joueur a fait cela délibérément. Il s'agit d'un acte involontaire. »

Le responsable du tournoi continue à éplucher le règlement et arrive à ceci : « Le joueur n'est pas autorisé à se comporter de manière impolie ou agressive envers son adversaire. »

« Écoutez, fait Mister Tribble, ça ne vous est jamais arrivé de lâcher un vent ? Forrest n'a pas songé à mal. Il est resté longtemps assis, voilà tout.

– Je ne sais pas, fait le directeur du tournoi, je crois que je vais devoir le disqualifier.

– Enfin, vous ne pouvez pas au moins lui donner une autre chance ? » a demandé Mister Tribble.

Le directeur du tournoi s'est gratté le menton pendant une minute.

« Eh bien, peut-être, mais il va falloir qu'il se tienne correctement, car nous ne pouvons tolérer ce genre de choses ici, vous savez ? »

Donc on dirait qu'on va nous donner l'autorisation de finir, mais d'un seul coup éclate tout un raffut à l'autre bout de la pièce, des femmes crient, braillent, je lève la tête, et je vois Sue qui se balance à un chandelier. Au moment où le chandelier est juste au-dessus de sa tête, Sue a tout lâché et s'est ramassé en plein sur l'échiquier, en éparpillant les pièces dans tous les sens. Ivan Le Franc est tombé à la renverse et au passage, a arraché la robe d'une grosse dondon qui ressemblait à une bijouterie. Elle s'est mise à gueuler et à battre l'air et a collé une tarte en plein blair au directeur du tournoi, Sue sautait dans tous les sens et bavardait à droite à gauche et tout le monde a paniqué, s'est mis à taper du pied, à pousser et à s'égosiller pour qu'on appelle la police.

Mister Tribble m'a pris par le bras et a fait : « Sortons d'ici, Forrest – vous avez déjà bien assez vu la police de cette ville. »

Je pouvais pas dire le contraire.

Bon, bah, on est retournés à l'hôtel, et Mister Tribble a dit qu'il fallait qu'on se refasse une petite conférence.

« Forrest, qu'il a fait, je crois tout simplement que ça ne va pas marcher plus longtemps. Vous jouez aux échecs comme un dieu, mais à part ça, tout s'est compliqué. Tout ce qui s'est passé cet après-midi, c'était, disons, c'était bizarre, c'est le moins qu'on puisse dire. »

Je fais oui de la tête, et Sue ne faisait pas non plus son fier.

« Alors je vais vous dire ce que je compte faire. Vous êtes un chic type, Forrest, et je ne peux pas vous laisser à l'abandon en Californie, alors je vais m'occuper de vous renvoyer en Alabama, ou en tout cas vous renvoyer chez vous, avec Sue. Je sais que vous avez besoin d'un petit pécule pour vous lancer dans votre élevage de crevettes, et votre part des gains, déduction faite des frais, s'élève à un peu moins de cinq mille dollars. »

Mister Tribble m'a tendu une enveloppe, j'ai regardé à l'intérieur, il y avait un paquet de billets de cent.

« Je vous souhaite bonne chance dans cette aventure », il a fait.

Mister Tribble a appelé un taxi et lui a demandé de nous emmener à la gare. Il s'est aussi occupé de faire voyager Sue dans une caisse, dans la voiture à bagages, et il me dit que je peux revenir lui rendre visite quand je veux, et manger et boire tout ce que je veux. Ils ont apporté la caisse, Sue est monté dedans et ils l'ont emporté.

« Bien, bonne chance, Forrest, a fait Mister Tribble en me serrant la pince. Voilà ma carte – alors on reste en contact, et vous me dites comment ça se passe, entendu ? »

J'ai pris la carte, et je lui ai encore resserré la paluche et je regrettais de partir, car Mister Tribble était un monsieur rudement chouette et je lui avais fait faux bond. J'étais assis dans le train à regarder par la fenêtre, et Mister Tribble était sur le quai. Au moment où le train s'est mis en branle, il a levé la main et m'a fait au revoir.

Donc c'est reparti mon kiki, et pendant longtemps cette nuit-là, ma tête a été pleine de rêves – rentrer à la maison, ma maman, ce vieux Bubba et le bizness des crevettes, et bien sûr, Jenny Curran. Plus que tout, j'aurais aimé pas être cinglé à ce point.

24

Bon, bah, finalement, je suis rentré au pays.

Le train est arrivé en gare de Mobile vers trois heures du matin, ils ont déchargé Sue dans sa caisse et nous ont laissés sur le quai. Il y avait pas un rat, à part un gonze qui balayait par terre et un autre qui piquait un roupillon sur un banc, Sue et moi on est partis vers le centre-ville, et on a fini par trouver un endroit où dormir dans un bâtiment abandonné.

Le lendemain matin, j'ai trouvé des bananes sur le port pour Sue, et j'ai déniché un petit stand où je me suis tapé un bon vieux petit dé-jeuner des familles avec de la semoule, des œufs, du bacon, des pancakes et tout ça, puis je me suis dit qu'il fallait bien que je fasse quelque chose pour pieuter les jours à venir, alors je me suis mis en marche en direction du foyer des Petites Sœurs des Pauvres. On est passés devant là où il y avait jadis notre bicoque, et il restait plus rien à part un champ de mauvaises herbes et du bois calciné. Ça m'a fait tout drôle de voir ça, on a continué notre route.

Quand je suis arrivé à la maison des pauvres, j'ai demandé à Sue d'attendre dans la cour, rapport à pas effrayer les bonnes sœurs, je suis entré et j'ai demandé des nouvelles de ma maman.

La sœur principale, elle était rudement bath, elle m'a dit qu'elle savait pas où était ma maman, à part qu'elle était partie avec un protestant, mais je pouvais peut-être me renseigner dans le parc, parce que c'est là qu'elle avait l'habitude d'aller l'après-midi avec d'autres dames. Alors avec Sue, on est allés y faire un tour.

Il y avait des dames assises sur les bancs, alors je me suis approché de l'une d'elles, je lui ai dit qui j'étais et elle a regardé ce vieux Sue et a fait : « Faut dire que j'aurais pu m'en douter. »

Ensuite elle me dit qu'elle a entendu dire que ma maman travaillait comme repasseuse dans un magasin de nettoyage à sec, à l'autre bout de la ville, alors Sue et moi on est allés y faire un tour, et sûr que ma pauvre maman elle était là, à suer sur un pantalon à la blanchisserie.

Quand elle m'a vu, ma maman a tout laissé tomber et s'est jetée dans mes bras. Elle pleure, se tortille les mains et renifle comme dans mes souvenirs. Cette bonne vieille maman.

« Oh, Forrest. Tu es enfin revenu à la maison. Pas un jour où j'aie pas pensé à toi, je me suis endormie tous les soirs en pleurant depuis que tu es parti. » Ça m'a pas du tout étonné, et je lui ai demandé des nouvelles du protestant.

« Ce putois minable, a fait ma maman. J'aurais dû y réfléchir à deux fois avant de m'en aller avec un protestant. Il s'était pas passé un mois qu'il me laissait tomber pour une gamine de seize balais – c'est que moi, j'en ai bientôt soixante. J'aime autant te le dire, Forrest, les protestants ont pas de morale. »

C'est juste à ce moment-là qu'une voix a fait du magasin : « Gladys, vous avez laissé le fer à repasser sur le pantalon d'un client ?

– Oh zut ! » s'est écriée ma maman, et elle s'est précipitée à l'intérieur. Une grande colonne de fumée a commencé à sortir par la fenêtre et les gens à l'intérieur se sont mis à brailler, à hurler et à pester, tout ce que je sais, c'est qu'ensuite ma maman s'est fait jeter du magasin par un horrible balèze au crâne rasé qui hurlait et la maltraitait.

« Sortez ! Sortez ! qu'il lui gueule. Cette fois-ci c'est la goutte d'eau ! Vous venez de brûler votre dernier pantalon ! »

Ma maman chialait, alors je me suis approché du molosse et j'ai fait comme ça : « Je crois que vous feriez mieux d'enlever vos pattes de ma maman.

– Non mais t'es qui, toi ? il a dit.

– Forrest Gump », j'ai répondu, et il a dit : « Bon, toi aussi tu vires ton cul d'ici, et tu m'emmènes ta maman, parce qu'elle travaille plus ici !

– Vous feriez mieux de pas parler comme ça devant ma maman », j'ai fait, et il a dit : « Ah ouais ? Et sinon qu'est-ce que tu vas faire ? »

Alors je le lui ai montré.

Je l'ai pris par le colback et je l'ai soulevé dans le vide. Ensuite je suis allé le déposer dans cette espèce de machine à laver géante où ils lavent les serpillières et les édredons, j'ai ouvert le couvercle, je l'ai enfoncé dedans, j'ai refermé le couvercle et j'ai appuyé sur « Essorage ». La dernière image que j'ai eue de lui, c'est son cul qui arrivait bientôt au cycle « Rinçage ».

Ma maman braille et se tamponne les mirettes avec son mouchoir, puis elle me dit : « Oh, Forrest, maintenant j'ai perdu mon boulot !

– Faut pas t'en faire, maman, j'y ai dit, tout va bien se passer, vu que j'ai un plan.

– Comment peux-tu avoir un plan, Forrest ? elle a fait. Tu es un idiot. Comment veux-tu qu'un pauvre idiot ait un plan ?

– Attends un peu, tu vas voir », j'ai fait.

En tout cas, pour mon premier jour chez moi, je suis content de m'être levé du bon pied.

Faut qu'on se tire, alors on va à la maison où ma maman a une piaule. Je lui présente Sue, et elle dit qu'elle est contente que je me sois au moins fait une espèce d'ami – même si c'est un singe.

Ma maman et moi on a dîné dans sa pension, elle est allée à la cuisine chercher une orange pour Sue, et après ça, Sue et moi on est allés à la gare routière pour prendre le bus de Bayou La Batre, là où habite la famille de Bubba. Sûr comme la pluie, la dernière image que j'ai gardée de ma maman, elle était debout sur le perron de la pension, à s'essuyer les yeux et à sangloter. Mais je lui avais donné la moitié des cinq mille dollars, pour la remettre à flot en quelque sorte, et qu'elle paye son loyer et tout ça jusqu'à ce que je monte mon affaire, alors j'avais pas trop de chagrin.

En tout cas, quand le car est arrivé à Bayou La Batre, on a pas eu de peine à trouver la maison de Bubba. Il était dans les huit heures du soir, j'ai frappé à la porte, et au bout d'un moment, un petit vieux a ouvert et m'a demandé ce que je voulais. Je lui ai dit qui j'étais, et que j'avais connu Bubba, qu'on avait joué au football ensemble, et qu'on s'était retrouvés à l'armée, ça l'a mis mal à l'aise mais il m'a fait entrer. J'avais dit au vieux Sue de rester dehors dans la cour, et de pas trop se montrer, vu que par ici, ils avaient sûrement jamais rien vu dans son genre.

C'était le paternel de Bubba, et il m'a offert un verre de thé glacé et m'a posé tout un tas de questions. Voulait que je lui parle de Bubba, comment il s'était fait tuer, et je lui ai répondu du mieux que j'ai pu.

Il a fini par me dire : « Il y a une question que je me suis posée pendant toutes ces années, Forrest – à ton avis, il est mort pour quoi, Bubba ?

– Parce qu'on lui a tiré dessus », j'ai fait, mais il a dit : « Non, c'est pas ce que je veux dire. Ce que je veux dire, c'est pour quoi ? Qu'est-ce qu'on fichait là-bas ? »

J'ai réfléchi une minute et j'ai fait : « Eh ben, je crois qu'on essayait de faire le bien. On faisait juste ce qu'on nous disait de faire.

– Eh bien, est-ce que tu crois que ça valait le coup ? Ce qu'on a fait ? Tous ces gars tués comme ça ?

– Vous savez, moi je suis qu'un idiot, mais si vous voulez mon avis, tout ça c'était une grosse connerie. »

Le paternel de Bubba a hoché la tête : « C'est bien ce que je me disais. »

Je lui ai quand même dit pourquoi j'étais venu. Lui ai raconté que notre plan, à Bubba et à moi, c'était de monter une petite affaire de crevettes, et je lui ai dit que j'avais rencontré le vieux niaquoué quand j'étais à l'hosto et qu'il m'avait montré comment faire l'élevage, ça l'a rudement intéressé, il m'a posé mille questions jusqu'à ce qu'on entende un énorme boucan dans la cour.

« Y a un problème avec mes poulets ! » a hurlé le paternel de Bubba, alors il a attrapé une carabine et il est sorti sur le perron.

« Faut que je vous dise un truc », j'ai fait, et je lui ai dit que Sue était avec moi, sauf qu'il y a pas de trace de Sue.

Le paternel de Bubba retourne à l'intérieur, prend une lampe de poche et la promène partout dans la cour. Il éclaire sous un gros arbre, et au pied il y a un bouc – un bon vieux bouc des familles, qui est là à gratter le sol. Il dirige sa lampe vers le haut, et qui est-ce qu'on voit-y pas là-haut, ce vieux Sue assis sur une grosse bran-che, à moitié mort de trouille.

« Ce bouc, faut toujours qu'il revienne, fait le pater de Bubba. Allez, ouste, va-t'en ! » qu'il hur-le, et il jette un bâton au bouc. Une fois le bouc disparu, Sue descend de l'arbre et on le laisse entrer dans la maison.

« Qu'est-ce que c'est que ça ?

– C'est un orang-outang, je fais.

– On dirait un peu un gorille, non ?

– Un peu, mais c'en est pas un. »

Bref, le père de Bubba me dit qu'on peut dor-mir là cette nuit, et demain matin, il nous fera faire un tour, voir si on peut pas dénicher un endroit pour monter notre petite affaire de cre-vettes. Une chouette brise qui venait du bayou, on entendait les grenouilles et les criquets, et même parfois le bruit d'un poisson qui sautait de l'eau. C'était un chouette endroit calme, et j'ai décidé qu'ici on était à l'abri des ennuis.

Le lendemain, de bon matin, le pater de Bubba nous a préparé un copieux petit déjeuner à base de saucisses maison, d'œufs frais du pou-lailler, de petits pains et de mélasse, puis il nous a embarqués, Sue et moi, dans un petit bateau jusqu'au bayou. C'est tout calme et il y a un peu de brouillard à fleur d'eau. De temps à autre, un vieil oiseau des familles prend son envol au-des-sus des marécages.

« Voilà, fait le paternel à Bubba, voilà où arrive la marée salée », et il nous montre un bourbier qui arrive dans le marais. « Il y a quelques étangs bien gros par là-bas, et si j'étais vous, c'est là que je m'installerais. »

Il nous conduit jusqu'au bourbier. « Vous voyez, là, il y a une petite parcelle de terre sur-élevée, et vous apercevez le toit d'une cahute. C'est le vieux Tom LeFarge qui habitait là-bas, mais ça fait quatre ou cinq ans qu'il est mort maintenant. Ça appartient à personne. Si tu veux, tu peux la rafistoler un peu et t'y installer. La dernière fois que je suis allé voir, il y avait deux vieux bateaux à rames sur le sable. Sûre-ment qu'ils valent pas tripette, mais si tu les cal-fates, probable que ça tiendra sur l'eau. »

Il nous a conduits plus loin. « Le vieux Tom il avait des caillebotis à travers les marécages pour marcher jusqu'aux étangs. Il pêchait et tirait les canards. Tu devrais pouvoir réparer ça. Pour te balader dans le coin. »

Bon, que je vous dise tout de suite, ça avait l'air idéal. Le paternel de Bubba dit qu'il a tout le temps vu des crevettes dans les bayous et les marigots, et que ce serait pas un problème d'en ramasser un paquet au filet pour commencer notre affaire. Un autre truc qu'il nous dit, c'est que d'après son expérience, la crevette ça bouffe des graines de coton, ce qui est bien, rapport à ce que c'est pas cher.

Le principal truc, c'est tendre des filets dans ces étangs et rafistoler la petite cahute pour y habiter et acheter des vivres, comme du beurre de cacahouètes, de la confiture, du pain et des conneries dans le genre. Ensuite on sera prêts pour notre élevage de crevettes.

On a commencé le jour même. Le pater de Bubba m'a raccompagné jusqu'à la baraque, et on est allés en ville acheter des vivres. Il a dit qu'on pouvait se servir de son bateau jusqu'à ce que le nôtre soit réparé, et cette nuit-là, Sue et moi on est restés pour la première fois dans la petite cahute. Il a un peu plu et il y avait des fuites dans le toit, de la folie, mais c'était pas grave. Le lendemain matin je suis sorti réparer ça.

Ça a pris pratiquement un mois pour mettre les choses en route – bien arranger la cahute et les caillebotis dans les marais et installer nos filets autour des étangs. Le jour arrive enfin de mettre des crevettes. J'ai acheté une grande épuisette que Sue et moi on a tirée pratiquement toute la journée. Le soir venu, on avait sûrement dans les cinquante livres de crevettes, alors on est repartis à la rame et on les a jetées dans l'étang. Elles crissaient, gesticulaient et dansaient à la surface de l'eau. Ouha hou, c'était un chouette de site.

Le lendemain matin, on a récupéré cinq cents livres de graines de coton, et on en a jeté cent livres dans l'étang pour nourrir les crevettes, et l'après-midi suivant, on a aménagé un autre étang. On a fait ça tout l'été, tout l'automne, tout l'hiver et tout le printemps, et à cette période on avait quatre étangs en activité et tout baignait. Le soir, je m'asseyais sur le perron de la cahute et je jouais de l'harmonica, et le samedi soir je descendais en ville, j'achetais un pack de six bières et Sue et moi on se bourrait la gueule. J'ai eu enfin le sentiment d'être chez moi, et de faire un boulot honnête, et je me dis qu'une fois qu'on aura ramassé les crevettes et qu'on les aura vendues, peut-être que ce serait pas mal de retrouver Jenny, voir si elle m'en veut toujours.

25

C'est par une belle journée de juin qu'on s'est dit qu'il était temps de commencer notre moisson. Moi et Sue on s'est levés avec le soleil, on est descendus à l'étang, on a tiré notre filet jusqu'à ce qu'il se coince dans quelque chose. Sue a d'abord essayé de le remonter, ensuite j'ai essayé, puis on a essayé ensemble, on s'est rendu compte que le filet était pas coincé : il était tellement plein de crevettes qu'on pouvait pas le bouger !

Le soir même, on avait sorti à peu près trois cents livres de crevettes, et on a passé la soirée à les trier par taille. Le lendemain matin, on a mis les crevettes dans des paniers et on les a portés jusqu'à notre petit bateau. Ils pesaient tellement lourd qu'on a failli couler en allant à Bayou La Batre.

Il y avait une maison où ils emballaient les produits de la mer, Sue et moi on a apporté nos crevettes des docks à la salle des pesées. Une fois tout pesé on nous a donné un chèque de huit cent soixante-cinq dollars ! C'est à peu près le premier argent honnêtement gagné depuis l'époque où je jouais avec les Œufs Cassés.

Chaque jour pendant deux semaines, Sue et moi on ramasse les crevettes et on les apporte là. Une fois tout fini, on avait un total de neuf mille sept cents dollars et vingt-six *cents*. Notre affaire de crevettes, ça marchait !

Bon, que je vous dise – c'était un heureux événement. On a porté un boisseau de crevettes au paternel de Bubba, il était rudement content, et il a dit qu'il était fier de nous, que lui aussi il regrettait que Bubba soye pas là. Là-dessus, Sue et moi on a pris le bus pour aller fêter ça à Mobile. Première chose, je suis allé voir ma maman dans sa pension, et quand je lui ai dit pour l'argent et tout ça, elle a eu un grand sourire : « Oh, Forrest, je suis si fière de toi – pour un retardé tu t'en sors bien. »

En tout cas j'ai parlé de mon plan à ma maman, vu que l'année à venir on allait avoir trois fois plus d'étangs à crevettes, on allait avoir besoin de quelqu'un pour s'occuper du pognon, des frais et tout ça, et je lui ai demandé si elle voulait faire ça.

« Tu veux dire qu'il faut que je déménage tout là-bas à Bayou La Batre ? Il se passe rien, là-bas. Qu'est-ce que je vais y faire ?

– Compter l'argent », j'ai répondu.

Là-dessus, Sue et moi on est allés dans le centre se payer un bon repas. Je suis allé sur les docks et j'ai acheté tout un régime de bananes pour Sue, puis j'ai commandé le plus gros steak possible, avec de la purée et des petits pois et tout ça. Puis j'ai décidé d'aller quelque part écluser une mousse, et donc je passe devant ce saloon sombre sur les quais quand j'entends quelqu'un brailler et dire des gros mots, et malgré toutes les années, je me souviens de cette voix. J'ai passé la tête à la porte, et c'était ce vieux Curtis de la fac !

Curtis était rudement content de me voir, il m'a traité de trou du cul, de suceur de bite, et d'enculé de ma mère, et tous les chouettes trucs qui lui passaient par la tête. Ce qui s'est passé, c'est que, après la fac, Curtis a joué au football chez les pros avec les Red Skins de Washington, mais on l'a mis sur la touche après une soirée où il a mordu le pétrousquin de la femme du propriétaire de l'équipe. Pendant quelques années, il a joué dans différentes équipes pro, mais ensuite il s'est trouvé un boulot de débardeur sur les docks, ce qui correspondait bien à ce qu'on lui avait appris à l'université, qu'il a dit.

En tout cas, Curtis m'a payé deux bières et on a causé du bon vieux temps. Le Serpent, il m'a dit, avait joué comme quarterback pour les Green Bay Packers jusqu'à ce qu'il se fasse choper à siffler une bouteille à la mi-temps contre les Vikings du Minnesota. Ensuite il a joué pour les Nou Yawk Giants jusqu'à ce qu'au troisième quart temps contre les Rams il se lance dans la tactique dite « Statue de la Liberté ». L'entraîneur des Giants a dit que personne avait utilisé cette tactique depuis 1931, et que le Serpent déconnait à plein tube. La vérité, d'après Curtis, c'est qu'il voulait pas du tout qu'on applique la tactique « Statue de la Liberté », mais qu'il était tellement défoncé qu'au moment de reculer pour envoyer le ballon il avait complètement oublié de faire sa passe, et son vis-à-vis a pigé ce qui se passait, lui a couru après et lui a pris le ballon. En tout cas, Curtis dit qu'il est actuellement assistant du coach dans une minuscule équipe quelque part en Géorgie.

Au bout de quelques bières, une idée me vient et j'en parle à Curtis.

« Ça te dirait de venir bosser pour moi ? » je lui ai demandé.

Curtis s'est mis à brailler et à dire des gros mots, mais au bout d'une ou deux minutes, j'ai cru comprendre qu'il me demandait ce qu'il devait faire, alors je lui ai parlé de mon affaire de crevettes, qu'on allait s'agrandir. Il s'est remis à brailler et à dire des gros mots, mais dans le fond, c'était « oui ».

Alors pendant tout l'été, l'automne et le printemps suivants, on a bossé dur, moi et Sue, ma maman et Curtis – et j'ai même donné du boulot au paternel de Bubba. Cette année-là, on a fait presque trente mille dollars en se développant sans cesse. Les affaires auraient pas pu mieux marcher – ma maman se lamente pas trop, et un jour on a même vu Curtis faire un sourire – même s'il s'est tout de suite repris quand il a vu qu'on le regardait, il s'est mis à beugler et à dire des gros mots de plus belle. Quant à moi, je suis pas si heureux que ça, vu que je pense drôlement à Jenny, j'arrête pas de me demander ce qui lui est arrivé.

Un beau jour, j'ai décidé de faire quelque chose. C'était un dimanche, je me suis mis sur mon trente et un, j'ai pris le bus pour Mobile et je suis allé rendre visite à la maman de Jenny. Elle regardait la télé.

Quand je lui ai dit qui j'étais, elle a fait : « Forrest Gump ! J'arrive pas à y croire. Entre donc ! »

Bon, bah, on s'est assis, elle m'a demandé des nouvelles de ma maman, et j'ai fini par lui demander des nouvelles de Jenny.

« Oh, j'ai pas beaucoup de nouvelles ces temps-ci. Je crois qu'ils habitent quelque part en Caroline du Nord.

– Elle partage un appartement avec une copine, c'est ça ?

– Oh, tu étais pas au courant ? Jenny s'est mariée.

– Mariée ? j'ai fait.

– Il y a à peu près deux ans. Elle a habité en Indiana. Ensuite à Washington et j'ai reçu une carte postale comme quoi elle s'était mariée, et qu'ils allaient s'installer en Caroline du Nord, ou je sais plus. Tu veux que je lui dise quelque chose, si j'ai des nouvelles ?

– Nan, pas vraiment. Dites-lui peut-être que je lui souhaite bonne chance et tout ça.

« – J'y manquerai pas, a dit Mme Curran, et je suis très contente que tu sois passé. »

Je sais pas, j'aurais dû m'en douter, mais non.

Je sentais mon cœur battre, mes mains froides, et tout ce que j'ai eu en tête, ça a été de me recroqueviller quelque part, comme quand Bubba est mort, et c'est ce que j'ai fait. J'ai trouvé des buissons au fond d'un jardin, j'ai rampé et je me suis mis en boule. Je crois même que j'ai sucé mon pouce, ce qui m'était pas arrivé depuis longtemps, parce que ma maman m'avait dit que c'est à ça qu'on reconnaissait un idiot, sauf si on est un bébé. En tout cas je sais pas combien de temps je suis resté là. Presque un jour et demi, il me semble.

J'en voulais pas à Jenny; elle avait fait ce qu'elle avait à faire. Je suis qu'un idiot après tout, et beaucoup de gens ont beau dire qu'ils ont épousé un idiot, ils peuvent pas imaginer ce que c'est d'en avoir épousé un pour de bon. Surtout, je crois que c'est à moi que j'en voulais, parce que j'en étais arrivé au point où j'avais cru que Jenny et moi on finirait ensemble. Alors quand j'ai appris de sa maman qu'elle était mariée, c'est comme si un morceau de moi-même était mort pour toujours, parce que se marier c'est pas comme s'en aller. Se marier c'est du sérieux. La nuit, par moments, j'ai pleuré, mais ça m'a pas aidé.

C'est plus tard dans l'après-midi que je suis sorti des buissons pour retourner à Bayou La

Batre. J'ai parlé à personne de ce qui s'était passé, parce que je me suis dit que ça arrangerait rien. J'avais du boulot du côté des étangs, fallait que je rapièce des filets, des trucs comme ça, alors j'y suis allé tout seul et j'ai fait ça. Quand j'ai terminé, il faisait nuit, et j'ai pris une décision – je vais me lancer à fond dans le commerce de la crevette, je vais bosser comme un malade. J'ai rien d'autre à faire.

Et c'est ce que j'ai fait.

Cette année-là on a fait soixante-quinze mille dollars de chiffre, et l'affaire prend de telles proportions que je suis obligé d'engager d'autres personnes pour m'aider. Le premier, c'est ce vieux Serpent, le quarterback de l'université. Il est pas ravi de son boulot d'entraîneur dans une équipe minuscule, alors je le colle avec Curtis responsable du dragage. Puis j'apprends que l'entraîneur Fellers du lycée est à la retraite, alors je lui file un boulot, à lui et à ses deux gorilles qui eux aussi ont pris leur retraite : sur les barques et les docks.

Les journaux ont assez vite vent de ce qui se passe et ils envoient un reporter pour m'interviewer et écrire un papier genre « un gars de chez nous qui s'en sort bien ». Ça sort le dimanche suivant, avec une photo de moi, ma maman et Sue, et le gros titre c'est : « Un idiot certifié dans une singulière expérience maritime d'avenir. »

En tout cas, peu après ça, maman me dit qu'elle a besoin de quelqu'un pour l'aider à la compta et donner quelques conseils financiers, rapport à tout l'argent qu'on gagne. J'y pensais depuis un bout de temps, et j'ai décidé de contacter Mister Tribble, vu qu'il avait gagné du pognon avant de se mettre à la retraite. Il était ravi que j'appelle, il m'a dit, il sautait dans le prochain avion.

Une semaine après son arrivée, Mister Tribble m'a dit qu'il fallait qu'on ait une petite discussion.

« Forrest, il a fait, ce que vous avez fait jusqu'à maintenant est tout simplement remarquable, mais vous êtes au point où vous devez commencer à faire des prévisions financières sérieuses. »

Je lui ai demandé à quel sujet, et voilà ce qu'il m'a dit : « Investir ! Diversifier ! Écoutez, parti comme c'est, la prochaine année fiscale, vous allez enregistrer un bénéfice d'environ cent quatre-vingt-dix mille dollars. L'année suivante, ce sera autour du quart de million. Il faut absolument réinvestir, sinon le fisc va vous assassiner. Réinvestir, voilà le nerf de la guerre dans le bizness américain ! »

Et c'est ce qu'on a fait.

Mister Tribble s'est chargé de ça, et on a créé plusieurs sociétés. La première c'était la « Société de Crustacés Gump ». Une autre « SA Crabes Fourrés de Sue », et puis aussi la « SARL Étouffée de Langouste de chez Maman ».

Bon, le quart de million est devenu un demi-million, et l'année suivante un million, etc., jusqu'à ce que, quatre ans plus tard, l'affaire pèse cinq millions de dollars l'an. Il y avait désormais trois cents employés, parmi lesquels l'Étron et le Légume, qui avaient arrêté le catch, ils chargeaient les caisses à l'entrepôt. On a tout essayé pour retrouver le pauvre Dan, mais il avait disparu sans laisser de trace. On a remis le grappin sur le vieux Mike, le promoteur de catch, et on l'a mis responsable des relations publiques et de la promotion. Sur les conseils de Mister Tribble, Mike a même engagé Raquel Welch pour nous faire quelques spots publicitaires à la télé – on l'a déguisée en crabe, et elle danse en disant : « Vous ne saurez jamais ce que c'est que le crabe tant que vous n'aurez pas goûté ceux de Sue ! »

En tout cas, les affaires marchent du feu de Dieu. On s'est acheté un parc de camions réfrigérants et une flotte de bateaux de pêche et des barges à huîtres. On a notre propre local d'emballage, un bâtiment pour les bureaux, et on a copieusement investi dans l'immobilier, comme dans la multipropriété et les centres commerciaux, et des opérations sur le pétrole et le gaz. On a engagé le vieux Pr Quackenbush, le prof d'anglais de l'université de Harvard, qui a été viré après avoir attenté à la pudeur d'une étudiante, et il est devenu cuistot pour l'Étouffée de Maman. On a aussi engagé le colonel Gooch, qui s'était fait lourder de l'armée suite à la tournée pour ma Médaille d'Honneur. Mister Tribble l'a mis à la tête de la section « Activités discrètes ».

Ma maman nous a fait construire une grande bicoque, parce qu'elle a dit qu'une cahute c'était pas digne d'un grand responsable de société comme moi. Ma maman dit que Sue peut rester dans la cahute et garder un œil sur les opérations. Il faut maintenant que je porte tous les jours un costume et un porte-documents. J'ai des rendez-vous à longueur de journée, faut que j'écoute un paquet de conneries, pour moi c'est du pygmée, et les gens me donnent du « Monsieur Gump », et tout ça. À Mobile, ils m'ont remis les clés de la cité et m'ont demandé de faire partie du conseil d'administration de l'hôpital et de l'orchestre symphonique.

Un beau jour, des gens débarquent dans mon bureau et me disent qu'ils veulent que je me présente au poste de Sénateur des États-Unis.

« Vous avez un véritable talent », fait un type. Il porte un costume de luxe et fume un gros cigare. « Ancienne vedette de football dans l'équipe de l'Ours Bryant, héros de guerre, astronaute de renom, et confident des présidents – qu'est-ce que vous voulez de plus ?! » il m'a demandé. Il s'appelait M. Claxton.

« Écoutez, j'ai dit, je suis qu'un idiot. J'y connais rien en politique.

– Ça ne s'en passera que mieux ! a fait M. Claxton. Écoutez, nous avons besoin de gens bien comme vous. Le sel de la terre, je vous le dis ! Le sel de la terre ! »

Je l'aimais pas trop, cette idée, comme toutes les idées que les gens me proposent, vu que d'habitude c'est ça qui m'attire des ennuis. Mais une chose est sûre, c'est que quand j'en ai parlé à ma maman, elle a eu les yeux tout humides, elle était toute fière, et elle a dit que son fils Sénateur des États-Unis, ce serait au-delà de tout ce qu'elle avait jamais rêvé.

Bon, le jour arrive d'annoncer ma candidature. Claxton et les autres ont loué l'auditorium à Mobile, et m'ont traîné devant le public, qui avait payé cinquante *cents* par personne pour assister aux conneries que j'allais raconter. Ça a commencé par d'interminables discours, puis ça a été à mon tour.

« Chers compatriotes », j'ai commencé. M. Claxton et les autres m'avaient rédigé un discours, et il y avait ensuite les questions des gens dans la salle. Les caméras télé roulent, les flashes m'aveuglent, et les reporters prennent des notes dans leurs calepins. Je lis tout le discours, qui n'est pas très long et ne veut pas dire grand-chose – mais qu'est-ce que j'en sais ? Je suis qu'un pauvre idiot.

Quand j'ai fini de causer, une dame d'un journal se lève et regarde ses notes.

« Nous sommes au seuil d'une catastrophe nucléaire, dit-elle, l'économie est en ruine, notre nation est bafouée dans le monde entier, dans nos villes c'est la loi de la jungle, des gens meurent de faim tous les jours, la religion a quitté nos foyers, la cupidité et l'avarice s'étalent partout au grand jour, nos agriculteurs sont fauchés, des étrangers envahissent notre pays et prennent nos boulots, nos syndicats sont corrompus, des bébés meurent dans les ghettos, les impôts ne sont pas équitables, nos écoles connaissent le chaos et la disette, la peste et la guerre sont pendues au-dessus de nos têtes – à la vue de tout cela, monsieur Gump, elle a demandé, quelle est la priorité du moment, selon vous ? »

Tout était si calme qu'on aurait entendu une épingle tomber.

« J'ai envie de faire pipi », j'ai dit.

Et là, le public s'est déchaîné ! Les gens ont commencé à hurler des hourras, à piaffer, à faire signe de la main. Du fond de la salle, quelqu'un s'est mis à déclamer quelque chose que tout l'auditorium a bientôt repris en chœur.

« ON A ENVIE DE FAIRE PIPI ! ON A ENVIE DE FAIRE PIPI ! ON A ENVIE DE FAIRE PIPI ! » ils meuglaient tous.

Ma maman était assise derrière moi sur la scène, elle s'est levée et est venue m'écarter de la tribune.

« Tu devrais avoir honte de toi, elle a dit, parler comme ça en public.

– Non, non ! a fait M. Claxton. C'est parfait ! Ils adorent ça ! Ce sera le slogan de notre campagne !

– Quoi ? » a fait ma maman. Ses yeux se sont rétrécis jusqu'à devenir des petites billes.

« *On a envie de faire pipi !* a fait M. Claxton. Écoutez-les ! Personne n'a jamais eu un tel contact avec le peuple ! »

Mais ma maman l'entend pas du tout de cette oreille. « On a jamais entendu parler d'un slogan de ce genre pour une campagne ! C'est vulgaire et dégoûtant – et d'abord, qu'est-ce que ça veut dire ?

– C'est un symbole, a dit M. Claxton. Pensez bien, on va avoir des affiches, des posters et des autocollants. On va prendre des spots publicitaires à la radio et la télé. C'est un coup de génie, voilà ce que c'est. *On a envie de faire pipi* est le symbole de la volonté de s'affranchir du joug de l'oppression du gouvernement – de l'évacuation de tout ce qui ne va pas dans ce pays... C'est le signe de la frustration et du soulagement imminent !

– Quoi ? a demandé ma maman, pas convaincue. Vous avez perdu la tête ?

– Forrest, a fait Claxton, vous êtes sur la route de Washington. »

Et ça en avait tout l'air. La campagne avançait bien, et « On a Envie de Faire Pipi » était devenu le mot de passe du jour. Les gens le hurlaient dans la rue, en voiture et dans les bus. Les commentateurs télé et les éditorialistes ont passé beaucoup de temps à expliquer aux gens ce que ça signifiait. Les prédicateurs l'ont crié de leur chaire, et les enfants ont chanté ça à l'école. Apparemment, j'étais le chouchou pour les élections, et en fait, le candidat qui se présentait contre moi était tellement dépité qu'il s'est servi du slogan « J'ai envie de faire pipi, moi aussi » et l'a fait placarder dans toute la ville.

Puis tout s'est écroulé exactement comme j'en avais peur.

L'affaire « J'ai envie de faire pipi » a attiré l'attention des médias nationaux, et le *Washing-*

ton Post et le *Nou Yawk Times* ont vite fait d'envoyer leurs reporters fouiner. Ils m'ont posé plein de questions, ils étaient gentils et sympas, mais ils se sont mis ensuite à fouiller dans mon passé. Un beau jour, mes histoires sont arrivées en première page de tous les journaux du pays : « Le candidat au poste de Sénateur : échec et mat » en gros titre.

Ils ont d'abord écrit que je m'étais fait lourder de la fac dès la première année. Puis ils ont ressorti l'histoire au ciné entre Jenny et moi quand les flics sont venus me sortir. Ensuite ils ont retrouvé une photo de moi en train de montrer mon derche au président Johnson dans le jardin des roses. Ils se sont renseignés sur ma période avec les Œufs Cassés, et ils ont cité des gens qui disaient que j'avais fumé de la marijuana et ont aussi fait état d'un « incendie peut-être criminel » à l'université de Harvard.

Pire – ils ont retrouvé trace de ma condamnation pour avoir balancé ma médaille au Capitole, prononcée par un juge qui m'a envoyé chez les fous. Ils connaissaient aussi tous les détails sur ma carrière de catcheur, ils savaient qu'on m'appelait le Cancre. Ils ont même publié une photo de moi ligoté par le Professeur. Ils ont finalement fait référence à des « personnes tenant à garder l'anonymat » prétendant que j'étais impliqué dans un scandale sexuel avec une actrice de renom.

Bon, bah, voilà. M. Claxton a déboulé en braillant au QG de la campagne. « On est foutus ! Poignardés dans le dos ! » et des conneries dans le genre. Mais c'était fini. J'avais pas le choix, fallait que je me retire de la course, et le lendemain matin, ma maman, Mister Tribble et moi on s'est assis pour causer de ca.

« Forrest, a dit Mister Tribble, il me semble qu'il serait bon que vous leviez un peu le pied. »

Je savais qu'il avait raison. Sans compter qu'il y avait d'autres trucs qui me chiffonnaient depuis un bout de temps, même si j'en avais pas causé.

Quand on a commencé notre affaire de crevettes, je prenais en quelque sorte plaisir à travailler, à me lever à l'aube, à aller aux étangs, à lancer les filets, à remonter les crevettes et tout ça, quand Sue et moi, le soir, on s'installait sur le perron et qu'on jouait de l'harmonica, quand on s'achetait notre pack de six bières le samedi soir et qu'on se bourrait la gueule.

Maintenant c'est plus pareil. Je vais à des soirées où les gens vous servent des repas mystérieux, et les femmes portent des grosses boucles d'oreilles et des conneries dans le genre. Le téléphone arrête plus de sonner du matin au soir, et les gens me posent des questions sur tout et n'importe quoi. Au Sénat, ç'aurait été encore pire. Non, j'ai plus de temps pour moi, et quelque part, les choses m'échappent.

Sans compter que quand je me regarde dans la glace je vois des rides sur ma figure, mes cheveux commencent à grisonner et j'ai plus autant d'énergie qu'avant. Je sais que question affaires, les choses vont bien, mais moi, j'ai l'impression de tourner en rond. Je me demande pourquoi je fais tout ça. Il y a bien longtemps, Bubba et moi on a eu ce projet, qui a maintenant dépassé nos espoirs les plus fous, et alors ? C'est loin d'être moitié aussi marrant que de jouer contre les couillons de Quenouilles-de-maïs du Nebraska à l'Orange Bowl, ou de taper le solo d'harmonica avec les Œufs Cassés, ou de regarder « The Beverly Hill-billies » avec ce bon vieux Johnson, le président des États-Unis.

Et je suppose que Jenny Curran a aussi quelque chose à voir avec tout ça, mais comme personne peut rien y faire, autant laisser tomber.

En tout cas, je me rends compte qu'il faut que je décampe. Ma maman va se mettre à chialer, à piailler et à sortir son mouchoir, mais Mister Tribble va parfaitement comprendre.

« Pourquoi ne dites-vous pas à tout le monde que vous prenez un long congé, Forrest ? Et bien sûr, votre part des affaires vous reviendra dès que vous le souhaiterez. »

Alors c'est ce que j'ai fait. Quelques jours plus tard, de bon matin, j'ai pris un peu de liquide, j'ai jeté quelques affaires dans mon sac de paquetage et je suis descendu à l'usine. J'ai dit au revoir à maman et à Mister Tribble, puis j'ai fait le tour et j'ai serré la main de tout le monde – Mike, le Pr Quackenbush, l'Étron, le Légume, le Serpent, Coach Fellers et ses gorilles, le pater de Bubba et tous les autres.

Puis je suis retourné à la cahute où j'ai retrouvé le vieux Sue.

« Qu'est-ce tu vas faire ? » je lui ai demandé.

Sue m'a pris la main, puis a ramassé mon sac et l'a porté dehors. On est montés dans le petit bateau et on a ramé jusqu'à Bayou La Batre et on a pris le bus jusqu'à Mobile. La dame au guichet a demandé : « Vous voulez aller où ? » et j'ai haussé les épaules, alors elle m'a dit : « Pourquoi vous allez pas à Savannah ? J'y suis allée une fois, c'est une ville vraiment chouette. »

Alors c'est ce qu'on a fait.

26

On est descendus du bus à Savannah, il pleu-
vait à fond les ballons. Sue et moi on est allés à
la gare routière, j'ai pris un gobelet de café et je
l'ai emporté sous les avant-toits en essayant de
réfléchir à ce qu'on allait faire maintenant.

J'ai pas d'idée, franchement, alors une fois
mon café terminé, j'ai sorti l'harmonica et je me
suis mis à jouer. J'ai joué un ou deux morceaux
et – non, sérieux – un passant a jeté un *quarter*
dans mon gobelet. J'ai joué deux autres morceaux, et au bout d'un moment, mon gobelet est
rempli de petite monnaie.

Il pleut plus, alors on s'est éloignés et on est
arrivés à un petit parc dans le centre-ville. Je me
suis assis sur un banc et me suis remis à jouer, et
des gens se sont mis à jeter des *quarters,* des
dimes et des *nickels* dans mon gobelet. Puis ce
bon vieux Sue a pigé le truc, c'est lui qui a pris le
gobelet et l'a tendu aux gens qui passaient. À la

fin de la journée, on s'était fait presque cinq dollars.

Cette nuit-là on a dormi sur un banc, et ça s'est très bien passé, la nuit était claire, on voyait les étoiles et la lune. Le matin on s'est fait un bon petit déjeuner et je me suis remis à jouer de l'harmonica au moment où les gens sortaient pour aller au travail. On s'est fait huit dollars ce jour-là, et neuf le suivant, et à la fin de la semaine, tout bien considéré, on s'en était pas mal tirés. Après le week-end, j'ai déniché un petit magasin de musique, je suis entré dedans, voir si je trouvais pas un autre harmonica en clé de sol, vu que toujours jouer en do, ça devient vite monotone. Au coin de la rue, j'ai vu ce type qui vendait un clavier d'occasion. Ça ressemblait pas mal à celui du vieux George des Œufs Cassés, et il m'avait appris à jouer quelques accords dessus.

J'ai demandé au type combien il le vendait, et il a dit deux cents dollars, mais qu'il allait faire un effort. J'ai donc acheté le clavier, et le gars m'a bricolé un support pour que je puisse jouer de l'harmonica en même temps. Voilà qui a vraiment augmenté notre popularité auprès des gens. À la fin de la semaine suivante, on se faisait pratiquement dix dollars par jour, du coup je suis retourné au magasin de musique et je me suis acheté une batterie d'occasion. Au bout de quelques jours, je commençais à pas trop mal me débrouiller à la batterie. J'ai balancé mon gobelet en plastique et je me suis acheté une belle timbale pour Sue qui passait parmi les gens, et on a commencé à se faire pas mal. Je jouais de tout, ça allait de *The Night They Drove Ole Dixie Down* jusqu'à *Swing Lo, Sweet Chariot,* et j'avais dégoté une petite pension qui voulait bien de Sue, et servait aussi le petit déjeuner et le dîner.

Un matin, alors que Sue et moi on allait au parc, il s'est mis à pleuvoir. Il y a un truc qu'y faut savoir à propos de Savannah – c'est qu'un jour sur deux il pleut à verse, en tout cas c'est l'impression que ça donne. En descendant la rue, on est passés devant un immeuble de bureaux au moment où j'ai remarqué un truc qui avait l'air vaguement familier.

Il y a un type en costume de cadre debout sur le trottoir, il tient un parapluie, et il est juste devant un grand sac-poubelle. Il y a quelqu'un sous la bâche, qui se protège de la pluie, on voit juste une paire de mains tendues qui sortent du sac, et qui cirent les chaussures du type en costume. J'ai traversé la rue et j'ai regardé de plus près et – non, sérieux – j'ai deviné les roulettes du petit chariot qui dépassait du sac-poubelle. J'étais tellement heureux que j'aurais pu exploser, je me suis approché, j'ai levé la bâche, et pour sûr, c'était ce vieux Dan, qui cirait les pompes pour gagner sa vie !

« Rends-moi mon sac, espèce de balourd, a fait Dan, je suis en train de me tremper la couenne. » Puis il a aperçu le vieux Sue. « Alors vous avez fini par vous marier, hein ? a fait Dan.

– C'est un mâle, j'ai fait. Tu te rappelles – quand je suis parti dans l'espace.

– Tu vas cirer mes chaussures, oui ou non ? a fait le type en costume.

– Va te faire foutre, a fait Dan, avant que je coupe tes semelles à coups de crocs. » Le gars, bah, il a mis les bouts.

« Qu'est-ce tu fabriques ici, Dan ? j'ai demandé.

– À ton avis ? il a dit. Je suis devenu communiste.

– Tu veux dire comme ceux qu'on combattait pendant la guerre ?

– Nan, ça c'étaient des communistes niaquoués. Moi je suis un vrai communiste – Marx, Lénine, Trotski – et toute la clique.

– Bah, alors pourquoi tu cires des pompes ?

– Pour faire honte aux laquais impérialistes. Moi comme je vois ça, c'est que tous ceux qui ont des groles cirées, ils valent que dalle, alors plus je cire de pompes, plus j'en envoie en enfer.

– Bon, si tu le dis », j'ai fait, et Dan a jeté son chiffon et est retourné à l'abri de la pluie.

« Et merde, Forrest, je suis pas un putain de communiste. De toute façon, ils voudraient pas de quelqu'un comme moi, vu dans quel état je suis.

– Bien sûr que si, Dan. Tu m'as toujours dit que je pouvais devenir ce que je voulais – et toi c'est pareil.

– Tu crois encore en ces conneries ? il m'a demandé.

– J'ai fini par voir Raquel Welch le derche à l'air, j'ai dit.

– C'est vrai ? a fait Dan. Elle est comment ? »

Bon, à partir de ce moment-là, Dan, Sue et moi on a pour ainsi dire fait équipe. Dan voulait pas rester dans la pension de famille, alors la nuit il dormait dehors sous son sac-poubelle. « Ça forge le caractère », voilà ce qu'il en disait. Il a raconté ce qu'il avait fait depuis Indianapolis. D'abord il avait perdu tout le pognon du catch aux courses de chiens, et le reste, il l'avait picolé. Puis il avait eu un boulot dans un atelier de réparation automobile, vu qu'avec son petit chariot, c'était facile pour lui de passer sous les voitures, mais il dit qu'il en avait marre que la graisse lui dégouline tout le temps dessus. « Je suis peut-être un ivrogne cul-de-jatte bon à rien, qu'il a dit, mais je veux pas finir dans le cambouis. »

Ensuite il est retourné à Washington, où on inaugurait un grand monument pour ceux comme nous, qui avaient fait la guerre du Viêt-nam, et quand ils l'ont aperçu, et qu'ils ont su qui il était, ils lui ont demandé de faire un discours. Mais à une réception il a bien levé le coude et a oublié ce qu'il devait dire. Alors il a volé une bible dans l'hôtel où il était hébergé, et quand son moment est venu de parler, il leur a lu toute la Genèse, et s'apprêtait même à faire lecture des Nombres, lorsqu'ils lui ont débranché son micro et l'ont viré. Après quoi il s'est mis à faire un peu la manche, puis il a été arrêté parce que c'était « indigne ».

Je lui ai dit que j'avais joué aux échecs avec Mister Tribble, que mon affaire de crevettes marchait du feu de Dieu et tout ça, et que j'avais été sur le point de devenir Sénateur des États-Unis, mais apparemment c'est Raquel Welch qui l'intéressait.

« Tu crois que ses nénés, c'est des vrais ? » il m'a demandé.

Ça faisait un mois qu'on était à Savannah, et on se débrouillait pas mal. Je faisais le musicien pendant que Sue récoltait le pognon et que Dan cirait les pompes des gens dans le public. Un jour, un type des journaux nous a pris en photo et l'a publiée en première page du journal.

« Des voyous en plein vagabondage dans le parc public », c'était la légende.

Un après-midi, j'étais assis à jouer en me disant qu'on devrait peut-être aller jusqu'à Charleston, quand j'ai remarqué un petit gars juste devant la batterie, il me regardait droit dans les yeux.

J'étais en train de jouer *Riding on the City of New Orleans,* mais le petit gars continuait à me fixer, sans sourire ni rien, mais il y avait quelque chose dans ses yeux qui brillait et luisait bizarrement. J'ai levé le nez, et j'ai vu qu'il y avait une dame derrière lui, à la lisière de la cohue, et j'ai failli en tomber dans les pommes.

Non, sérieux – c'était Jenny Curran. Elle avait des bigoudis dans les cheveux, et aussi, elle avait l'air fatigué, mais c'était bien Jenny. J'étais tellement surpris que j'en ai fait une fausse note sur mon harmonica, mais j'ai terminé la chanson, et Jenny s'est approchée en tenant le petit garçon par la main.

Ses yeux étaient comme des éclairs. « Oh, Forrest, dès que j'ai entendu l'harmonica, j'ai su que c'était toi, elle a dit. Il y en a pas un qui en joue comme toi.

– Qu'est-ce que tu fais ici ? j'ai demandé.

– On habite ici désormais. Donald est assistant chef des ventes dans une boîte qui fabrique des tuiles. Ça fait maintenant trois ans. »

Comme j'avais arrêté de jouer, le public commençait à s'en aller, et Jenny est venue s'asseoir sur le banc à côté de moi. Le petit gars chahutait avec Sue, et Sue s'est mis à faire tourner les roues du cart pour le faire rire.

« Comment ça se fait que tu joues tout seul ? Jenny m'a demandé. Maman m'a écrit que tu t'étais lancé dans une bonne grosse affaire de crevettes à Bayou La Batre et que tu étais millionnaire.

– C'est une longue histoire, j'ai fait.

– Tu t'es pas à nouveau attiré des ennuis, Forrest ?

– Nan, pas cette fois. Et toi ? Tu vas bien ?

– Oh, moi, ça va, elle a fait, je suppose que j'ai ce que je voulais.

– C'est ton petit garçon ? j'ai demandé.

– Ouais, il est pas mignon ?

– Il est rudement mignon. S'appelle comment ?

– Forrest.

– Forrest ? j'ai fait. Ça vient de moi ?

– Fallait bien, elle a fait assez doucement. Après tout, il est à moitié à toi.

– À moitié quoi ?

– C'est ton fils, Forrest.

– Mon quoi ?

– Ton fils. Le petit Forrest. » J'ai regardé et il était là, à rigoler et à taper dans ses mains parce que Sue faisait le poirier. « Je suppose que j'aurais dû t'en parler, a fait Jenny, mais quand j'ai quitté Indianapolis, tu vois, j'étais enceinte. Je voulais rien dire, je sais pas pourquoi. Je me sentais comment dire ? Tu te faisais appeler " le Cancre ", et moi j'attendais ce bébé. J'étais inquiète, si on peut dire, je savais pas comment ça allait se goupiller.

– Tu avais peur qu'il soit idiot ?

– Ouais, en quelque sorte. Mais écoute, Forrest, tu vois pas ? Il est pas du tout idiot, loin de là ! Pour être malin il est malin – il entre en CM1 cette année. Il a eu que des 20 sur 20 cette année. Ça t'en bouche un coin, hein ?

– Tu es sûre qu'il est de moi ?

– Absolument. Quand il sera grand, il veut être joueur de football ou astronaute. »

Je me suis tourné de nouveau vers le petit gars, il est mignon et il a l'air costaud. Il a pas l'air d'avoir froid à ses yeux clairs. Il joue par terre au morpion avec Sue.

« Bien, je fais, et euh… et ton euh…

– Donald ? a fait Jenny. Il a jamais entendu parler de toi. Tu vois, je l'ai rencontré juste après avoir quitté Indianapolis. Mes formes commençaient à se voir, et je savais pas quoi faire. C'est un type gentil et doux. Il s'occupe bien de moi et du petit Forrest. On a une maison et deux voitures, et il nous emmène tous les samedis à la plage ou à la campagne. On va à l'église le dimanche, et Donald fait des économies pour envoyer le petit Forrest à la fac, plus tard.

– Je peux le voir – je veux dire, une ou deux minutes ?

– Bien sûr », a fait Jenny, et elle a dit au petit bonhomme de s'approcher.

« Forrest, elle lui a dit, je te présente un autre Forrest. C'est un vieil ami. C'est de lui que vient ton nom. »

Le petit gars s'est assis à côté de moi et a fait :

– Vous avez un drôle de singe.

– C'est un orang-outang. Il s'appelle Sue.

– Pourquoi vous l'avez appelé Sue ? Alors que c'est un mâle. »

J'ai tout de suite pigé que mon fils avait oublié d'être idiot.

« Ta maman m'a dit que plus tard tu veux être astronaute ou joueur de football ?

– Sûr. Vous vous y connaissez en foot ou en astronautes ?

– Ouaip, j'ai fait. Je m'y connais un peu, mais tu devrais demander à ton papa. Je suis sûr qu'il s'y connaît beaucoup plus que moi. »

Ensuite il m'a serré dans ses bras, c'étaient pas les grandes embrassades, mais ça suffisait. « J'ai encore envie de jouer avec Sue », il a fait, et il a sauté du banc, et ce vieux Sue a organisé un jeu, où le petit Forrest jetait une pièce dans la timbale et Sue devait la rattraper au vol.

Jenny s'est rapprochée, elle s'est assise à côté de moi en soupirant, puis elle m'a tapoté sur la jambe.

« Des fois, j'y crois pas, elle a dit. Ça fait presque trente ans qu'on se connaît – depuis le cépé. »

Le soleil scintille à travers les arbres, en plein sur la figure de Jenny, et il y avait peut-être bien une larme dans ses yeux, mais elle est jamais sortie, et pourtant il y a bien quelque chose, peut-être un battement de cœur, et j'avais beau savoir que c'était là, vraiment je pouvais pas dire ce que c'était.

« J'arrive tout simplement pas à y croire, c'est tout », elle a fait, puis elle s'est penchée et m'a embrassé sur le front.

« Qu'est-ce que c'est que ça ? j'ai demandé.

– Qui est pas idiot ? a fait Jenny, et ses lèvres tremblaient. Et elle est partie. Elle s'est levée pour chercher le petit Forrest, l'a pris par la main et ils ont disparu.

Sue s'est approché, s'est assis face à moi et a dessiné de quoi jouer au morpion. J'ai tracé un X dans le carré en haut à droite, et Sue a tracé un O au milieu, et j'ai tout de suite su que personne allait gagner.

Bon, après ça, j'ai fait deux trois trucs. D'abord j'ai appelé Mister Tribble et je lui ai demandé de verser dix pour cent de ce qui me revenait des affaires de crevettes à ma maman, dix pour cent au patemel de Bubba et d'envoyer tout le reste à Jenny pour le petit Forrest.

Après le dîner, je suis resté éveillé toute la nuit à réfléchir, même si c'est pas mon fort. Mais voilà à quoi j'ai pensé : ça y est, après tout ce temps, j'ai retrouvé Jenny. Et elle a notre fils, et peut-être que d'une façon ou d'une autre on va arriver à se rabibocher.

Mais plus j'y pense, plus je comprends qu'en fin de compte ça peut pas marcher. Et je peux pas mettre ça sur le compte de mon idiotie – et pourtant ce serait bien. Nan, ça fait partie de ces trucs. Des fois, c'est comme ça, sans compter que je me dis que le petit garçon sera mieux loti avec Jenny et son mari, il aura un foyer et il sera bien élevé, et comme ça il aura pas un abruti en guise de paternel.

Bon, quelques jours plus tard, je me suis cassé avec Dan et Sue. On est allés à Charleston, puis à Richmond et ensuite Atlanta, puis Chattanooga, Memphis, puis Nashville et enfin La Nouvelle-Orléans.

Maintenant ils se fichent de ce que vous foutez à La Nouvelle-Orléans, et tous les trois, on se fend bien la pipe, on joue tous les jours dans Jackson Square, et on regarde les autres dingos faire leur ramdam.

Je me suis acheté un vélo avec deux side-cars pour Sue et Dan, et tous les dimanches, on pédale jusqu'au fleuve, on s'assoit sur la berge et on pêche le poisson-chat. Jenny m'écrit à peu près une fois par mois, et elle m'envoie des photos du petit Forrest. La dernière, il était habillé avec une minuscule panoplie de football. Il y a une fille qui travaille comme serveuse dans un des bastringues à strip-tease, et, une fois par-ci par-là, on se retrouve et on s'en paye une tranche. Elle s'appelle Wanda. Il y a plein de fois où moi, le vieux Sue et Dan, on se balade dans le Quartier Français en vitesse de croisière, et on ouvre nos mirettes, et vous pouvez me croire, on est pas les seuls à avoir une drôle de dégaine – on dirait que c'est des restes de la révolution russe ou je sais pas quoi.

Un beau jour, un type d'un canard local dit qu'il veut faire un papier sur moi, vu que je suis le meilleur « one man band » qu'il a jamais entendu. Le type a commencé à me poser mille questions sur ma vie, alors je lui ai tout raconté. Mais j'en étais même pas à la moitié qu'il s'est tiré ; il a dit qu'il pourrait jamais publier ça, personne y croirait.

Bon, que je vous dise : des fois, la nuit, je regarde les étoiles, et je vois tout le ciel, et je me rappelle tout ça. Je rêve encore comme tout le monde, et il m'arrive de me demander comment ça aurait pu se passer autrement. Et alors là, d'un coup, j'ai quarante ans, cinquante, soixante ans, vous voyez ?

Bon, et alors? Je suis peut-être idiot, mais en tout cas la plupart du temps, j'ai essayé de bien faire – et les rêves c'est que des rêves, non? Alors, avec tout ce qui s'est passé, voilà ce que je me dis : moi, je peux toujours regarder derrière et dire qu'au moins je me suis pas ennuyé.

Vous voyez ce que je veux dire ?

3816

R.I.D. Composition 91 400-Gometz-la-Ville
Achevé d'imprimer en Europe (France)
par Brodard et Taupin à La Flèche (Sarthe)
le 20 janvier 1995. 1140 L-5
Dépôt légal janvier 1995. ISBN 2-277-23816-3
1ᵉʳ dépôt légal dans la collection : sept. 1994

Éditions J'ai lu
27, rue Cassette, 75006 Paris
Diffusion France et étranger : Flammarion